U0128049

雄渾與沉鬱

再版前言

這套「中國美學範疇叢書」初版於二〇〇一年，時隔十五年再版，作為編委與作者，依然感到書不盡言，言不盡意。

中國美學範疇，顧名思義，是對中國數千年源遠流長的美學與文藝史理論的概括。範疇這個術語本是從西方哲學引進的。西方所謂範疇是指人類主體對事物普遍本質的認識與把握。它與概念不同，概念一般反映某個具體事物的類屬性，而範疇則是對事物總體本質的認識與把握。中國美學的範疇與西方美學相比，富有體驗性與感知性，善於在審美感興中直擊對象，這種範疇把握，融情感與認識、哲理與意興於一體，正如嚴羽《滄浪詩話》所說「唐人尚意興而理在其中」。中國美學範疇，實際上是中國古代美學與哲學智慧的彰顯，也是藝術精神的呈現。諸如感興、意象、神思、格調、情志、知音等美學範疇，既是對中國美學與文藝活動的總結與概括，也是人們從事藝術批評時的器具。對中國美學範疇的認識與研究，不僅是一種學術研究與認識，而且還是一種體驗與濡染的精神活動。中國美學範疇的生成與闡述，與個體生命的活動息息相關，這種美學範疇在社會形態日漸工具化的今天，其精神價值與藝術價值越發顯得重要。中國當代美學範疇與精神的構建，毫無疑問應當從中國傳統美學範疇中汲取滋養。

這套叢書緣起於一九八七年，當時正是國內人文思潮湧動的時候，那時我還是在中國人民大學哲學系美學教研室任教的一名年輕副教授。吾師蔡鍾翔教授與中國人民大學中文系的同事成復旺、黃保真教授一起編寫出版了《中國文學理論史》，接著又發起與組織編寫了「中國美學範疇叢書」，歷時十三年，於二〇〇一年由百花洲文藝出版社出版了第一輯，有《美在自然》《文質彬彬》《和：審美理想之維》《興：藝術生命的激活》《原創在氣》《因動成勢》《風骨的意味》《意境探微》《意象範疇的流變》《雄渾與沉鬱》等十本。我承擔了其中的《和：審美理想之維》《興：藝術生命的激活》兩本。

在編寫這套叢書時，蔡老師作為主編，撰寫了總序，確定了基本的編寫思想，對於什麼是中國美學範疇及其特點，作出了闡釋，將其歸納為：一、多義性與模糊性；二、傳承性與變易性；三、通貫性與互滲性；四、直覺性與整體性；五、靈活性與隨意性。這五點是中國美學範疇的特點。強調中國美學範疇的認識與體驗、情感與理性、個體與總體的有機融合。另外，蔡師也強調「中國美學範疇叢書」的編寫與出版，是隨著中國美學的研究深入而催生的。在上個世紀八十年代初的美學熱中，對於中國美學史的興趣成為當時亮麗的風景線，我在當時也開始寫作《六朝美學》一書。而隨著中國美學史研究的深入，人們越來越對中國美學範疇產生了濃厚的興趣，在當時，意象、意境、境界、神思、比興、妙悟等範疇成為人們的談資，時見於論文與著作中，也是文藝學與美學中的熱門話題。正是有鑑於此，彙集這方面的專家與學者，編寫一套專門研究中國美學範疇的高水平叢書的策劃，便應運而生。正如蔡師在全書總序中所說：「『叢書』選題主要是元範疇和核心範疇，也包括少量重要的衍生範疇，在這些範疇之內涵蓋若干相關的次要範疇。這是對中國傳統美學範疇的一次全面深入的調查，工程是浩大的、艱難的，但確是意義深遠的，它將為中國美學和中國文論的史的研究和體系研究打下堅實的基礎。」

這套書從策劃到編寫，再到出版，歷經十多年，作為撰寫者與助手的我，見證了蔡師的嘔心瀝血，不辭辛勞。比如揚州大學古風教授撰寫的《意境探微》一書，傾注了蔡老師審稿時的大量心血。儘管古教授當時已經在《中國社會科學》《文藝研究》《文學評論》等刊物發表了相關論文，在這方面成果不少，但是蔡老師本著精益求精的方針，反覆與他通信商談書稿的修改，經過多次打磨與修改之後，最後形成了目前出版的書稿。記得那時我和蔡老師都住在人民大學校內，每次我去他家拜訪時，總是見到他在昏黃的檯燈下伏案看稿與改稿，聊天時也是談書稿的事。有時他對作者書稿的質量與修改很是著急與焦慮，我也只好安慰他幾句。

本叢書體現這樣的學術立場與宗旨。這就是：一、追求「究天人之際，通古今之變，成一家之言」的學術旨趣。每本書都以範疇的歷史演變與範疇的結構解析為基本框架，同時，立足於探討中國美學範疇的當代價值與當代轉化。作者在遵循基本體例的同時，又有著鮮明的個性與觀點，彰顯「和而不同」的學術自由精神。二、本著「萬物並育而不相害，道並行而不相悖」的兼容並包之襟懷，融會中西，將中國美學範疇與西方美學與文化相比較，盡量在比較中進行闡釋，避免全盤西化或者唯古是好的偏執態度。

值得一提的是，叢書的第一輯出版後，在二〇〇二年五月二十五日，叢書編委會與江西百花洲文藝出版社在中國人民大學中文系舉行了第一輯的出版座談會，當時在京的一些著名學者侯敏澤、葉朗、童慶炳、張少康、陳傳才，以及詹福瑞、韓經太、左東嶺、朱良志、張晶、張方等學者參加了座談會並作了發言，我也有幸與會。學者們充分肯定了這套叢書的出版對於推動中國美學的研究，有著積極的意義，認為這套書具有很高的學術水準。與會者讚揚這套書體現了古今融會、歷史的演變與範疇的解析相貫通的學術特色，同時也提出了中肯的意見。正是在這些鼓勵之下，叢書的編委會與作者經過五年的繼續努力，於二〇〇六年底出版了叢書第二輯的十本，即《美的考索》《志情理：藝術的基元》《正變・通變・新變》《心物感應與情景交融》《神思：藝術的精靈》《大音希聲——妙悟的審美考察》《虛實掩映之間》《清淡美論辨析》《雅論與雅俗之辨》《藝味説》等。第二輯與第一輯相比，內容更加豐富，涉及中國美學與藝術的一些深層範疇，寫法愈加靈動，與藝術創作的結合也更加明顯。顯然，中國美學範疇研究的水平隨著叢書的推進也得到相應的提升。

從二〇〇六年叢書第二輯出版至今天，一晃又過去了十年。令人哀傷的是，蔡老師因病於二〇〇九年去世了。原先設想的出版三十本的計劃也終止了。在這十年中，中國美學範疇的研究有了很大的進展，比如將中國美學範疇與中國文化、中國哲學相聯繫的論著問世不少，將中西美學範疇進行比較研究的成果也頗為可觀。但是這套叢書的學術價值歷經時間的考驗，不但沒有過時，相反更顯示出它的內在價值與水平。時值當下對中國傳統文化與國學的研究與討論的熱潮，這套叢書的實事求是的治學態度，認真負責的撰寫精神，以及浸潤其中的追求人文與學術統一、古今融會、中西交融的學術立場，不追逐浮躁，潛心問學的心志，在當前越發彰顯其意義與價值。在當前研究中國美學的書系中，這套叢書的地位與價值是不可替代的，在今天再版，實在是大有必要。在這十年中，發生了許多變故，叢書的顧問王元化、王運熙先生，副主編陳良運先生，編委黃保真先生，作者郁沅先生等，以及當初關心與幫助過這套叢書的著名學者侯敏澤、童慶炳先生，還有責任編輯朱光甫先生，已經離世，令人傷懷。對於他們的辛勞與幫助，我們將永遠銘記在心。今天，這套叢書的再版，也蘊含著紀念這些先生的意義在內。

本次再版，百花洲文藝出版社本著弘揚優秀傳統文化的宗旨，經過與作者協商，在重新校訂與修訂的基礎之上，將原來的叢書出版，個別書目因各種原因，未納入再版系列。相信此次再版，將在原來的基礎之上，提升叢書的水平與質量。至於書中的不足，也有待讀者的批評與指正。

袁濟喜

二〇一六年十二月三十一日

總序

範疇，是對事物、現象的本質聯繫的概括。範疇在認識過程中的作用，正如列寧所指出的，它「是區分過程中的梯級，即認識世界的過程中的梯級，是幫助我們認識和掌握自然現象之網的網上紐結」(《哲學筆記》)。人類的理論思維，如果不憑藉概念、範疇，是無法展開也無從表達的。美學範疇，同哲學範疇一樣，是理論思維的結晶和支點。一部美學史，在一定意義上也可以說是一部美學範疇發展史，新範疇的出現，舊範疇的衰歇，範疇含義的傳承、更新、嬗變，以及範疇體系的形成和演化，構成了美學史的基本內容。

中國傳統美學範疇，由於文化背景的特殊性，呈現出與西方美學範疇迴然不同的面貌，因而在世界美學史上具有獨特的價值。中國現代美學的建設，非常需要吸納融匯古代美學範疇中凝聚的審美認識的精粹。自二十世紀八〇六年代後期以來的十餘年中，美學範疇日益受到我國學界的重視，古代美學和古代文論的研究重心，在史的研究的基礎上，有逐漸向範疇研究和體系研究轉移的趨勢，這意味著學科研究的深化和推進，預計在二十一世紀這種趨勢還會進一步加強。到目前為止，研究美學、文藝學範疇的論文已大量湧現，專著也有多部問世，但嚴格地說，系統研究尚處在起步階段，發展的前景和開拓的空間是十分廣闊的。中國傳統美學範疇的特點是很突出的，根據現有的研究成果，大致可以歸結為以下幾點：

一、多義性和模糊性。範疇中的大多數，古人從來沒有下過明確的定義或界說，因此，這些範疇就具有多種義項，其內涵和外延都是模糊的。如「境」這個範疇，就有好幾種含義。標榜「神韻」說的王士禛，卻缺乏對「神韻」一詞的任何明晰的解說。不僅對同一範疇不同的論者有不同的理解，同一個論者在不同的場合其用意也不盡相同。一個影響很大、出現頻率很高的範疇，使用者和接受者也只是仗著神而明之的體悟。

二、傳承性和變易性。範疇中的大多數，不限於一家一派，而是從創建以後便一代一代地傳承下去，成為歷代通行的範疇，但於其傳承的同時，範疇的內涵卻發生著歷史性的變化，後人不斷在舊的外殼中注入新義，大凡傳承愈久，變易就愈多，範疇的內涵也就變得十分複雜。如「興」這個範疇，始自孔子，本是屬於功能論的範疇，而後來又補充進「感興」「興會」「興寄」「興托」等含義，則主要成為創作論的範疇了。

三、通貫性和互滲性。古代美學中有相當數量的範疇是帶有通貫性的，即貫通於審美活動的各個環節。如「氣」這個範疇，既屬本體論，又屬創作論；既屬作品論，也屬作家論，又屬批評、鑑賞論。至於各個範疇之間的互滲，如「趣」和「味」的互滲，「清」和「淡」的互滲，包括對立的互轉，如「巧」和「拙」的互轉，「生」和「熟」的互轉，就更加普遍。因而範疇之間千絲萬縷、交叉糾纏的關係，形成一個複雜的網絡。

四、直覺性和整體性。許多範疇是直覺思維的產物，其美學內涵究竟是什麼，只可意會，不可言傳。典型的例子如「味」這個範疇，什麼樣的作品是有滋味的，如何賞鑑作品才是品「味」，怎樣才是「辨於味」，「味外味」又何所指等等，都是不可能用言語來指實，只能是一種心領神會的直覺解悟。既然是直覺的，即不經過知性分析的，就必然是整體的把握。如風格論中的許多範疇，何謂「雄渾」，何謂「沖淡」，何謂「沉著痛快」，何謂「優游不迫」，都不可條分縷析。直覺性與模糊性無疑是有不可分割的聯繫的。

五、靈活性和隨意性。漢語中存在大量的單音詞，其組合功能極強，一個單音詞和另一個單音詞組合便構成一個新的複音詞。中國古代美學利用組詞的靈活性，創建了許多新的範疇，如「韻」和「氣」組合構成「氣韻」，「韻」和「神」組成「神韻」，「韻」和「味」組成「韻味」，等等。而這種靈活性可以說達到了隨意的程度，一個主幹範疇能繁育滋生出一個龐大的範疇群或範疇系列，舉其極端的例子而言，如「氣」，不僅構成了「氣韻」「氣象」「氣勢」「氣格」「氣味」「氣脈」「氣骨」，還演化成「元氣」「神氣」「逸氣」「奇氣」「清氣」「靜氣」「老氣」「客氣」「孱氣」「傖氣」「山林氣」「官場氣」等等，當然這些衍生的名稱未必都算得上範疇，但確有一部分上升到了範疇的地位。

上述這些傳統美學範疇的特點，也就是研究中的難點，要給予傳統美學範疇以現代詮釋，而不是以古釋古，難度是很大的。根本的問題在於古今思維方式的差異。我們現代的思維方式，基本上是採納了西方的思維方式，因此在詮釋中很難找到對應的現代語彙，要將傳統美學範疇裝進現代邏輯的理論框架，便會感到方枘圓鑿，扞格難通。中國的傳統思維，經歷了不同於西方的發展道路，即沒有同原始思維決裂，相反地卻保留了原始思維的若干因素。我們不能同意西方某些人類學家的論斷，認為中國的傳統思維還停留在原始思維的水平。中國古人的理論思維在先秦時代已達到很高的水平，所保留的原始思維的痕跡，有些是合理的，保持了宇宙萬物的整體性和完整性，不以形式邏輯來切割肢解，是符合辯證法的原理的，在傳統美學範疇中也表現出這種長處。因此，研究中國美學範疇，必須結合古人的思維方式，聯繫整個中國傳統文化的大背景來考察，庶幾能作出比較準確、接近原意的詮釋。範疇研究的深入自然會接觸到體系問題。中國古代美學家、文論家構築完整的理論體系者極少，但從範疇的整體來看是否構成了一個統一的體系呢？範疇的層次性是較為明顯的，如有些研究者區分為元範疇、核心範疇（或主幹範疇）、衍生範疇（或從屬範疇）等三個或更多的層次。但範疇之有無邏輯體系，研究者尚持有截然不同的觀點。我們傾向於首肯「潛體系」的說法，即範疇之間存在有機的聯繫，範疇總體雖然沒有顯在的體系，卻可以探索出潛在的體系。但要將這種「潛體系」轉化為「顯體系」並非易事，因為這是兩種思維方式的轉換，轉換實際上是重建。有些研究者梳理整合出了一套範疇體系，只能是一家之言，是一種先行的試驗。由於對個別範疇還未研究深透，重建整個中國美學理論體系的條件就沒有完全成熟。於是我們萌發了一個構想，就是編輯一套「中國美學範疇叢書」，每一種（或一對）範疇列一專題，寫成一本專著，對其美學內涵作詳盡的現代詮釋，並盡量收全在其自身發展的不同歷史階段上的代表性用法和代表性闡述，力爭通過歷史的評析揭示各範疇內涵邏輯展開的過程。「叢書」選題主要是元範疇和核心範疇，也包括少量重要的衍生範疇，在這些範疇之內涵蓋若干相關的次要範疇。這是對中國傳統美學範疇的一次全面深入的調查，工程是浩大的、艱難的，但確是意義深遠的，它將為中國美學和中國文論的史的研究和體系研究打下堅實的基礎。

這一工程從一九八七年開始策劃，歷時十三年，得到許多中青年學者的熱烈響應。更有幸的是，在世紀交替之年，獲得江西省新聞出版局和百花洲文藝出版社領導的大力支持，在他們的努力下，「叢書」被列入「十五」國家重點圖書出版規劃，「叢書」共計三十本，預定在四年內分三輯出齊。為此組織了力量較強的編委會，投入了充足的人力、物力、財力，力爭使「叢書」成為精品圖書。我們萬分感佩江西出版部門充分估計「叢書」學術價值的識見和積極為文化建設做貢獻的熱忱。最終的成果也許難以盡愜人意，但我們相信「叢書」的出版，必將在中國美學範疇研究的長途跋涉中留下一串深深的足印。

蔡鍾翔
陳良運
二〇〇一年三月

內容提要

「雄渾」與「沉鬱」是中國古代藝術及文學理論中的兩個重要範疇。本書上編闡釋「雄渾」範疇，先論述從先秦的「大」逐步發展為「風力」、「雄渾」、「陽剛之美」的概念形成、發展的歷史過程，在此基礎上剖析相關各術語中的文化、美學因素與「雄渾」的構成關係，呈現為統一的「雄渾」概念，並在與西方「崇高」（sublime）範疇的比較研究之中，凸現中國古代美學這一範疇的真實內涵。下編闡釋「沉鬱」範疇，先從語義、哲學理念溯源和儒學人格觀因素等方面說明「沉鬱」的生成，清理這類觀念進入文學理論的脈絡，使「沉鬱」的概念內涵明確化，並通過杜詩藝術、《白雨齋詞話》、《昭昧詹言》之論等典範文本的研究以及「沉鬱」與「頓挫」的審美組合、「沉鬱」與「飄逸」等相關範疇的對比，使「沉鬱」範疇的美學意義和價值得以儘可能充分地展現。

目次

第三章
西方「崇高」範疇與中國「雄渾」範疇的對比

下編
沉鬱

第一章
「沉鬱之思」

第二章
文士情懷

緒 論

「雄渾」「沉鬱」是一對有一定關聯又有所區別的中國傳統藝術概念。就概念的宏觀審美傾向而言，二者都可以歸屬於「壯美」的類別，在具體的運用中也常常是此中有彼、相互重合的。從概念形成的時間先後考訂，「沉鬱」早於「雄渾」（見後文中的論述）；如果按照概念含義的原初性、普適性來排列，「雄渾」則居於「沉鬱」之上。作為主要用於審美風格範疇的概念，「雄渾」與中國古典美學風格論的兩大基本分類「陽剛」「陰柔」的關係更為直接，「沉鬱」則在闡發、衍化的過程中生成了更為複雜的含義。例如《白雨齋詞話》中即言「沉鬱」可包容陽剛和陰柔。概言之，在情感基調上，「雄渾」偏於高亢而「沉鬱」偏於抑鬱；在表現手法上，「雄渾」偏於自然而「沉鬱」偏於委婉；在構成因素上，「雄渾」偏於感性的性情體驗而「沉鬱」偏於理性的學養思致。如果就此論斷「雄渾」「沉鬱」必然會失之簡單化，恰恰犯了中國傳統文化研究的大忌。這兩個概念在中國美學思想史中的審美範疇價值是需要語源和義理諸方面的認真探討的。

當你登上泰山頂，俯瞰山下群峰蜿蜒時，一定會產生一種博大壯闊、雄渾浩瀚的感受，一種難以言狀的美！難怪「孔子登東山而小魯，登泰山而小天下」（見《孟子》〈盡心上〉）。詩聖杜甫曾放眼展望巍峨雄偉的泰山，抑制不住滿腔的激盪豪情，寫下了音韻鏗鏘、雄渾豪邁的《望岳》一詩：「岱宗夫如何？齊魯青未了。造化鐘神秀，陰陽割昏曉。蕩胸生層雲，決眥入歸鳥。會當凌絕頂，一覽眾山小。」這種感受，正是一種崇高和雄渾的美。這種雄渾的美，有別於那種小橋流水、杏花春雨的秀美。它具有一種震撼心靈的巨大力量，它以其巨大、粗獷、剛健、雄渾的特徵，給人以驚心動魄的審美感受。

大自然慷慨地賜予人類無窮無盡、多種多樣的美，從春花春鳥到秋月秋蟬，從夏雲暑雨到冬月祁寒；還有那朔漠烽煙，長河落日，龍騰虎躍，雷鳴電閃，楊柳春風，鶯歌燕舞，枯藤昏鴉……這一切構成了那千姿百態的自然美與藝術美：或雄渾，或悲壯，或典雅，或綺麗，或豪放，或自然，或沖淡，或沉鬱。但無論自然美和藝術美如何紛紜繁複，大體上仍可分為兩大類，一類是秀雅優美，一類就是本書將要論述的雄渾之美。中國古代美學理論早已明確地將美的兩大類—雄渾壯闊與婉約秀麗—加以區別。例如，清人姚鼐《復魯絜非書》說：「鼐聞天地之道，陰陽剛柔而已。文者，天地之菁英，而陰陽剛柔之發也。……其得於陽與剛之美者，則其文如霆，如電，如長風之出谷，如崇山峻崖，如決大川，如奔騏驥；其光也，如杲日，如火，如金鏐鐵；其於人也，如馮高視遠，如君而朝萬眾，如鼓萬勇士而戰之。其得於陰與柔之美者，則其文如升初日，如清風，如雲，如霞，如煙，如幽林曲澗，如淪，如漾，如珠玉之輝，如鴻鵠之鳴而入於寥廓；其於人也，漻乎其如嘆，邈乎其如有思，暖乎其如喜，愀乎其如悲……」在這裡，姚鼐以極其形象優美的比喻，道出了陽剛之美與陰柔之美的區別：陽剛之美，如掣電流虹，噴薄而出，以雄渾勁健為上；陰柔之美，似煙雲卷舒，蘊藉秀麗，以溫深舒婉為貴。以剛柔談文論美，代不乏人：曹丕論文，認為氣有清濁；劉勰談「勢」，則日「勢有剛柔」（《文心雕龍》〈定勢〉），他既倡導剛健有力的「風骨」，又標舉優美蘊藉的「隱秀」。唐人論詩，則有「詞義貞剛，重乎氣質」和「宮商發越，貴於清綺」之分；宋人作詞，則有「大江東去」的豪放和「楊柳岸曉風殘月」的婉約之別。近人王國維亦指出：「美學上之區別美也，大率分為二種，曰優美，曰宏壯。自巴克及漢德之書出，學者殆視此為精密之分類矣。」（《古雅之在美學上之位置》）

王國維所說的「巴克」，即十八世紀英國美學家柏克（E.Burke 1729-1797），「漢德」即德國著名哲學家、美學家康德（I.Kant 1724-1804）。與中國一樣，西方的美學家們也總結出了美的兩種基本範疇一「優美」與「壯美」。柏克繼承了古羅馬美學家朗吉弩斯（Longinus 213-273）的觀點並加以進一步發展，寫出了《關於崇高與美兩種觀念根源的哲學探討》（*Philosophical Inquiry into the Origin of Ideas of the Sublime and Beautiful*）一書，對「優美」與「崇高」作了詳細的論述。在柏克之前，西方美學家並沒有明確劃分「美」與「崇高」這兩個不同的美學範疇，朗吉弩斯的《論崇高》（*On the Sublime*）將「崇高」看成是美的最高表現。

他認為，「崇高」是偉大、雄渾和力量，它像劍一樣突然脫鞘而出，像閃電一樣把所碰到的一切劈得粉碎，將作者的全副力量在一閃耀中完全顯現出來。「崇高」是偉大心靈的回聲，是強烈而激動的情感，是精練而高雅的措辭，是整個結構的堂皇卓越。總之，「崇高」是藝術美的最高體現。

因此，朗吉弩斯對柔弱無力的文風進行了強烈的抨擊。柏克汲取了朗吉弩斯論「崇高」的合理之處，將「崇高」和「美」區別開來看待。他認為，「美」的特點是小巧可愛的，光滑的，柔和的，嬌弱纖細的，潔淨明快的。而「崇高」則不然，「崇高」是一種由恐懼產生的快感，「崇高」的重要因素在於對象體積的龐大，力量的強大，壯麗、無限以及強烈的色彩等。總之，「崇高」是粗獷有力、驚心動魄的自然現象，是不和諧的，甚至醜陋的、能引起人們恐懼之感的東西。康德在此基礎上，進一步深入論述了「優美」與「崇高」的區別，並將「崇高」具體區分為數量的崇高與力量的崇高。數量的崇高，特點在於對象體積的無限大；力量的崇高，特點在於對象既引起恐懼又引起崇敬的那種巨大力量和氣勢。例如：好像要壓倒人的陡峭的懸崖，密佈在天空中迸射出迅雷疾電的黑雲，帶著毀滅威力的火山，勢如掃空一切的狂風暴雨，驚濤駭浪的汪洋大海以及從巨大河流投下來的懸瀑等等景物。這些巨大的體積、雄渾的力量使人們覺得自己的抵抗力在它們的威力下相形見絀，顯得渺小不足道。但是只要我們自覺安全，它們的形狀愈可怕，也就愈有吸引力，我們就會欣然把這些對象看作是崇高的。[1]顯然，西方美學中的這種「崇高」與中國古代美學中的陽剛雄渾的美相似，姚鼐所説的如霆如電，如崇山峻崖，如決大川，如奔騏驥，如光似火的美，不正類似這種崇高嗎？司空圖《二十四詩品》中〈雄渾〉所稱的那種「具備萬物，橫絕太空。荒荒油雲，寥寥長風」般的巨大的體積力量和氣勢，也正類似康德所稱道的「崇高」。

「崇高」（sublime）在現代西方美學中，是一個極重要的美學範疇。蘇聯美學論著和我國當代美學論著，也基本上都設專章專節來論述「崇高」這一美學範疇。中國古代美學理論中，有沒有與西方美學中「崇高」相近似的美學範疇？近年來國內美學界已初步涉及這一問

1 參見康德：《判斷力批判》第28節，商務印書館1964年版。

題了。有學者認為，由於中國古代強調的是「樂而不淫，哀而不傷」的「中和」美，沒有達到近代西方那種理想的衝突，因此，中國古代沒有類似西方「崇高」的美學概念。[2]也有學者認為，中國古代不但有近似「崇高」的概念，而且還有較為系統而頗具特色的理論。[3]筆者贊成後一種意見。本書的目的之一，就在於系統地清理一下中國古代美學中近似於西方「崇高」這一美學範疇的「雄渾」概念，為確立「雄渾」這一中國古典美學範疇作一點篳路藍縷的工作。

英文sublime一詞，有莊嚴、崇高、卓越、雄偉、極端、異常等多種意義。作為美學範疇的sublime，西方學者對它的解釋並不統一。有學者認為，將朗吉弩斯《論崇高》的希臘原文譯為拉丁文De Sublimate是譯錯了，朗吉弩斯所討論的是文章風格的雄偉。所以有的英譯本將《論崇高》譯為*On the Sublime*，有的則譯為*On Great Writing*，還有的譯為*A Treatise of the Loftiness or Elegance of Speech*[4]。有意思的是，中國學者對英文sublime也有多種譯法。梁宗岱先生在《詩與真》二集中譯為「崇高」，朱光潛先生《文藝心理學》中譯為「雄偉」，香港中文大學王建元先生在近著《雄渾觀念：東西美學立場的比較》中譯為「雄渾」。目前大陸學者多用「崇高」一詞，港台學者則多用「雄偉」一詞。[5]究竟「崇高」「雄偉」「雄渾」這三種譯法哪一種更準確一點呢？筆者認為三種譯法

---

2 周來祥等學者持此觀點。參見周來祥：《美學問題論稿》，陝西人民出版社1984年版，第407頁。

3 楊辛等學者持此觀點。參見楊辛等：《美學原理》，北京大學出版社1983年版，第251頁。

4 參見*The Princeton Encyclopedia of Poetry and Poetics*, Princeton University Press, 1974.以及*Critical theory Since Plato*, edited by Hazard Adams, Harcourt Brace Jovanovich, Inc. 1971.有關條目和章節。

5 李怡、張靜二、陳慧樺等學者。參見台灣《中外文學》第7卷10期，《文學評論》第3集。

各有所長。「崇高」一詞，突出了sublime的莊嚴感，尤其是突出了它的道德感。朗吉弩斯認為sublime與道德的高尚密不可分，因為崇高是「偉大心靈的回聲」（echo of a great soul），「只有胸襟不卑鄙的人」才能有偉大的心靈，而「但求享樂」「唯利是圖」，則必然使「他們靈魂中一切崇高的東西漸漸褪色，枯萎，以至不值一顧」（《論崇高》）。康德也認為sublime與道德感密切相關，他說：「實際上自然崇高的感覺是不可思議的，除非它和近似道德態度的一種心理態度結合在一起。」「如果沒有道德觀念的發展，對於有修養準備的人是崇高的東西，對於無教養的人卻只是可怕的。」[6]不過，將sublime譯為「崇高」，也有不夠恰當之處。現代漢語中，「崇高」固然也有雄偉、高大的意義，但日常生活中，「崇高」一般是指那些具有高尚道德情操的人和事而言，對於自然和藝術則很少用「崇高」一詞。例如，我們可以說董存瑞是崇高的，「為人民獻身是崇高的」，而不宜說「黃果樹瀑布是崇高的」，「天安門城樓是崇高的」，「李白的詩是崇高的」，「顏真卿的書法是崇高的」；卻可以說「黃果樹瀑布是雄偉的」，「天安門城樓是雄偉的」，「李白的詩是雄渾的」，「顏真卿的書法是雄渾的」。顯然，將sublime譯為「崇高」，確有不恰當之處。難怪朱光潛先生在《文藝心理學》中，將sublime譯為「雄偉」。他說：「姚姬傳（姚鼐）拿來形容陽剛之美的，如雷電、長風、崇山、峻崖、大河等等，在西方文藝批評中素稱sublime；他所拿來形容陰柔之美的如雲霞、清風、幽林、曲澗等等，在西方文藝批評中素稱grace。grace可譯為『清秀』或『幽美』。sublime是上品的剛性美，它在中文中沒有恰當的譯名，『雄渾』、『勁健』、『偉

6　康德：《判斷力批判》第29節，第109頁，中譯本參見商務印書館1964年版本，中譯本與本書譯文措辭稍有不同。

大』、『崇高』、『莊嚴』諸詞都只能得其片面的意義，本文姑且稱之為『雄偉』。」緊接著，朱光潛先生談了他將sublime譯為「雄偉」的理由。他指出，康德所說的sublime，其特徵是無限地大，而這種大，又分為兩種，一種是數量的，其大在體積，例如高山；另一種是精力的，其大在精神氣魄，例如狂風暴雨。而「雄偉」這一譯名，「偉」字可以括盡康德的「數量的」sublime意義，「雄」字可以括盡「精力的」sublime意義[7]。從某種意義上看來，將sublime譯為「雄偉」，似乎要恰當一些，尤其是在普通審美鑑賞活動中。

至於「雄渾」一詞，其情形又與「崇高」「雄偉」不同。據筆者所知，王建元先生之所以要採用「雄渾」一詞，並非僅僅對西方sublime這一美學範疇的單向性思考，而是在中國與西方美學範疇的雙向比較中的抉擇[8]。王建元先生博士學位論文題目是：*Unspeaking，Heaven and Earth Have Their Great Beauty*：*A Study of the Chinese Sublime*（《天地有大美不言：論中國的Sublime》）。正是在中西方這一美學範疇的比較中，王建元先生才採用了「雄渾」這一詞。筆者贊成王建元先生這一用法。對於「Chinese Sublime」，「雄渾」一詞尤為恰當。而「崇高」與「雄偉」二詞皆不太適應於中國古代這一美學範疇。因為古人一般不用「崇高」一詞來形容雄渾勁健的美。儘管不少批評家也用「高」來論美，如「高逸」「高古」「骨氣奇高」「風韻朗暢曰高」，但這個「高」並不完全等於「崇高」。至於「雄偉」，古人談文論美固然常用，但一般不把「雄偉」當作一個美學範疇。況且，朱光潛先生將sublime譯為「雄偉」主要是根據康德的sublime概念，將「偉」對應於「數量的崇高」，將「雄」

7　見《朱光潛美學文集》第1卷，上海文藝出版社1982年版，第231-232頁。

8　參見王建元：《雄偉乎？崇高乎？雄渾乎？》，《文學，史學，哲學》，台北時報出版公司1982年版。

對應於「力量的崇高」。

中國的「雄渾」概念，與西方的sublime不盡相同。雖然中國的「雄渾」也包含了力量氣勢以及體積的大。例如，老子所說的無形的「大象」，無聲的「大音」，莊子所說的天地之「大美」，這些都是大；孟子所說的「至大至剛」的「氣」，也具有體積的大和力量與氣勢。不過，中國的「雄渾」概念，與西方sublime概念有著一個根本不同之處，即西方美學中的sublime強調的是自然界強大的體積和力量對人引起的壓抑感、恐懼感，只有在人既感恐懼又無危險之時，這種恐懼才轉化為快感。儘管西方sublime也強調人類精神和道德的力量，但這種主體力量是在與自然界對立中，在恐懼與壓抑中迸發出來的。而中國的「雄渾」觀念則與西方並不完全相同。儘管中國古代也有從痛感轉化為美感的「雄渾」觀念，但更多的不是強調天人對立的崇高，而是強調天人合一的「雄渾」。這種「雄渾」的感受，正是與大自然冥契無間，相攜共游，甚至物我同化之中的超越與昇華。無論是儒家的「比德」，還是道家的「物化」，都強調德比天地，心與物渾。司空圖《二十四詩品》中〈雄渾〉一品所說的「返虛入渾，積健為雄」，正鮮明地體現了這一點（這一觀點我們將在後面進一步闡述）。正因為中國的「雄渾」觀念強調的是心與物、主體道德與客體元氣渾然一體的自豪與超越，而不是人與大自然尖銳對立中由痛感轉化來的快感。因此，僅僅用「雄」與「偉」（即力量與體積的巨大）是無法概括的，更不能僅僅用「崇高」一詞來硬套。筆者認為，「Chinese Sublime」這一概念，用「雄渾」這一詞來概括較為恰當。「雄渾」一詞，既包括了「力量」「精神氣魄」與「體積的大」這些sublime的基本特徵，又體現了中國古典美學中物我交融、比德天地的超越和「至大至剛」之氣的民族特色。總而言之，「雄渾」是近似於西方美學中sublime這一概念的中國古典美學範疇，它是有別於婉約秀麗的優美的一種剛健有力的美。

或許有人會問，為什麼不直接用姚鼐的「陽剛之美」，或者直接用當代美學術語「壯美」呢？筆者認為，「陽剛之美」與「壯美」，同樣不能完全概括中國古代這一美學範疇的全部意蘊。因為「陽剛之美」與「壯美」只包括了巨大的體積、力量與氣勢，但卻無法體現中國古代「雄渾」美的「渾」——比德天地、物我渾一的Chinese Sublime的超越特色。筆者認為，只有採用司空圖的「雄渾」這一術語，才能較好地體現中國的sublime的基本內蘊，準確地闡釋中國古代「雄渾」美的基本內容。

不過，為了論述方便和考慮到學術界的習慣用法，在談到西方sublime時，我們仍用「崇高」一詞，而談到Chinese Sublime時，我們即採用「雄渾」一詞，以示中西這兩個審美範疇的區別。

另外需要指出的是，整理研究中國古代「雄渾」這一範疇，是一件相當困難的工作。因為中國古代美學術語之中，與西方「崇高」（sublime）這一範疇相近似的術語有若干個，如「大」「陽剛之美」「雄渾」等等，與之相關的術語也有不少，如「浩然之氣」、「建安風力」、「大象」「大音」等等。這些術語雖有相一致之處，但並不完全相同，各術語的內涵與外延皆不一致。為解決這一問題，本書擬先以一定的篇幅，論述中國「雄渾」範疇形成、發展和逐步展開的過程，使人們認識到從先秦的「雄渾」觀念——「大」，逐步發展為「風力」、「雄渾」、「陽剛之美」的整個歷史過程，並在歷史論述和考證辨析的基礎之上，抽出各術語中的內核，通過對其各因素的剖析，使之融為一個統一的「雄渾」概念，並在與西方「崇高」範疇的比較之中，使中國古代美學這一重要範疇的內涵得以更加清晰地凸現出來，以此確立「雄渾」這一Chinese Sublime範疇。

本書所論述的另一個美學範疇——「沉鬱」，也是一個極其富於中國美學特色、同時也頗具說明難度的古典美學概念。

作為中國古典美學的一個重要範疇，「沉鬱」一詞原本來自對某種特定的文學創作風格的認識。

從奠定基本風貌的先秦時期起，中國古代文學就已具備了類似於後世所彰示的陽剛、陰柔的兩大宏觀風格特徵。然而我們在閱讀中國古代文學作品，特別是魏晉以後的抒情性詩文作品時，常常會產生一種另類的審美感受：近似於陽剛卻並不明快高亢，略通於陰柔又頗具力度，貫穿其間的是經由理性思慮所形成的深沉厚重之感，如同一口松柏濃陰中的古井，一片奇石綴岸的深潭，一尊青藤盤繞的山岩。於是，在對這類審美特徵的辨識歸納中，古代藝術理論家提煉出了「沉鬱」的範疇。由於這一範疇較多地用於詩歌理論、詩作評賞的論著中，所以先以幾首具有風格上的某種共性的詩篇為例。漢末《古詩十九首》中的《生年不滿百》一詩云：「生年不滿百，常懷千歲憂。晝短苦夜長，何不秉燭游？為樂當及時，何能待來茲？愚者愛惜費，但為後世嗤。仙人王子喬，難可與等期。」晉代阮籍《詠懷詩》其十五云：「昔年十四五，志尚好書詩。被褐懷珠玉，顏閔相與期。開軒臨四野，登高望所思。丘墓蔽山岡，萬代同一時。千秋萬歲後，榮名安所之？乃悟羨門子，噭噭今自嗤。」其二十五云：「拔劍臨白刃，安能相中傷？但畏工言子，稱我三江旁。飛泉流玉山，懸車棲扶桑。日月徑千里，素風發微霜。勢路有窮達，咨嗟安可長？」又如陸機《赴洛道中作》其二曰：「遠遊越山川，山川修且廣。振策陟崇丘，案轡遵平莽。夕息抱影寐，朝徂銜思往。頓轡倚嵩岩，側聽悲風響。清露墜素輝，明月一何朗！撫枕不能寐，振衣獨長想。」這類作品給人較為一致的審美感受是雖然傳達壓抑悲慨之情，卻並不纖弱柔靡，常會引導讀者陷入深深的思緒之中，有著明顯的「思」「情」並重、以「思」制「情」的特色。又如被視為「沉鬱」詩風的典範、藝術觀念和技法上更為成熟的杜甫詩，這一特色就更為鮮明，例如《秋盡》一首曰：「秋盡東行且未回，茅齋寄在少城隈。籬邊老卻陶潛菊，江上徒逢袁紹杯。雪嶺獨看西日落，劍門猶阻北人來。不辭萬里長為客，懷抱何時得好開？」解讀這樣的作品，必然需要情感觸動之外的關乎思想懷抱的理性思索。杜詩的名篇《蜀相》《秋興八首》《詠懷古蹟》《登高》等詩也具有類似的特徵，如《秋興八首》中的兩首：

其一

玉露凋傷楓樹林，巫山巫峽氣蕭森。
江間波浪兼天湧，塞上風雲接地陰。
叢菊兩開他日淚，孤舟一系故園心。
寒衣處處催刀尺，白帝城高急暮砧。

其四

聞道長安似弈棋，百年世事不勝悲。
王侯第宅皆新主，文武衣冠異昔時。
直北關山金鼓振，征西車馬羽書馳。
魚龍寂寞秋江冷，故國平居有所思。

明代鍾惺在評漢末古詩「回車駕言邁，悠悠涉長道。四顧何茫茫，東風搖百草」數句時曾寫下了「悲而曠」（見《詩歸》卷六）三字，同樣的評語也完全可以用於評論這類杜詩。無論是自然山水景物或是社會歷史場景，詩中的意象無不充滿著深切的思慮；而正是由於思慮的深厚，造成詩中的情感雖然抑鬱傷懷卻能出之以博大開曠的寫景論事，因而很難以單一的「陰柔」或「陽剛」概括詩中整體呈現的美感。包括流行於唐宋以後的「豪放」「婉約」等批評概念，對於「沉鬱」的風格也無法完全涵蓋其義。

由於杜甫曾在《進雕賦表》中以「沉鬱頓挫」為自我評價（詳論見後文），而這四字的自評又是如此貼切竟至於不可替代；特別是南宋嚴羽在《滄浪詩話》〈詩評〉中指出「子美不能為太白之飄逸，太白不能為子美之沉鬱」之後，詩家皆以之為至評，因此「沉鬱」一詞往往使人首先想到杜詩及杜甫的文風，古代文學理論著作在使用這一概念時也大多與評杜論杜相關。然而，為什麼這一概念在中國文學批評史的文論、詩話中有著相當高的復現率？為什麼概念的詩學內涵又會獲得文學理論家如此一致的認同？這恰恰說明除了杜甫的廣泛影響之外，「沉鬱」作為一種審美傾向所具有的代表性。對於深入瞭解杜詩、瞭解與杜詩在精神內涵上具有共通傾向的中國文人詩作，對於瞭解以文人傳統價值觀為基礎的中國美學思想體系，「沉鬱」這一美學範疇具有特殊的意義。

本書將以古代文化和文論史料為對象，對「雄渾」「沉鬱」二範疇的生成過程和方式、文化及美學內涵進行儘可能周詳的理論闡釋。上編論「雄渾」，下編論「沉鬱」。

上編

雄渾

第一章

「雄渾」觀念的發展歷程

第一節　孔子、孟子的「雄渾」觀念

什麼是「美」？這好像是個很簡單的問題，其實這是美學理論中最基本又最困難的問題。古今中外的美學家們對「美」的定義費盡了心機，耗盡了精力，提出了若干關於「美」的定義，然而至今仍眾說紛紜，不一而足。西方最早明確對「美」下定義的是柏拉圖。而中國最早對「美」下定義的，大概應首推孟子。

什麼是「美」呢？孟子說：「充實之謂美。」（《孟子》〈盡心下〉）緊接著孟子又說：「充實而有光輝之謂大。」（《孟子》〈盡心下〉）顯然，孟子認為「美」與「大」並不屬於同一範疇，「美」僅僅是充實，而「大」則不僅要充實，而且還要有光輝。「美」與「大」，既有連繫，又相區別。這個「大」，實際上就是一種輝煌燦爛、剛健雄渾的美，就是

Chinese Sublime，或者說是中國古代「雄渾」範疇的第一個重要概念。

先秦時期，孔子、老子、孟子以及《周易》都不同程度地談到了美學意義上的「大」，由此奠定了中國古代「雄渾」這一美學範疇的基本內涵。這裡我們先談談儒家學派對「大」的看法。

清人姚鼐在《復魯絜非書》中提出了「陽剛之美」與「陰柔之美」，這一看法備受當代美學家們的稱道。其實，陰陽剛柔之別及其審美特徵，肇始於《周易》。姚鼐之論，蓋源於《周易》。

《周易》為儒家的重要經典，內容包括《經》和《傳》兩部分，舊傳伏羲畫卦，文王作辭。《傳》包括〈彖〉上下、〈象〉上下、〈繫辭〉上下、〈文言〉、〈序卦〉、〈說卦〉、〈雜卦〉等十篇，亦稱《十翼》，舊傳孔子作。在《周易》中，已提出了具有審美意義的「大」。「彖曰：大哉乾元，萬物資始，乃統天。」「乾」是統天的，「文言曰：……大矣哉！大哉乾乎！剛健中正，純粹精也；六爻發揮，旁通情也。時乘六龍，以御天也；雲行雨施，天下平也」。這裡連用了兩個「大」，並加感嘆詞，充分表達了對「乾」的禮讚、對天的頌歌。為什麼「乾」具有「大」的美呢？因為「乾」不但能夠「以美利利天下」，而且「不言所利」。

「天」雖然生長成就了萬物之美，卻自己不說，不居功自表，體現了偉大崇高的精神。「乾」不但具有偉大崇高的精神，而且具有剛健的美，象徵著天的「乾」，猶如覆載萬物的天，不斷運動變化，具有生生不息的強大力量，體現了剛健的美。難怪「乾」卦六爻幾乎全為龍象。在這裡，象徵著中華民族強大力量的龍在四處游動，八方騰飛，展示了「乾」的剛健、雄渾和力量。你看那金光閃閃的巨大神龍，或蟄伏於地，或蜿蜒於田，或自由騰飛於天空，出沒雲霧之中，或躍入萬丈深淵，興風鼓浪……無論是「飛龍在天」，還是「或躍在淵」，都展示了龍那雄渾剛健的美。當然，「乾」之所以「大」，不僅僅因為「剛健中正」，還因為「乾」象徵著崇高的道德。道德的崇高，是「大」的最重要內涵之一。「象曰：天行健，君子以自強不息。」天的「剛健」，象徵著君子自強不息、積極進取、勇往直前、堅韌不拔的崇高品格。它既有剛健的美，又具有高尚的品格。難怪朱熹說：「蓋天地之間有自然之理：凡陽必剛，剛必明。……予嘗竊推《易》說以觀天下之人，凡其光明正大，疏暢洞達，如青天白日，如高山大川，如雷霆之為威而雨露之為澤，如龍虎之為猛而麟鳳之為祥，磊磊落落，無纖芥可疑者，必君子也。」[1]故〈大畜〉說：「大畜剛健篤實輝光，曰新其德。」〈大壯〉說：「大壯，大者壯也，剛以動，故壯，大壯利貞。」可見，無論是「大畜」還是「大壯」，「大」皆同時具有「剛」與「德」「貞」。所以說「大」的重要內涵之一是「德」。「大人者與天地合其德，與日月合其明，與四時合其序，與鬼神合其吉凶。先天而天弗違，後天而奉天時。天且弗違，而況於人乎？」（《文言》）這裡，將「德」比天地，總攝天地之陽剛正氣，如神龍飛天，雄渾剛健，真所謂「大矣哉」！「天行健，君子以自強不息」！剛健的天，自強的人，這就是「大」的內涵。《周易》對天的頌歌，對人的禮讚，充分表達了中華祖先對力量美和崇高之德的讚頌。它既是在講哲理，同時也是在講宇宙人生的一種道德境界和審美境界。哲理、道德、審美三者水乳交融，幾乎使人難以分辨何者為哲理，何者為道德，何者為審美。我們只感到在無窮宇宙之中，萬物在運動，在變化，雲行雨施，雷電轟鳴，龍蛇騰飛，升天入淵，君子秉德，自強不息……一幅壯麗宏偉的畫面展現在我們面前。不是講美學的《周易》，恰恰為我們描述了這麼一個雄渾的美

1　《朱文公集》卷七十五《王梅溪文集序》。

境，恰恰說明了剛健美的基本內涵。《周易》雖對「大」備加禮讚，對剛健美十分推崇，但並未走向一味尊奉剛健的極端，而是主張剛與柔相互制約，相互配合，剛柔相濟，從而達到平衡和諧之美。這一點對後世美學觀念影響極大，以至剛柔相濟成為中國古代美學理論的一大民族特色。

《周易》認為，「乾」為天，故具有剛健的美，而「坤」為地，具有陰柔之美，「彖曰：至哉坤元，萬物資生，……柔順利貞，君子攸行」。然而陰柔之美，也與道德密不可分：「陰雖有美，含之以從王事，弗敢成也。地道也，妻道也，臣道也。」（〈文言〉）只要遵守地道、妻道、臣道，就能體現陰柔之美。由於「坤為地，為母」，因此它就不像「乾」那樣，展現一幅「飛龍在天」的雄渾景象，而是「牝馬行地」，「含章可貞」，是「至柔」的，體現了柔順、含蓄、和悅、安靜的審美特徵。但「坤」雖至柔，卻也蘊含著剛，故〈文言〉說：「坤至柔而動也剛，至靜而德方，後得主而有常，含萬物而化光。」唯有剛柔相濟，才會中正和諧，才會有至美：「君子黃中通理，正位居體，美在其中，而暢於四支，發於事業，美之至也。」至美，正是剛柔相濟的結果。可以說，剛柔相濟，是〈周易〉貫穿始終的一個基本觀點。如：「兑，說也，剛中而柔外」（〈兑〉）；「中孚，柔在內而剛得中」（〈中孚〉）；「動靜有常，剛柔斷矣」，「是故剛柔相摩，八卦相蕩」（〈繫辭上〉）；「剛柔相推，變在其中矣」；「乾陽物也，坤陰物也，陰陽合德，而剛柔有體」（〈繫辭下〉）；「立天之道，曰陰與陽；立地之道，曰柔與剛」（〈說卦〉）。總而言之，剛與柔相雜相濟，相摩相蕩，構成了《周易》的核心觀點。正是這個剛柔相濟，對中國數千年古典美學理論產生了極大影響，從「氣有清濁」（曹丕），到「勢有剛柔」（劉勰）；從「宮商發越，貴於清綺」「詞義貞剛，重乎氣質」（《隋書》〈文學傳序〉)，到「陰陽剛柔美」之別（姚鼐）。中國的「雄渾」範疇，從來都是與陰柔美形影不離的。認識到這一點，才能真正認識到中國古典美學中剛柔相濟的民族特色。

值得注意的是，《易傳》中對於「大」的看法，十分近似於《論語》中對「大」的看法，難怪古人總是認為《易傳》為孔子所作。孔子所謂「大」，正是德比天地的剛健品格，正是與天地同德，與日月同輝的自強不息，傲霜斗雪的崇高精神。在《論語》中，也出現了《易》〈乾〉對天人禮讚的相同之辭「大哉」。《論語》〈泰伯〉：「子曰：大哉！堯之為君也！巍巍乎！唯天為大，唯堯則之。」堯為君王，為什麼能「大哉」呢？因為堯傚法那「大」的「天」，傚法那「剛健中正」、覆載萬物的「天」。天是偉大的，正如《易》〈乾〉所禮讚的「大矣哉！大哉乾乎」！象徵天的「乾」是剛健偉大的，傚法「天」的堯也是崇高偉大的。顯然，《論語》中的「大」與具有陽剛之氣的「天」緊密相連。如果世人能像「天」那樣光明正大，能與天地比德，與日月同輝，那他就可稱之為「大哉！巍巍乎！」又如：「巍巍乎！舜禹之有天下也而不與焉！」(《論語》〈泰伯〉) 舜禹雖有了天下，卻並不居功自傲，決不為己謀利，這就是「大」。這種美德，與《易》〈乾〉所展示的「天」的美德一樣，是崇高偉大的，「乾」雖以美利天下，卻不居功自傲，這就是「大矣哉」！這種「大」，既是講德，同時也蘊含著美，體現了一種與天地比德的陽剛正氣，一種崇高的人格美。《易》〈乾〉以天的剛健，象徵著君子拚搏奮鬥，獨立不羈的崇高品格。《論語》則曰：「歲寒，然後知松柏之後凋也。」(《論語》〈子罕〉) 這裡用傲霜斗雪、勁健挺拔的蒼松翠柏，來象徵君子的陽剛正氣，象徵君子自強不息、剛正不阿的崇高美德。這是在談道德，更是在談美。你看那漫天冰雪，寒風刺骨，在萬木蕭殺，一片枯萎之中，昂然屹立著挺拔茁壯的蒼松，雖傷痕纍纍，卻似銅枝鐵干，雖屢遭風雪，卻越發蒼勁！多麼壯美的境界！多麼崇高的品格！孔子讚美的，正是這種境界，這種人格，「三軍可奪帥也，匹夫不可奪志也」(《論語》〈子罕〉)。當然，這種境界和品格，核心是「仁」，是倫理的內容。孔子雖然不否認美，但孔子往往認為，善是美的核心。「子曰：『禮云禮云，玉帛云乎哉？樂云樂云，鐘鼓云乎哉？』」(《論語》〈陽貨〉) 藝術並非僅僅是演奏樂器、聲色形容之事，藝術的深層內涵是善。「子曰：『人而不仁，如禮何？人而不仁，如樂何？』」(《論語》〈八佾〉) 沒有「仁」，禮樂又有何用呢？只有用「仁」來充實內心，君子才可能「弘毅」，才可能「大」，也才可能具有剛健的崇高人格。所以說：「士不可以不弘毅，任重而道遠。仁以為己任，不亦重乎！死而後已，不亦遠乎！」(《論語》〈泰伯〉)「志士仁人，無求生以害仁，有殺生以成仁。」(《論語》〈衛靈公〉) 孔子這些對以「仁為己任」之君子崇高人格的禮讚，激勵了中華多少「仁人志士」！諸葛亮「鞠躬盡瘁，死而後已」；陸游至死不忘國家統一，囑子「王師北定中原日，家祭無忘告乃翁」；文天祥大氣凜然，視死如歸，「人生自古誰無死，留取丹心照汗青」。這些流芳百世的中華菁英，其崇高品格令人讚歎不已。從其浩然正氣之中，你一定會感受到一種剛健雄渾的美，甚至忘掉了那些枯燥迂腐的道德說教，而進入一種崇高雄渾的境界。文天祥的《正氣歌》，正是講儒家道德和人格的，但我們從中感受到的是那浩然正氣、陽剛之大美：

天地有正氣，雜然賦流形。
下則為河岳，上則為日星。
於人曰「浩然」，沛乎塞蒼冥。
皇路當清夷，含和吐明庭。

時窮節乃見，一一垂丹青：
在齊太史簡，在晉董狐筆；
在秦張良椎，在漢蘇武節；
為嚴將軍頭，為嵇侍中血；
為張睢陽齒，為顏常山舌；
或為遼東帽，清操厲冰雪；
或為《出師表》，鬼神泣壯烈；
或為渡江楫，慷慨吞胡羯；
或為擊賊笏，逆豎頭破裂。
是氣所磅礴，凜烈萬古存。
當其貫日月，生死安足論！
地維賴以立，天柱賴以尊。
三綱實繫命，道義為之根。……

當你讀這首詩時，一定會感到詩的力量絕非僅僅是來自鏗鏘的音韻，鮮明的形象，而是來自深沉博大、沛乎塞蒼冥的浩然正氣，它磅礴萬古，力貫日月，驚風雨、泣鬼神，給人一種慷慨激昂、悲壯蒼勁之美！而這種陽剛之氣，恰恰是「仁以為己任」之所致，這種慷慨悲壯之美，恰恰是仁義道德集之於中而發之於外的光彩！這就是「大」，就是「雄渾」。《論語》中，孔子也被人讚之為「大」，「大哉孔子」（《論語》〈子罕〉）！因為孔子也將「仁以為己任」，並自謂「天生德於予」（《論語》〈述而〉）。孔子實際上為中國古代士大夫塑造了一個「仁以為己任」、可奪帥不可奪志的崇高個體人格。

孔子對中國美學思想與文學藝術影響最大的，往往不是那三言兩語的談詩論樂之話，而是這種由仁義道德而來的崇高人格對中華民族思想的深層滲透，對中華民族群體人格的心理塑造。當然，孔子所讚美的這種「弘毅」崇高的人格，固然有其積極的一面，但不可否認，「仁以為己任」，實際上是要維護統治階級的政治。因此，這種浩然正氣，又不得不用「中庸」的品德加以束縛，要人「三省吾身」，「溫柔敦厚」。文藝上則是需「樂而不淫，哀而不傷」，「發乎情，止乎禮義」。這在很大程度上束縛了中華民族的剛健品格，減弱了古代雄渾美的熠熠光彩，導致了「雄渾」這一美學範疇，始終沒有占據中國古代美學的核心地位。

與孔子相似，孟子所說的「大」，也與仁義道德、崇高人格密切相關。《孟子》〈盡心下〉云：「可欲之謂善，有諸己之謂信，充實之謂美，充實而有光輝之謂大，大而化之之謂聖，聖而不可知之之謂神。樂正子二之中，四之下也。」孟子在這裡提出了六個範疇：「善」「信」「美」「大」「聖」「神」。怎樣解釋這六個範疇呢？漢人趙岐注曰：「正之所欲，乃使人欲之，是為善人。己所不欲，勿施於人也，有之於己，乃謂人有之，是謂信人。」這裡將「善」與「信」都用「己所不欲，勿施於人」來解釋，語蓋取諸《論語》〈顏淵〉：「仲弓問仁，子曰：『……己所不欲，勿施於人。』」在這裡，「仁」是第一位的東西，所以孟子十分強調仁義修養。「仁，人心也；義，人路也。」（《孟子》〈告子上〉）不過，「善」「信」雖然是第一、二位的東西，卻不是最高的範疇。達到了「善」與「信」，卻不一定就達到「美」「大」「聖」和「神」。因此，孟子說，「樂正子二之中，四之下」，也就是說，樂正子達到了「善」與「信」，是「善人也，信人也」（《孟子》〈盡心下〉），但卻沒有達到更高的範疇。孟子認為「充實」才能夠美，怎樣才能夠充實呢？那就是不但要遵循「善」與「信」，而且要將仁義道德灌注於自己的全人格之中，溶化在自己的血液裡，使自己外在的容色、動作處處都自然合於仁義道德，那就會由「充實」的內在煥發出美的光彩。「動容周旋中禮者，盛德之至也。」（《孟子》〈盡心下〉）盛德充實於中，就會光彩煥發。「道則高矣！美矣」（《孟子》〈盡心上〉）！「美」既不是「信」與「善」之仁義道德，但卻與仁義道德密不可分，它是道德仁義充實於中的顯現，是集於中而發於外的光彩。所以焦循《正義》引《詩經》〈碩人〉之注來解釋孟子所說的美：「充滿其所有，茂好於外，故容貌碩大而為美，美指其容也。」難怪屬於儒家經典的《禮記》〈樂記〉說：「德者，性之端也；樂者，德之華也。……是故情深而文明，氣盛而化神，和順積中，而英華發外。」藝術之美，與內在仁義的充實，是密不可分的。所以孟子說：「仁之實，事親是也；義之實，從兄是也；……樂之實，樂斯二者。樂則生矣，生則惡可已也，惡可已，則不知足之蹈之手之舞之。」（《孟子》〈離婁上〉）使人手舞足蹈的美感，是從「事親」「從兄」等仁義之充實中產生的。

在孟子看來，比「美」高一等的範疇就是「大」，「大」之上還有「聖」與「神」，這三個範疇都具有偉大崇高的意思，是「雄渾」這一美學範疇中不同層次的體現。什麼是「大」呢？孟子認為「充實而有光輝之謂大」。「大」比由「充實」而來的「美」在程度和範圍上更強烈、更鮮明、更輝煌、更廣大，它是一種剛健、崇高莊嚴之境界。最能說明這種「大」的，是孟子所說的那種充塞於天地之間的至大至剛的浩然正氣：「『敢問夫子惡乎長？』曰：『我知言，我善養吾浩然之氣。』『敢問何謂浩然之氣？……』曰：『難言也。其為氣也，至大至剛，以直養而無害，則塞於天地之間。』」（《孟子》〈公孫丑上〉）這種「至大至剛」的「氣」，「植之而塞於天地，橫之而彌於四海」，給人一種崇高偉大、雄渾勁健的美感。它不但充實於內，而且瀰漫充塞於整個浩渺廣闊的宇宙，真是「大矣哉」！它無限的「大」，卻又無比的

「剛」，這正是陽剛之美，是「雄渾」之境界。這種「至大至剛」的境界，來源於何處呢？孟子認為，它還是來自仁義道德之修養，個體人格之高揚：「其為氣也，配義與道，無是，餒也。是集義所生者，非義襲而取之也。」（《孟子》〈公孫丑上〉）所以，要有陽剛之氣，就必須「集義」，要充實而有光輝，就必須「養心」，要有大哉宏偉的人格，就必須具備仁義道德。「惻隱之心，仁之端也；是非之心，智之端也。……凡有四端於我者，知皆擴而充之矣，若火之始然，泉之始達，苟能充之，足以保四海。」（《孟子》〈公孫丑上〉）一旦仁義充實，則必將光輝外發，上升到一個更高的人生境界。這個境界無限大，無比廣闊，崇高莊嚴，剛健雄渾，乃至於天降大任於斯，「萬物皆備於我」，如孔子「登東山而小魯，登泰山而小天下」，故孟子說：「日月有明，容光必照焉，流水之為物也，不盈科不行，君子之志於道也，不成章不達。」（《孟子》〈盡心上〉）趙岐注曰：「章指言。閎大明者無不照，包聖道者成其仁，是故賢者志大，宜為君子。」「閎大」也好，「志大」也好，不都是一種光輝燦爛、崇高雄渾的「大」麼！這種「大」，既是一種人生境界，也是一種審美境界，更是一種浩然之正氣，陽剛之大美，崇高之人格：「居天下之廣居，立天下之正位，行天下之大道。得志與民由之，不得志獨行其道。富貴不能淫，貧賤不能移，威武不能屈，此之謂大丈夫。」（《孟子》〈滕文公下〉）大丈夫貧賤不移，威武不屈，浩然正氣，充塞宇宙。這就是「大」。至於「聖」，與「大」是密切相關聯的。孟子亦多用「大」來禮讚聖人，如《孟子》〈滕文公上〉：「孔子曰：『大哉！堯之為君，惟天為大，惟堯則之，蕩蕩乎民無能名焉。君哉舜也，巍巍乎有天下而不與焉。』」這就是說孔子禮讚聖人之「大」，緊接著，孟子又描述了孔子弟子對孔子的禮讚：「他日，子夏、子張、子游以有若似聖人，欲以所事孔子事之。強曾子。曾子曰：『不可！江漢以濯之，秋陽以暴之，皜乎不可尚矣。』」曾子認為，聖人潔白高尚，猶如傾江漢之水而洗濯之，以夏日之驕陽（週曆之秋即夏曆之五、六月，秋陽即為夏日之太陽）暴曬之，偉大的聖人是不可隨便當上的。孟子對聖人孔子也備加讚頌，認為自生民以來，沒有誰如孔子那樣神聖偉大。聖人就像那巍巍高山，浩渺江海，出類拔萃，偉大高尚：「麒麟之於走獸，鳳凰之於飛鳥，泰山之於丘垤，河海之於行潦，類也。聖人之於民，亦類也。出於其類，拔乎其萃，自生民以來，未有盛於孔子也。」（《孟子》〈公孫丑上〉）這就是聖人之「大」。這個「聖」，是由「大」昇華而來的，是「大」的高一等的顯現，「大」集中於某人便為「聖」。所以孟子說：「大而化之之謂聖。」可見，「大」與「聖」同屬那種崇高的人生境界和審美境界。顯然，無論「大」還是「聖」，皆與仁義道德密不可分。道德充實於胸中，便會光彩外發，是為「美」；光彩輝煌燦爛，剛健雄渾，是為「大」；以此「大」去感化天下，是為「聖」，「聖」而不可知之謂「神」，「神」是聖的終極，能為神，則博大無際，與天地同流。所以孟子說：「夫君子所過者化，所存者神，上下與天地同流。」（《孟子》〈盡心上〉）趙岐注云：「君子通於聖人，聖人如天，過此世能化之，存在此國，其化如神，故言與天地同流也。」與天地同流，與日月同輝，「神」比「聖」更「大」，更崇高，但仍是一種「大」，一種雄渾崇高的人生境界。孟子講「美」「大」「聖」「神」，都以仁義道德為核心，仁義充實於內，才有浩然之正氣，陽剛之大美，也才有如巍巍泰山、浩渺江海般的「聖」，以及與天地同流、與日月爭輝的「神」。由此看來，真正的崇高在於仁，偉大的力量在於善。有了仁義，才有浩然之氣，陽剛之美。有了善，便可以為神聖之人。所以說「人皆可以為堯舜」（《孟子》〈告子下〉）。孟子曾頗自負地說：「如欲平治天下，當今之世，捨我其誰也。」(《孟子》〈公孫丑下〉)為什麼呢?因為孟子能養心集義,善養浩然之氣,有至大至剛之美,巍巍然「大」,皎皎然「聖」。故曰:「舜,何人也,予何人也,有為者方若是。」(《孟子》〈滕文公上〉)「待文王而後興者,凡民也。若夫豪傑之士,雖無文王猶興。」(《孟子》〈盡心上〉)講究禮儀謙恭的孟子為何如此大言不慚呢?因為孟子相信善的巨大力量,它可以使「鄙夫寬、薄夫敦」(《孟子》〈萬章下〉)。豪傑之士振奮興起,貧賤不移,威武不屈,與泰山比高,與日月同輝,與江海同流,與天地同壽。它充實之為美,光輝之為大,化之而為聖,進之而為神,充塞於天地,包裹於六極,至大至剛,雄渾壯麗!這就是孟子給人們描繪的道德境界、人生境界和審美境界。

總而言之,《周易》《論語》《孟子》都談到了「大」這一範疇,並認為「大」具有崇高莊嚴、博大剛健的特徵,具有陽剛之美,雄渾之美。可以說「大」是中國的sublime,是「雄渾」這一古典美學範疇的一種具體說法。這種「大」,是基於仁義道德而產生的,是「天」的陽剛美的體現,是「仁義」充實於中的光彩,是個體道德人格的高揚,是儒家「自強不息」、德比天地的人生理想境界。這種「大」,是一種正面的崇高美,它光明正大,而絕無猙獰邪惡;它大氣磅礴,而絕無恐懼凶惡。它如斗霜傲雪的青松,似巍峨壯觀的泰山,浩然正氣,剛強勁健,德比天地,巍然「大」哉!儒家所提出的這種「大」,為「雄渾」這一美學範疇投下了倫理道德這塊巨大的基石。它既是支撐中國古典美學的牢固基礎,同時又給中國古典美學乃至文學藝術染上了濃郁的倫理道德色彩。

第二節　老子、莊子的「雄渾」觀念

如果說儒家為「雄渾」這一美學範疇投下了一塊倫理的基石，那麼道家則為「雄渾」這一美學範疇投下了一塊哲理和審美的基石。

與儒家相似，道家同樣講「大」。老子說：「大方無隅，大器晚成，大音希聲，大象無形。」(《老子》四十一章）這裡的「大音」「大象」，是一種無限的大，渾成的美。它與天地同德，與大道並生。這正是一種宏偉雄渾的境界。莊子亦極喜言「大」，他往往沉醉於自然界之「大美」，認為「天地有大美而不言，四時有明法而不議，萬物有成理而不說」(《莊子》〈知北遊〉)。什麼是天地之「大美」呢？《莊子》開篇即為我們描繪了一幅宏大壯闊的境界：大鵬展翅，扶搖羊角，背負蒼天，水擊千里：「北冥有魚，其名為鯤。鯤之大不知其幾千里也。化而為鳥，其名為鵬，鵬之背不知其幾千里也。怒而飛，其翼若垂天之云。是鳥也，海運則將徙於南冥。……鵬之徙於南冥也，水擊三千里……背若泰山，翼若垂天之雲，扶搖羊角而上者九萬里，絕雲氣，負青天……」(《莊子》〈逍遙游〉) 瞧！多麼宏大的氣魄！多麼奇偉的描述，多麼崇高的形象，多麼雄渾的境界！真可謂翱翔宇宙，氣吞山河！這就是「大美」，也可以說就是「雄渾」(sublime)。

什麼是「大音」「大象」呢？這裡的「音」「象」並非僅僅指美學範疇內的「音」與「象」，而是指天地萬物的一切形色聲貌。恰如莊子所說：「凡有貌象聲色者，皆物也。」(《莊子》〈達生〉)《文心雕龍》〈原道〉以優美的語言，描述了天地萬物之形色聲貌：「……日月疊璧，以垂麗天之象；山川煥綺，以鋪理地之形。……龍鳳以藻繪呈瑞，虎豹以炳蔚凝姿。雲霞雕色，有逾畫工之妙；草木賁華，無待錦匠之奇。夫豈外飾，蓋自然耳。至於林籟結響，調如竽瑟；泉石激韻，和若球鍠。……」這裡所描繪的大自然中的形色聲貌，似乎也不乏審美意義。不過，老子所說的「音」與「象」，除了那大自然的日月疊璧、草木賁華、林籟結響、泉石激韻之外，還包括了屬於文藝美的「音」與「象」。例如老子所說的「五色令人目盲，五音令人耳聾」（《老子》十二章）。這裡的「五音」「五色」，顯然是指文藝美而言。明白了老子所說的「音」與「象」，才可能進一步理解老子所說的「大音」與「大象」。對於「大音希聲，大象無形」，老子自己解釋道：「視之不見，名曰夷，聽之不聞，名曰希。」（《老子》十四章）也就是說，「大音」是聽不見的，「大象」是看不見的，是「無狀之狀，無物之象」（《老子》十四章）。這種聽不見、看不著的「音」與「象」就是「大」。這裡的「大」，蘊含著最高、最美之意，它是與「道」並生的，是無限的大、永恆的美。它不是紛紜雜沓、千姿百態的個別美的樂音與形象，而是美的本體。那「希聲」之大音，「無形」之大象，不是具體可感知的東西，而是「迎之不見其首，隨之不見其後」（《老子》十四章），是人們的視聽之區所不能企及的「渾成」境界。它「不溫不涼，不宮不商，聽之不可得而聞，視之不可得而彰，體之不可得而知，味之不可得而嘗」（《王弼集校釋》〈老子指略〉）。這種「大」，是與天地並生的雄渾境界，它無限的大，永恆的美，是渾成的整體。首先，它在時間上是永恆的，在空間上是無限的。故王弼注云：「無形無名者萬物之宗也，雖今古不同，時移俗易，故莫不由乎此以成其治者也。」在老子看來，有聲有形的東西，就不能永恆，有形就有限，有限就有毀，有生就有死，有成就有虧。泰山再高，也有頂點，黃河再長，也有盡頭，大海再寬也有邊際，「唯之與阿，相去幾何？善之與惡，相去何若？」（《老子》二十章）「天下皆知美之為美，斯惡已；皆知善之為善，斯不善已。」（《老子》二章）為什麼這樣說呢？因為個別的事物都是相對的，可變化的，沒有什麼永恆性。美的可以變成醜的，善的可以變成惡的。世上一切事物，都因時因地在變化。正如魏源《老子本義》所說：「蓋至美無美，至善無善。苟美善而使天下皆知其為美善，則將相與市之托之，而不可常矣。此亦猶有無、難易、長短、高下、音聲、前後之類，然當其時，適其情，則天下謂之美善；不當其時，不適其情，則天下謂之惡與不善。」這就明確指出：天下人皆知道的美與善，都是應物而名的，都是個別的、相對的，因而不是永恆的，「不可常矣」，當其皆以為美之際，也許已時過境遷，美變成了惡，這就是所謂「天下皆知美之為美，斯惡已」之意。正因為個別的美，具體的可聞可見的「音」與「象」是相對的、暫時的，老子才將目光轉到那絕對的、永恆的、無限的「大」，嚮往那看不見聽不著的「大音」「大象」：「道之為物，惟恍惟惚，惚兮恍兮，其中有像，恍兮惚兮，其中有物。窈兮冥兮，其中有精，其精甚真，其中有信。自古及今，其名不去。」（《老子》二十一章）

「視之不見，名曰夷；聽之不聞，名曰希；搏之不得，名曰微。此三者，不可致詰，故混而為一。其上不皦，其下不昧，繩繩不可名，復歸於無物，是謂無狀之狀，無物之象，是謂恍惚。」（《老子》十四章）這種無狀之狀，無物之象，無聲之音，正是老子追求的最高境界，它無限地大，永恆地存在。老子撇開了具體的、個別的物像、聲音，而在虛無之中把握住了超越具體物像與聲音的大美，捕捉住了如其本然的永恆的大，雄渾浩渺的無限的美。這是真正的「大」，它與大道並生，與天地同壽，與日月同輝！莽莽崑崙，不足以比其高，浩渺海洋，不足以比其大。「大音」「大象」，大到與無限等同，與永恆並存！正因為無聲無形，它才獲得了如此巨大的無形之象，才達到了如此磅礴的雄渾美境。老子所說的無形無聲又無限的「大」，體現出中西雄渾（Sublime）觀念的一個根本差異。這一點，我們將在後面章節中加以詳細闡述。

老子所說的「大」，不但是永恆的、無限的，而且還是渾成的。它是「全」的，而不是零碎的；是整一的，而不是雜亂的；是一般的，而不是個別的。這是中國「雄渾」這一範疇中「渾」字的重要內涵。所謂「大音」「大象」，正是這渾成整一的境界。對於「大音希聲，大象無形」，王弼注云：「聽之不聞名曰希，不可得聞之音也。有聲則有分，有分則不宮而商矣，分則不能統眾，故有聲者非大音也。」「有形則有分，有分者不溫則炎，不炎則寒，故象而形者非大象。」有聲有形就必然失去了整一渾成之「大」，必然不能統眾，有聲則不宮即商，有形則不炎即寒，有聲有形只能表現具體的美，無聲無形才能達到渾成而永恆的全美，無限而整一的「大」。唯有這整一的渾成美，才是那統攝天下一切形色聲貌的「大」。所以老子說：「執大象，天下往，往而不害，安平太。……視之不足見，聽之不足聞，用之不足既。」（《老子》三十五章）對此，王弼注曰：「大象，天象之母也。不寒不溫不涼，故能包統萬物。」這種能包統萬物、渾成整一而又無邊無際的「大音」「大象」就是老子所說的「大」的基本內涵。這種「大」與孟子所說的「至大至剛」的「氣」相仿，它充塞宇宙，包裹六極。不過，老子的「大」，與儒家所說的「大」又很不相同，這種不同，主要體現在以下幾個方面。

首先，儒家所說的「大」，主要來源於倫理道德的修養，是「集義所生」，是「仁以為己任」。而體現出來的是浩然正氣、崇高精神。而老子所說的「大音」「大象」，則主要來源於「道」，或者說是「道」的體現。老子認為，道是天下之母，是萬事萬物的泉源，「有物混成，先天地生，寂兮寥兮，獨立而不改，周行而不殆，可以為天下母。吾不知其名，字之曰道，強為之名曰『大』」（《老子》二十五章）。在老子看來，「道」本身就是「大」，所以才說「強為之名曰大」。在這先天地而生的永恆無限而又恍兮惚兮的「大道」之中，存在著不可聽見之「大音」，不可看見之「大象」，所以說「其中有像」，「其中有物」。正因為「道」是「大」，所以其「音」與「象」也「大」，正因為「道不可道」，所以「音」與「象」視之不可見，聽之不可聞；「道」是先天地生的、無限永恆渾成整一的，所以「大音」「大象」也是無限永恆渾成整一的。「道」產生萬物，所以「大音」「大象」能統攝萬物，包容一切貌象聲色。顯然，「大音」「大象」之所以無限地大，具有渾成的美，並不是來源於倫理道德修養，而是與宇宙的本體——「道」密切相關。它是哲學意義上的無限，而非倫理意義上的崇高，它由「大音」「大象」而導向「雄渾」的審美境界，而不是由「仁義禮智」引出的浩然正氣。正是從這個意義上，我們才說儒家為中國古代「雄渾」這一美學範疇投下了一塊倫理的基石，而道家則為「雄渾」這一美學範疇投下了一塊哲理的和審美的基石。後人正是在道家奠定的這一塊基石上，樹起了不同於儒家「雄渾」觀念的另一根大柱，修起了中國古代偏重於審美的美學理論大廈。這種「雄渾」，我們可以在司空圖的美學理論之中看到，在蘇東坡的詩文中讀到，在遼闊空靈的山水畫中感受到：「大用外腓，真體內充。返虛入渾，積健為雄。具備萬物，橫絕太空。荒荒油雲，寥寥長風。……」（《二十四詩品》）「壬戌之秋，七月既望，蘇子與客泛舟游於赤壁之下。……縱一葦之所如，凌萬頃之茫然。浩浩乎如馮虛御風，而不知所止，飄飄乎如遺世獨立，羽化而登仙。……寄蜉蝣於天地，渺滄海之一粟，哀吾生之須臾，羨長江之無窮。……」（《前赤壁賦》）「危峰障日，亂壑奔江。空水際天，斷山銜月，雪殘青岸，煙帶遙岑。日落川長，雲平野闊……」（笪重光《畫筌》）這種「雄渾」之境界，不同於文天祥的《正氣歌》，它不是由道德充實而發之於外的光輝，而是充滿了永恆無限的宇宙意識。茫茫宇宙，漫漫人生，永恆無限的世界，是多麼深邃博大、遼闊喲！人生天地間，如寄蜉蝣於天地，渺滄海之一粟。這種無限永恆的宇宙意識，指向的不是倫理的崇高，而是哲學的沉思和審美的體驗。這就是老子的「大」與儒家的「大」的第一個區別。

其次，儒家講君君臣臣父父子子，主張「父子有親，君臣有義，夫婦有別，長幼有序」（《孟子》〈滕文公上〉）。但在講君臣父子夫婦之時，儒家重的是君、父、夫。認為這些都是「陽」，主張扶陽抑陰。例如：天為陽剛，地為陰柔，故天尊地卑；男為陽剛，女為陰柔，故男尊女卑。正如魏源所說：「老子與儒合乎？曰，否，否。天地之道，一陰一陽。而聖人之道，恆扶陽抑陰為事。其學無慾則剛。是以乾道純陽，剛健中正，而後足以綱維三才，主張皇極。老子主柔實剛，而取牝取雌取母，取水謙下，其體用皆出於陰，陰之道雖柔，而其機則殺。」（《老子本義》〈論老子〉，見《諸子集成》本）儒家扶陽，故極力推崇「大矣哉」的「乾」，推崇陽剛之美。而老子則恰恰相反，他雖然主張「大」，卻並不崇尚陽剛，而是推崇陰柔。這種尚「柔」與崇「大」的交織與融合，構成了老子那充滿辯證意味而又獨具特色的「雄渾」觀念。老子主張知雄守雌，以柔克剛。他說：「天下莫柔弱於水，而攻堅，強者莫之能勝，似其無以易之。弱之勝強，柔之勝剛，天下莫不知，莫能行。」（《老子》七十八章）為什麼柔弱反而勝剛強呢？老子認為，柔弱乃生之道，剛強則死之路，「人之生也柔弱，其死也堅強；萬物草木之生也柔脆，其死也枯槁。故堅強者死之徒，柔弱者生之徒。……強大處下，柔弱處上」（《老子》七十六章）。也許是老子非常懂得辯證的道理，才力主「以柔克剛」之說。老子認為：要想大，必不自大；要想剛強，必先柔弱。「以其終不自為大，故能成其大。」（《老子》三十四章）不自大，才能成其為大，同樣，不自剛強，才能成其為剛強。由此看來，柔弱僅僅是手段，並不是目的。尚柔的目的是為了勝過剛強。或者說，尚柔僅僅是老子教人處世的一種花招，一種大智若愚的詭計，目的是為了勝過剛強，真正成其為大，成其為剛。「將欲歙之，必固張之；將欲弱之，必固強之；將欲廢之，必固興之；將欲奪之，必固予之。是謂微明，柔弱勝剛強。」（《老子》三十六章）難怪魏源說：「老子主柔實剛。」（《老子本義》〈論老子〉）老子取柔得剛，不自大故能成其「大」。與儒家相比，雖方法不同，但卻異途而同歸：無論是儒家的自強不息、仁以為己任的陽剛之氣，抑或是老子知雄守雌、以柔克剛的辯證方法，其目的都是為了達到與天地比德、與日月同輝的「大」。

在崇尚「大」美這一點上，莊子不但繼承了老子的觀點，而且發展了老子提出的「大」，使之與審美更加緊密地連繫起來，莊子的論述，就美學理論而言，其影響大大超過了老子。因為莊子講「大」，不僅僅講「大音」「大象」，而且提出了「大美」與「至樂」，這就十分清晰地將「大」與「美」及文學藝術連繫在一起了。

《莊子》一書，以其特有的「謬悠之說，荒唐之言，無端崖之辭」，為我們描繪了許多「大」的形象，闡述了那瑰瑋奇特的「大」的內涵。什麼是「大」呢？《莊子》〈秋水〉篇有這樣一段描述：秋水時至，百川灌河，黃河頓時洪水暴漲，洶湧澎湃，涇流之大，兩涘渚崖之間，不辨牛馬。於是黃河之神河伯洋洋得意，欣然自喜，認為天下自己最大，「以天下之美為盡在己」。然而，當他順流東下，到達北海，只見北海浩渺廣闊，無邊無垠，東面而視，不見水端。於是乎，河伯感到十分慚愧，望洋興嘆曰：「殆矣，吾長見笑於大方之家。」然後，莊子借海神北海若之口向河伯談起了「大」的道理：「天下之水莫大於海，萬川歸之，不知何時止而不盈；尾閭洩之，不知何時已而不虛。春秋不變，水旱不知。此其過江河之流，不可量數。」但即便如此浩渺廣闊的大海，也並不稱大。與天地比起來，茫茫大海，也不過猶小石小木之在大山。偌大中國，亦不過似稊米之在大倉。茫茫宇宙，漫漫時光，窈冥深遠，何有邊際，「物量無窮，時無止，分無常」。唯有那無邊無涯、無止無境、不生不滅、無始無終的東西，才是真正的「大」，這個無始無終、無邊無涯、無止無境、無生無死的東西，就是「道」。莊子認為：「夫道，於大不終，於小不遺，故萬物備。廣廣乎其無不容也，淵乎其不可測也。」（《莊子》〈天道〉）與老子一樣，莊子認為，這種包容萬物的「道」，是萬物之母，是先天地而生的，它無為無形，聽不見看不著，但卻最「大」，能產生一切，化育萬物，「夫道，有情有信，無為無形。可傳而不可受，可得而不可見。自本自根，未有天地，自古以固存。神鬼神帝，生天生地。在太極之先而不為高，在六極之下而不為深，先天地生而不為久，長於上古而不為老。……莫知其始，莫知其終」（《莊子》〈大宗師〉）。這個至大的「道」，是渾一的整體，它不但不可聞不可見，並且不可言，不可分：「道不可聞，聞而非也；道不可見，見而非也；道不可言，言而非也。……終日視之而不見，聽之而不聞，搏之而不得也。」（《莊子》〈知北遊〉）「夫道未始有封；言未始有常。」（《莊子》〈齊物論〉）正因為「道」無形，既不可聞，又不可聽，甚至不可言不可分，所以「道」才能包容萬物，充滿宇宙，才能超越任何形體限制，成其為博大雄渾。「夫道，覆載萬物者也，洋洋乎大哉！」（《莊子》〈天地〉）莊子的「洋洋乎大哉！」與孔子的「巍巍乎」「大哉」！《易》〈乾〉的「大哉乾乎！」其用語簡直如出一轍！這個「大」，正是一種博大崇高的雄渾境界。正是由這個「洋洋乎大哉」的「道」之中，產生出了「大音」「大象」與「大美」「至樂」。莊子認為，「道」雖然不可聞不可見，但在這窈冥深遠的「道」之中，卻有聲有像：「夫道，淵乎其居也，漻乎其清也。……視乎冥冥，聽乎無聲，冥冥之中，獨見曉焉；無聲之中，獨聞和焉。」（《莊子》〈天地〉）這冥冥之中的「象」，無聲之中的「音」，正是那天地之大美，雄渾之至樂，那永恆無限的美。

莊子認為，由「道」而產生的「大美」，與「道」一樣，是不言的，它存在於天地萬物之中，「天地有大美而不言，四時有明法而不議，萬物有成理而不說。聖人者，原天地之美而達萬物之理」（《莊子》〈知北遊〉）。「判天地之美，析萬物之理，寡能備於天地之美，稱神明之容。」（《莊子》〈天下〉）什麼是「天地之美」呢？莊子認為，合乎於「道」，順乎自然，純真率性的就是「天地之美」。例如：馬，蹄可以踐霜雪，毛可以御風寒，齕草飲水，翹足而陸，此馬之真性也。這種真性，才是天地萬物之美：「至德之世，同與禽獸居，族與萬物並，惡乎知君子小人哉！同乎無知，其德不離；同乎無慾，是謂素樸；素樸而民性得矣。」（《莊子》〈馬蹄〉）因此，莊子十分推崇歸真返璞的自然美，認為「素樸而天下莫能與之爭美」（《莊子》〈天道〉）。《莊子》〈田子方〉中有一則記載很能說明莊子所推崇的美：「宋元君將畫圖，眾史皆至，受揖而立；舐筆和墨，在外者半。有一史後至者，儃儃然不趨，受揖不立。因之舍。公使人視之，則解衣般礴，裸。君曰：可矣，是真畫者也。」這就是歸真返璞的真美。與孟子相似，莊子不但談「美」，而且還區分了「美」與「大」。他認為，有了「美」不一定有「大」，《莊子》〈天道〉云：「昔者舜問於堯曰：天王之用心何如？堯曰：吾不敖無告，不廢窮民。苦死者，嘉孺子而哀婦人，此吾所以用心也。舜曰：美則美矣，而未大也。堯曰：然則何如？舜曰：天德而出寧，日月照而四時行，若晝夜之有經，雲行而雨施矣。」莊子認為，堯治理天下，能同情愛護人民，救助有難者，其業績的確稱得上美的。但是，這還稱不上「大」。要達到「大」的境界，則必須合乎大道，順乎自然，如日月經天，雲行雨施，萬物自作，如天德一般，這才可稱之為「大」。可見莊子所說的「大」，與孟子所說的「大」既相似又相異。相似之處是：「大」皆是比「美」高一等的範疇，是一種偉大和崇高，是充滿宇宙的無限。相異之處在於：孟子所說的「大」，主要指一種人格道德精神的偉大，具有濃郁的倫理色彩，其特徵是莊嚴剛正。而莊子所說的「大」，恰恰是擺脱人為的束縛，是大自然的偉大和自由，它如日月運行天空，如雲雨滋潤萬物，它是「道」及其所派生的大自然的偉大無限和力量。莊子認為，這種「大」有其大的美，或者說是天地之大美，表現在自然界，這種「大美」則為「地籟」「天籟」，這相當於後人劉勰所說的「林籟結響」。不過，莊子所描述的林籟結響，並非僅僅顯示了自然界的文采，而且顯示了自然界巨大的力量美：「夫大塊噫氣，其名為風。是惟無作，作則萬竅怒號。」一旦大風颳起，林木之中萬竅呼嘯，這就是天地之間的音樂。當然，這並非輕吹細唱，而是漫天嚎叫，巨聲嘯唱，如海之澎湃，似山之轟鳴，「大木百圍之竅穴，似鼻，似口，似耳，似枅，似圈，似臼，似窪者，似污者」。一旦合唱起來，則「激者、謞者，叱者、吸者、叫者、嚎者、宎者、咬者，前者唱於而隨者唱喁。泠風得小和，飄風則大和，厲風濟則眾竅為虛」（《莊子》〈齊物論〉）。這真是一首天地自然交響樂的絕妙描述！多麼雄渾壯觀！多麼氣派豪放！這種「大」表現在樂上，則為「至樂」與「天樂」。莊子認為一般人所說的快樂，並不是真正的快樂，「今俗之所為與其所樂，吾又未知樂之果樂邪，果不樂邪？」（《莊子》〈至樂〉）什麼是「今俗之所樂」呢？莊子認為，一般人所理解的樂，不過是甘食美色而已，「所樂者，身安厚味美服好色音聲也」（《莊子》〈至樂〉）。對於這些東西，莊子並不以為樂，「而皆曰樂者，吾未之樂也，亦未之不樂也……故曰，至樂無樂」（《莊子》〈至樂〉）。莊子嚮往的是那同乎「大道」，雄渾壯闊的「天樂」，「夫明白於天地之德者，此之謂大本大宗，與天和者也。……與天和者謂之天樂」（《莊子》〈天道〉）。這種「天樂」，是與天地比壽，與日月爭光，它是無限、廣博與力量的體現：「莊子曰：『吾師乎，吾師乎！整萬物而不為戾，澤及萬世而不為仁，長於上古而不為壽，覆載天地、刻雕眾形而不為巧。』此之謂天樂。故曰，知天樂者，其生也天行，其死也物化；靜而與陰同德，動而與陽同波。故知天樂者，無天怨，無人非，無物累，無鬼責。故曰，其動也天，其靜也地，一心定而王天下。其鬼不祟，其魂不疲，一心定而萬物服。言以虛靜，推於天地，通於萬物，此之謂天樂。天樂者，聖人之心以畜天下也。」（《莊子》〈天道〉）莊子所說的「天樂」是何等的「大」，何等的有力量呵！它可以搗碎萬物，澤及萬世，覆載天地，刻雕眾形；它與陰同德，與陽同波。它是偉大崇高的化身，是無限大道的體現。這就是真正的快樂！它不是美色厚味，不是世俗的小小快樂，而是通於萬物、以畜天下的偉大力量！

這種「大」體現在文藝上，就是那聽之不聞其聲、視之不見其形、充滿天地、包裹六極的、符合於大道的《咸池》之樂（音樂舞蹈）。在《莊子》〈天運〉中，莊子用大段的文字，為我們詳細描述了「帝張《咸池》之樂於洞庭之野」，奏出了「至樂」。什麼是「至樂」呢？他說：「夫至樂者，先應之以人事，順之以天理，行之以五德，應之以自然。然後調理四時，太和萬物。四時迭起，萬物循生，一盛一衰，文武倫經；一清一濁，陰陽調和，流光其聲。蟄蟲始作，吾驚之以雷霆，其卒無尾，其始無首。」這無首無尾之音樂，如雷霆驚蟄，似文武倫經。

它太和萬物，流光其聲。令人「始聞之懼」，給人一種驚心動魄的壯美感。緊接著莊子又描述了那聽之無聲，視之無形，充滿天地，包裹六極的「天樂」。這種無聲之音，無形之象，是最高的藝術，它不是具體的音與形，而是無限的美，是「大音」「大象」，它大到無邊無際，無所不容，故能充滿於天地，包裹六極。給人以最大的快感，最美的享受，使人「無言而心說」，這就是莊子的「雄渾」觀念——「大」。

我們知道，儒家的「雄渾」觀念——「大」——來自倫理，來自內心仁義道德的充實。那至大至剛的浩然正氣，是集義所生，是「仁以為己任」的結果。而莊子的雄渾觀念——「大」——卻並非從倫理道德而來。莊子所推崇的「大」，除了形體的無限，時間的永恆等「雄」的特徵外，還有另一重要特徵，即物我為一，主體與客體交融的「渾」。莊子的「雄渾」觀念，是由無限大的「雄」與物我為一的「渾」這兩個方面構成的。在「雄」的方面，莊子為我們描繪了若干雄偉壯美的形象。有其背不知幾千里，翼若垂天之雲，扶搖直上九萬里的大鵬，有「其大蔽數千牛，絜之百圍，其高臨山十仞而後有枝，其可以為舟者旁十數」（《莊子》〈人間世〉）的大樹。有「乘云氣，御飛龍，而游乎四海之外」（《莊子》〈逍遙游〉）的神人。有「萬川！日之不知何時止，而不盈；尾閭洩之不知何時已，而不虛」（《莊子》〈秋水〉）的茫茫大海。然而，僅僅用數量的sublime與力量的sublime還不能盡括莊子的「雄渾」觀念。莊子所說的「大」，並不僅僅是純粹客觀對象上的「大」。如果僅僅有客觀的對象，而無主體的率真自由，沒有「獨與天地精神往來，而不敖倪於萬物」（《莊子》〈天下〉）的主體與客體的冥和，那麼就不可能有真正的「大」；沒有「天地與我並生，而萬物與我為一」（《莊子》〈齊物論〉）的物我渾一，就不可能有「大美」與「至樂」。在莊子看來，人的生命是極其有限的，即便壽比南山，也終不免一死：「莫壽於殤子，而彭祖為夭。」(《莊子》〈齊物論〉) 與那漫漫的時光，永恆的宇宙相比較起來，人的生命真是太短促渺小了。什麼才是永恆無限的呢？莊子認為，只有那「洋洋乎大哉」的「道」。人類如果想獲得永恆的「大道」，那就必須與天地並生，與萬物為一，主體必須與客體相渾為一，乃至化為萬物，才能同乎「大道」。這就是莊子著名的「物化」說，莊子主張「忘己」，將主體匯入客體之中去「乘物游心」(《莊子》〈人間世〉)。在與物相游之中與「物化」(〈知北遊〉)，就會獲得巨大的快樂，「山林與！皋壤與！使我欣欣然而樂與」(《莊子》〈知北遊〉)。莊子本人就承認他曾體驗過「物化」的美感。「昔者莊周夢為胡蝶，栩栩然胡蝶也。自喻適志與！不知周也。俄然覺，則蘧蘧然周也。不知周之夢為胡蝶與？胡蝶之夢為周與？周與胡蝶，則必有分矣。此之謂物化。」(《莊子》〈養生主〉) 正是在這種「物化」之中，才能達到「忘身」「忘己」。達到「不知所以生，不知所以死，不知就先，不知就後，若化為物」，就能「離形去知，同於大通(大道)」(《莊子》〈大宗師〉)，從而達到與天地並生，與萬物為一的至大至高、永恆無限的境界。達到「入無窮之門，以游無極之野，吾與日月參光，吾與天地為常」(《莊子》〈在宥〉) 的「雄渾」美境。所以莊子說「忘乎物，忘乎天，其名為忘己，忘己之人，是謂入於天」(《莊子》〈天地〉)。達到與天為一的至大境界，才可能有至美與至樂。在《莊子》〈田子方〉中，莊子曾借老聃之口，闡述了與物相游的「至美至樂」。說明這種「大美」與「至樂」，正是與物相游，物我交融的產物。「老聃曰：吾游心於物之初，……至陰肅肅，至陽赫赫，肅肅出乎天，赫赫發乎地。兩者交通成和，而物生焉。或為之紀，而莫見其形。消息滿虛，一晦一明，日改月化。日有所為，而莫見其功。生有所乎萌，死有所乎歸，始終相反乎無端，而莫知其所窮。……孔子曰：請問游是。老聃曰：夫得是至美至樂也。得至美而游乎至樂，謂之至人。」總而言之，天地之「大美」，無聲之「至樂」，正是從「洋洋乎大哉」的「道」之中產生出來的，它是至大無比，永恆無限的。要想獲得這永恆的「大美」與「至樂」，則必須乘物游心，同乎大道，從而達到「天地與我並生，萬物與我為一」的雄渾境界。正如莊子自詡曰：「上與造物者游，而下與外死生無終始者為友。其於本也，弘大而辟，深閎而肆。」(《莊子》〈天下〉) 這就是莊子的「雄渾」觀念。它不但「雄」，——具有數量的大與力量的大，並且是無限永恆的大，而且「渾」——將主客體融而為一，物我不分，達到與萬物同等的那種不生不死、永恆無限、至大至樂的境界。顯然，這種「雄渾」觀念，與西方美學中那種由天人對立而迸發出來的恐懼、驚奇與自豪的sublime觀念，是不完全相同的。

另外，需要指出一點：與老子相似，莊子也推崇「虛靜恬淡寂漠無為」(《莊子》〈天道〉)，因此，《莊子》一書，雖描寫了許多雄渾壯美的景象，但其根本精神，是教人無為，其基本出發點，還是老子的「以柔克剛」「無為而無不為」。這就從根本上決定了莊子的尚柔傾向。實際上，不但老莊如此，儒家也是如此。孔、孟雖然講「三軍不可奪帥」，提倡「至大至剛」的凜然天氣，但其基本立足點，還是溫柔敦厚，「樂而不淫，哀而不傷」。明白了這一點，我們才不至於感到奇怪：為什麼儒、道兩家都推崇陽剛之「大美」，雄渾之境界，而中華文學藝術卻多以自然素樸、溫柔敦厚為正宗？固然，幾千年來，文壇上雄渾豔麗之作不斷出現，但卻始終無法完全壓倒平淡自然的品格，並取代其正宗地位。認識到這一點，我們才能總覽全局，清醒地認識到中國古代美學中「雄渾」這一範疇的恰當位置，準確全面地認識中國古代文學藝術的審美基質及其複雜性。

第三節　從楚辭、漢賦、建安詩歌到《文心雕龍》的「雄渾」觀念

「自《風》《雅》寢聲，莫或抽緒，奇文郁起，其《離騷》哉。」(《文心雕龍》〈辨騷〉) 確實，以屈原《離騷》為代表的楚辭，堪稱真正的「奇文」！你看那飛龍駕著風車，騰飛於茫茫太空，朝發蒼梧，夕至縣圃。作品中主人公多麼高潔、剛強、深沉、豪放！他寧伏清白以死直，雖九死其猶未悔！他以芰荷為衣，芙蓉為裳，帶長鋏之陸離，駕青虯驂白螭，與天地同壽，與日月同光。使月神望舒為前驅，讓風神飛廉奔屬，命羲和弭節，令帝閽開關。折瓊枝為羞，精瓊爢為粻，乘飛龍而飾瑤象。時而天上地下，時而崑崙流沙。鳳鳥高翔，閬風緤馬，八龍婉婉，百神齊降，……這是多麼神奇的想像世界，多麼絢麗多彩的藝術境界喲！在這繽紛繁飾、芳菲彌章的畫面中，又蘊含著主人公那極為深沉的幽怨和悲憤，蘊含著疾痛慘怛，痛心疾首的悲傷！「忳鬱邑余侘傺兮，吾獨窮困乎此時也。寧溘死以流亡兮，余不忍為此態也！」「懷朕情而不發兮，余焉能忍與此終古！」「曾歔欷余鬱邑兮，哀朕時之不當。攬茹蕙以掩涕兮，沾余襟之浪浪！……」這又是多麼深沉的悲憤，多麼強大的情感力量！這深沉、博大的情感力量，千百年來，激動了多少中華赤子的心靈呵！「讀《騷》久之，方識真味，須歌之抑揚，涕淚滿襟……」(嚴羽《滄浪詩話》)。這大概就是《離騷》雄渾美的巨大力量吧！難怪劉勰說：「不有屈原，豈見《離騷》？驚才風逸，壯志煙高。」(《文心雕龍》〈辨騷〉) 這種「風逸」「煙高」，正是一種壯美，一種博大崇高之美。不唯《離騷》，屈原的所有作品，幾乎都具有這種雄渾之美。劉勰指出：「故《騷經》《九章》，朗麗以哀志；《九歌》《九辯》，綺靡以傷情；《遠遊》《天問》，瑰詭而惠

巧；《招魂》《招隱》，耀豔而深華；《卜居》標放言之致，《漁父》寄獨往之才。故能氣往轢古，辭來切今，驚采絕豔，難與並能矣！」(《文心雕龍》〈辨騷〉）在這裡，劉勰實際上明確指出了屈原作品的審美特徵——深沉熾熱的悲憤情感與華麗輝煌的奇思異采。即在「哀志」「傷情」之中，萌發出奇光異彩，昇華為「朗麗」「綺靡」「耀豔」的「驚采絕豔」！深沉的情感與輝煌的文采，正是楚辭雄渾美的基本特徵。

在屈原作品中，主人公那種出淤泥而不染的高潔品格，以天下為己任的博大胸懷，不正是一種「偉大的心靈」麼？對這種高尚的品格，司馬遷極為讚賞，他認為《離騷》主人公志潔行廉，堪與日月爭光：「其志絜，故其稱物芳。其行廉，故死而不容自疏。濯淖汚泥之中，蟬蛻於濁穢，以浮游塵埃之外，不獲世之滋垢，皭然泥而不滓者也。推此志也，雖與日月爭光可也。」（《史記》〈屈原賈生列傳〉）至於強烈而激動的情感，屈原作品是絕不缺乏的。「故其敘情怨，則郁伊而易感；述離居，則愴怏而難懷。」（《文心雕龍》〈辨騷〉）每一個讀屈原作品的人，都不難強烈地感受到其中熾熱哀怨之情，忠貞悲憤之志。真可謂每一顧而流涕，每一吟而悲生：「心鬱鬱之憂思兮，獨永嘆乎增傷。思蹇產之不釋兮，曼遭夜之方長。悲秋風之動容兮，何回極之浮浮！數惟蓀之多怒兮，傷余心之憂憂！」(《抽思》）這憂怨悲憤之情，是那麼深沉痛切，如泣如訴，並且昇華為震撼人心的巨大力量！「魂一夕而九逝」，「涕淫淫其若霰」。難怪司馬遷說：「夫天者，人之始也；父母者，人之本也。人窮則反本，故勞苦倦極，未嘗不呼天也；疾痛慘怛，未嘗不呼父母也。屈平正道直行，竭忠盡智以事其君，讒人間之，可謂窮矣。信而見疑，忠而被謗，能無怨乎？屈平之作《離騷》，蓋自怨生也。」（《史記》〈屈原賈生列傳〉）至於華麗的辭采與輝煌的結構，更是屈原作品之突出特徵。我們知道，儒家「雄渾」觀念的主要特徵在於強調道德的修養，人格的高揚，強調「自強不息」，「仁以為己任」，威武不屈、貧賤不移的「至大至剛」，而道家的「雄渾」觀念則強調「天地與我並生，萬物與我為一」的無限與永恆，強調與「道」並生的「大音」「大象」與天地之「大美」。儒、道兩家的「雄渾」觀念一個指向內在道德的崇高，一個追求空間時間的無限永恆的「大」。這可以說是中國古代「雄渾」觀念的兩大基石。而楚辭則給中國古代「雄渾」觀念投下了第三塊基石，這就是它所獨具的宏偉、壯大、輝煌華麗、驚采絕豔的文采形式美特徵。

是的，我們承認屈原作品中那清潔之性、忠貞之志，是構成其「雄渾」觀念的重要支柱。不過，這種高潔人格、忠貞之志，與儒家的「雄渾」觀念有相通之處。因此，這一點就不能算是獨特貢獻了。而屈原作品中那奇思異采，那令人眼花繚亂的香草美人、虯龍鸞鳳，那琳瑯滿目的繽紛繁飾、青黃雜糅、芳菲彌章，那宏博巨大的長篇巨製，不但是空前的，而且後代的詩作也很少有堪與之比肩者。這一點，正是屈原作品被稱之為「奇文」的重大因素。也正是這一點，在漢代文壇上引起了一場激烈的論爭。在「獨尊儒術」的思想氛圍之中，一些儒學衛道士極不滿意屈原作品的奇思異采。班固公開站出來，嚴厲指責屈原「多稱崑崙冥婚虛無之語，皆非法度之政，經義所載」（〈離騷序〉）。當然，也有人反對班固對屈原及其作品的詆毀。王逸站出來駁斥了班固，並肯定屈原忠貞高潔的品格是符合儒家正統的，王逸還進一步指出，屈原作品「多稱崑崙冥婚虛無之語」也是與儒家經義相符的。王逸高度評價屈原，好像較為準確公正，其實不然。因為將屈原作品視為儒家經典的模擬者，實際上抹殺了其獨創性特徵。屈原作品所以「名垂罔極，永不刊滅」，不僅僅因為它「膺忠貞之質，體清潔之性」，而且更在於其獨特的審美價值，那就是異於儒家審美觀念的宏博瑰麗，輝煌華美的奇思異采！正是這種異於儒家經典的獨創性雄渾美，使屈原作品獨步一時，「衣被詞人，非一代也」。對於這一點，劉勰《文心雕龍》〈辨騷〉剖析得較為中肯。劉勰認為，屈原作品，既有同於儒家思想的一面，又有異於儒家思想的一面。例如，屈原作品中「陳堯、舜之耿介，稱湯、武之祗敬」，屬「典誥之本」；「譏桀、紂之猖披，傷羿、澆之顛隕」，乃「規諷之旨」，以虯龍比喻君子，以雲蜺譬讒邪之人，為「比興之義」；而「每一顧而掩涕，嘆君門之九重」，可算「忠怨之辭」。以上四點，是同於儒家經典的。至於那些奇思異想，就是不符合儒家思想的了。例如，「托雲龍，說迂怪，豐隆求宓妃，鴆鳥媒娀女」和「康回傾地，夷羿彈日，木夫九首，土伯三目」，都是些「詭異之辭」「譎怪之談」。還有那些士女雜坐，亂而不分，娛酒不廢，沉湎日夜等歡樂場面的描寫，那就簡直是荒淫之意了！通過比較分析，劉勰指出：「觀其骨鯁所樹，肌膚所附，雖取熔經意，亦自鑄偉辭」。這個自鑄的「偉辭」，正是那「朗麗」「綺靡」「瑰詭而惠巧」，「耀豔而深華」的「驚采絕豔」！這種「驚采絕豔」，使屈原的作品具有一種令人為之傾倒的力量，具有巨大的威力、迷人的魅力。試想，如果屈原作品中沒有那奇思異想，沒有那輝煌華麗，宏博耀豔的美，能形成屈賦的雄渾美嗎？顯然不能！這一點，正是以屈原作品為代表的楚辭所體現出來的「雄渾」觀念。

綜上所述，我們認為屈原作品的雄渾美，主要體現在兩個方面：其一是高潔偉大的人格，其二是輝煌華麗的文采，這兩個方面構成了屈原作品的巨大力量。這種既同於儒家思想的崇高人格，又異於儒家經典的奇思異采，恰恰體現了戰國時期中國南北文化的交織與融合：屈原的作品，正是北方史官文化與南方巫術文化碰撞與交融中綻開的藝術之花。屈原吸收了儒家積極進取、「仁以為己任」的精神，鑄造了自己那出「污泥而不染」的高潔品格，這就給其作品灌注了「至大至剛」的凜然正氣。我們讀《離騷》《橘頌》《哀郢》《抽思》《涉江》等等作品，無不強烈感受到這充滿天地的浩然正氣，真可謂「秉德無私，參天地兮」(《橘頌》)，「與天地兮同壽，與日月兮同光」(《涉江》)。而屈原作品中那不符合儒家經典的「詭異之辭」「譎怪之談」，那繽紛彌章的奇麗想像和輝煌辭藻，卻得益於楚國那富於浪漫色彩的巫術文化。當人們讀《九歌》《離騷》《天問》等作品時，無不被那五光十色的瑰麗景象所迷住，為那怪異奇特的神怪描寫所震懾！那些紛紛總總、琳瑯滿目、千奇百怪的香草美人、虯龍鸞鳳、天神河伯、勇武壯士、奇禽怪獸、流沙崑崙，……構成了屈原作品那宏博壯闊、驚采絕豔的審美特徵，造就了屈賦的雄渾品格！

屈原作品的「雄渾」觀念，對後世產生了深遠的影響。這種影響，固然可以從曹植的作品、李白的吟詠、李賀的描繪中窺見一斑，不過最直接的影響反映在漢賦中，這一點，早在漢代就有定論。班固儘管對屈原及其作品極為不滿，但仍不得不承認屈原作品的巨大影響，他說：「然其文弘博麗雅，為辭賦宗，後世莫不斟酌其英華，則像其從容。自宋玉、唐勒、景差之徒，漢興，枚乘、司馬相如、劉向、揚雄，騁極文辭，好而悲之，自謂不能及也。」(〈離騷序〉) 王逸也指出，自屈原之後，「名儒博達之士，著造辭賦，莫不擬則其儀表，祖式其模範」(〈楚辭章句序〉)。劉勰則指出：「是以枚、賈追風以入麗，馬揚沿波而得奇，其衣被詞人，非一代也。」(《文心雕龍》〈辨騷〉) 這裡的「枚、賈」，指漢賦大家枚乘、賈誼；「馬、揚」，即司馬相如、揚雄。這些大家從屈原作品中繼承了「麗」與「奇」，並加以進一步的發展，形成了「苟馳誇飾」「虛用濫形」而又具有宏博雄壯、氣勢磅礴、「義尚光大」等雄渾特徵的漢賦。

在漢末大戰亂、民族大憂患中萌生的建安詩歌，則具有一種與鋪張揚厲的漢賦很不相同的悲壯蒼涼之美，因為它是在血流遍野之中綻開的壯美藝術奇葩！魯迅先生指出：建安詩歌的特點在於「清峻」「通脱」「華麗」「壯大」。[2]這實際上指出了建安詩歌的雄渾美特徵。而這一雄渾壯大的美又與民族的大憂患密不可分。劉勰指出：「觀其時文，雅好慷慨，良由世積亂離，風衰俗怨，並志深而筆長，故梗概而多氣也。」（《文心雕龍》〈時序〉）的確，建安詩歌那慷慨悲涼、梗概多氣的壯美特徵，正是那多災多難的時代的藝術折光。那諸侯混戰殺人如麻、骨橫朔野、魂逐飛蓬的慘怛景象，早已被歷史的厚厚塵埃所掩蓋，但我們仍然可以從零星的史料和詩文中，窺一斑而見全豹。那是一幅多麼悲慘的景象呵！「斬截無孑遺，屍骸相撐拒。」（蔡琰《悲憤詩》）「白骨露於野，千里無雞鳴。」（曹操《蒿裡行》）「中野何蕭條，千里無人煙。」（曹植《送應氏》）「出門無所見，白骨蔽平原。」（王粲《七哀詩》）戰亂使人「相啖食」[3]，瘟疫的流行使「家家有殭屍之痛，室室有號泣之哀，或闔門而殪，或舉族而喪」[4]。死者長已矣，生者長慼慼。已死的人歸化於大自然，唯有活著的人長懷巨大的悲哀，感嘆生命的易逝，人生的無常：「對酒當歌，人生幾何？譬如朝露，去日苦多」，「人生天地間，忽如遠行客」，「人生寄一世，奄忽若飆塵」，「人生忽如寄，壽無金石固」。生命實在太短促、太易逝了！在這哀嘆中，萌發了對生命意識的自覺，人們嚮往著生命的延長和永恆。「生年不滿百，常懷千歲憂。晝短苦夜長，何不秉燭游，為樂當及時，何能待來茲。」既然人生是那樣的短促，何不抓緊時光盡情享樂呢？「人生忽如

2　魯迅：《魏晉風度及文章與藥及酒之關係》，見《魯迅全集》第3卷。

3　《三國志》〈魏志〉〈程昱傳〉注引《世語》。

4　《續漢書》劉昭注引魏陳思王說疫氣。

寄，壽無金石固。萬歲更相送，聖賢莫能度。服食求神仙，多為藥所誤。不如飲美酒，被服紈與素。」「何不策高足，先據要路津，無為守窮賤，轗軻常苦辛。」(《古詩十九首》)儘管建安詩人也有與《古詩十九首》相同的感時傷逝之哀嘆，但是，他們追求的，還不僅僅是現在的享樂，而試圖追求生命的永恆。是的，建安詩人也不放棄及時行樂，他們常常「傲雅觴豆之前，雍容衽席之上，灑筆以成酣歌，和墨以藉談笑」。正如曹丕所說：「每至觴酌流行，絲竹並奏，酒酣耳熱，仰而賦詩，當此之時，忽然不自知樂也。」(《與吳質書》)然而僅僅對酒當歌，並不能完全滿足建安詩人的慾望，他們冀求更高級的滿足，那就是生命的永存。是的，人的生命是有限的，但是有些東西卻可以是無限而永恆的，那就是功名，它可以傳之百代，流芳萬古。這種對人生短促無常的悲嘆，恰恰使人更希冀於建功立業，追求那永恆的功名。曹丕渴望立文不朽的一段肺腑之言，最足以說明這一點：「蓋文章，經國之大業，不朽之盛事。年壽有時而盡，榮樂止乎其身，二者必至之常期，未若文章之無窮。……夫然則古人賤尺璧而重寸陰，懼乎時之過已。而人多不強力，貧賤則懾於飢寒，富貴則流於逸樂，遂營目前之務，而遺千載之功，日月逝於上，體貌衰於下，忽然與萬物遷化，斯志士之大痛也。」(《典論》〈論文〉)建安「三曹」，可以說都是這種渴望建功立業的「志士」，他們一邊慨嘆人生無常、時光易逝，一邊極為渴望建立功名。因此，他們的詩作，往往在悲慨蒼涼之中，透出一股豪邁雄渾之氣勢，「神龜雖壽，猶有竟時；騰蛇乘霧，終為土灰。老驥伏櫪，志在千里，烈士暮年，壯心不已」(曹操《龜雖壽》)。這種不已的「壯心」所透出的豪邁之氣概，正是後人所稱道的「建安風力」。這是一種壯美，一種悲涼、蒼勁、豪邁的雄渾美。正如胡應麟說：「魏武雄才崛起，……其詩豪邁縱橫，籠罩一世。」(《詩藪》

外編卷一）敖器之說：「魏武帝如幽燕老將，氣韻沉雄。」（《敖陶孫詩評》）曹操雖然悲嘆「對酒當歌，人生幾何？譬如朝露，去日苦多」，但是他渴望的卻是「周公吐哺，天下歸心」。他的詩作那古直蒼涼的雄渾美，正是來自此。無論是直抒胸臆，還是托物寓志，都閃爍著那剛勁豪放的美：看那「秋風蕭瑟，洪波湧起」，水波浩渺，星漢燦爛（《步出夏門行》）。看那「北上太行山，艱哉何巍巍！」萬木蕭蕭，北風聲悲。熊羆虎豹，雨雪霏霏。延頸長嘆，心何怫鬱（《苦寒行》）。這悲涼蒼勁的建安風力，正是那伏櫪老驥博大胸懷的表現。

與曹操相似，曹植也是一個極為渴望建功立業的人。在「三曹」詩作中，他的詩賦寫得最好，因此，他敢於說辭賦乃小道，而建功立業才是大事：「辭賦小道，固未足以揄揚大義，彰示來世也。昔揚子云，先朝執戟之臣耳，猶稱『壯夫不為』也；吾雖德薄，位為蕃侯，猶庶幾戮力上國，流惠下民，建永世之業，疏金石之功。」（《與楊德祖書》）當然，一旦立功、立德不成，曹植還是準備立言，以傳之於後，流芳百世，「若吾志未果，吾道不行，則將采庶官之實錄，辯時俗之得失，定仁義之衷，成一家之言。雖未能藏之於名山，將以傳之於同好」（《與楊德祖書》）。曹植的詩作，正是這種渴望建功立業心態的鮮明寫照。其代表作〈白馬篇〉正是曹植的「夫子自道」。那騎白馬飛馳的英俊少年，矯捷勇剽，武藝高強，「控弦破左的，右發摧月支」。厲馬登高，奮勇殺敵，「長驅蹈匈奴，左顧凌鮮卑」。遊俠幽並，揚聲沙漠，棄身鋒刃，視死如歸。詩中的確充滿著慷慨激昂的氣勢，顯示了一種雄渾壯麗的美。與曹操相似，曹植的詩作也具有一種時代的悲壯氣氛，哀嘆時光易逝，人生奄忽，但這種悲嘆，決不是消極的無所作為，而是積極的立德立功，這種感時嘆逝與建功立業的雄心壯志，合成了一股慷慨任氣、悲涼雄壯的美。正如方東樹所說：「子建樂府諸篇，意厚詞贍，氣格渾雄。」（《昭昧詹言》卷二）不過，曹植與曹操還不一樣。曹植的詩作，不但有慷慨悲涼的美，還有華麗壯大的美。因此，曹植的作品，被歷代的評論家視為「建安風力」的代表。鍾嶸《詩品》將曹植詩放在上品，並給予極高評價，認為曹植的詩作「骨氣奇高，詞采華茂，情兼雅怨，體被文質，粲溢古今，卓爾不群」。的確，曹植的詩作是寫得相當華美的，尤其是他的賦，更是五彩繽紛，光彩照人。其詩賦猶如他所描繪的美人一樣：「其形也，翩若驚鴻，婉若游龍。榮曜秋菊，華茂春松，髣髴兮若輕雲之蔽月，飄颻兮若流風之回雪。遠而望之，皎若太陽升朝霞；迫而察之，灼若芙蕖出淥波。」（《洛神賦》）除「三曹」以外，「建安七子」的詩作也同樣是慷慨任氣、悲壯雄渾。七子中，尤以王粲之作為突出，他的《七哀詩》，寫得悲涼感傷，《詠史詩》又寫得慷慨悲壯，所以鍾嶸《詩品》說他「發愀愴之詞」。方東樹認為王粲《七哀詩》「蒼涼悲慨，才力豪健」（《昭昧詹言》卷二）。除王粲外，七子中的其他人也甚有建安風力。如劉楨，鍾嶸評他為「仗氣愛奇，動多振絕，真骨凌霜，高風跨俗」（《詩品》）。

建安時期，不但是慷慨任氣、雄渾悲壯詩歌的黃金時代，而且也是一個理論批評自覺的時代。「文氣」說便是這種「慷慨任氣」「仗氣愛奇」「骨氣奇高」審美特徵的理論昇華。曹丕《典論》〈論文〉首次提出「文以氣為主」。儘管曹丕還沒能有意識地總結這種「慷慨任氣」的雄渾特徵，但是他關於清濁之氣的區別，關於「齊氣」與「高妙」之氣的論說，卻給後代的理論家開啟了思路。後世的「風力」「風骨」等理論，正是在這一基礎之上產生的。

關於「文氣」與「風骨」等美學範疇，本叢書中將有專書論述。我們這裡並不打算詳論。不過，必須指出的是，中國古代美學範疇中，無論是「文氣」還是「風骨」，都與這「慷慨任氣」的建安詩作之雄渾特徵密切相關。《文心雕龍》〈風骨〉專門引用了曹丕的「文氣」説，指出：「故魏文稱：『文以氣為主，氣之清濁有體，不可力強而致。』故其論孔融，則云『體氣高妙』；論徐幹，則云『時有齊氣』；論劉楨，則云『有逸氣』。公幹亦云『孔氏卓卓，信含異氣；筆墨之性，殆不可勝』，並重氣之旨也。夫翬翟備色；而翾翥百步，肌豐而力沉也；鷹隼乏采，而翰飛戾天，骨勁而氣猛也。文章才力，有似於此。」劉勰在這裡大段引用曹丕的《典論》〈論文〉談「文氣」的話，無非是為了説明，好的文章應當做到「骨勁而氣猛」。而這正是建安詩作的剛健蒼勁、慷慨任氣的雄渾特色。這種雄渾特色，受到了歷代文人的高度肯定。鍾嶸十分推崇「建安風力」（〈詩品序〉），極力稱讚那「仗氣愛奇」「骨氣奇高」之作。初唐陳子昂登高疾呼，倡導那「骨氣端翔，音情頓挫，光英朗練，有金石聲」的「漢魏風骨」（〈與東方左史虯修竹篇序〉）。大詩人李白則十分思慕「蓬萊文章建安骨」（《宣州謝朓樓餞別校書叔雲》）。直至金代元好問，仍念念不忘那雄渾剛勁、慷慨任氣的建安詩作雄渾之美。其《論詩三十首》盛讚之曰：「曹劉坐嘯虎生風，四海無人角兩雄。可惜并州劉越石，不教橫槊建安中。」僅此幾例，已足以説明建安詩作的雄渾特色是多麼受到後人的推崇！而《文心雕龍》劉勰的「風骨」論，正是漢魏（尤其是建安時期）雄渾美的理論昇華和結晶。

什麼是「風骨」？關於「風骨」的定義，中國現當代學術界已進行了長達半個世紀的論爭，致使「風骨」這一術語，幾乎成為古代文論、古代美學的「斯芬克司之謎」。

我個人認為，《文心雕龍》〈風骨〉篇實際上是對漢魏「雄渾」觀念的理論總結。在〈風骨〉篇中，劉勰舉了兩個具體例子來説明什麼是風骨：

「昔潘勖錫魏，思摹經典，群才韜筆，乃其骨髓峻也；相如賦仙，氣號凌雲，蔚為辭宗，乃其風力遒也。」所謂「相如賦仙」指司馬相如的《大人賦》，由於這篇賦寫得鋪張揚厲，誇飾繽紛，因而顯得氣勢磅礡，風峻力遒，竟使漢武帝異常興奮，「飄飄有凌雲之氣，似游天地之間意」（《史記》〈司馬相如列傳〉）。所謂「潘勖錫魏」，指潘勖所作《冊魏公九錫文》。此文寫得古樸勁健，骨硬力猛。劉勰在〈風骨〉篇中，以漢魏作品的雄渾特徵來説明「風骨」的內涵，這有力地説明「風骨」即是漢魏作品「雄渾」觀念的理論總結。然而，許多人在闡釋「風骨」時，都有意無意地迴避了劉勰提出的「潘勖錫魏」與「相如賦仙」這兩個專門説明「風骨」特徵的作品實例。他們對「風骨」所作的解釋，多與這兩個實例相抵牾。有的人甚至認為劉勰所舉的這兩個例子是不準確的。這些人之所以會得出如此奇怪的結論，主要原因也許還在於他們沒有認識到「風骨」的本質特徵何在。而是「以意逆志」「六經注我」，得出了並不符合劉勰「風骨」本意的解釋。

顯然，劉勰對建安詩作「慷慨任氣，磊落使才」品格的稱道，對漢賦「氣號凌雲」、風力遒勁的推崇，尤其是〈風骨〉篇對《典論》〈論文〉論「文氣」的大段引證，都充分説明「風骨」是對漢魏文學作品「雄渾」觀念的理論總結，是中國古代「雄渾」觀念的一個成熟的果實。筆者認為，「風骨」既不是「文辭」「文意」，也不是「內容」「形式」；既不是「風格」「結構」，更不是「氣韻」「風味」。「風骨」是中國古典美學的一個重要範疇，是類似於西方美學中sublime的「雄渾」範疇。「風骨」的基本特質是力量的美，其具體內涵是「深情」「盛氣」和「耀采」，由「怊悵」之情，「駿爽」之氣，精煉而「藻耀」的辭采，合成一股感人的強大氣勢和力量。這種力量的美，是自先秦以來「雄渾」觀念的總結和升華，是古代「雄渾」（sublime）範疇之中一粒閃閃生輝的結晶！

第四節　唐代詩風與司空圖的「雄渾」觀念

唐代是中國詩歌的黃金時代，文壇上真可謂百花齊放，競相爭奇斗豔！雄渾豪放之作，也獨秀一枝。尤其是醉心於長河落日、黃沙瀚海、金戈鐵甲、邊城烽火景象描寫的邊塞詩，更是雄渾美頻頻閃光之處。「烽火照西京，心中自不平。牙璋辭鳳闕，鐵騎繞龍城。雪暗雕旗畫，風多雜鼓聲。寧為百夫長，勝作一書生！」初唐詩人楊炯的這首《從軍行》，多麼像曹植的《白馬篇》，充滿了青春的朝氣和豪邁的情感，體現了唐王朝那強大國力聲威與民族自信心。「國朝盛文章，子昂始高蹈。」開創有唐一代雄渾詩風的陳子昂，力倡漢魏風骨，其詩作也充滿了悲涼蒼勁的雄渾美。

由初唐而盛唐，雄渾美得到了更進一步的高揚，雄渾氣象籠罩著整個盛唐詩壇。正如嚴羽說：「唐人與本朝人詩，未論工拙，直是氣象不同。」唐人何種氣象？「李杜數公，如金鳷擘海，香象渡河。」(《滄浪詩話》〈詩評〉) 馬時芳《挑燈詩話》也指出：「嚴滄浪云：……李杜韓三公如金鳷擘海，香象渡河，龍吼虎哮，濤翻鯨躍；又如長大劍，君王親征，氣象自別。」這個「氣象」，正是所謂「氣象渾厚」「筆力雄壯」之雄渾美。[5]無論寫邊塞、詠山水，還是嘆身世、飲美酒，無不體現了盛唐詩作的最突出特徵——雄渾。你看那沙場苦戰，殺氣雄邊：「校尉羽書飛瀚海，單于獵火照狼山。山川蕭條極邊土，胡騎憑陵雜風雨。戰士軍前半死生，美人帳下猶歌舞。」「殺氣三時作陣云，寒聲一

5　郭紹虞：《滄浪詩話校釋》，人民文學出版社1983年版，第177頁。

夜傳刁斗。相看白刃血紛紛，死節從來豈顧勳！君不見沙場征戰苦，至今猶憶李將軍！」（高適《燕歌行》）真可謂悲壯激烈、慷慨昂揚！你看那邊塞雄渾景象，長河落日，八月飛雪，大漠紫煙，絕域蒼茫：「君不見走馬川行雪海邊，平沙莽莽黃入天！輪台九月風夜吼，一川碎石大如斗，隨風滿地石亂走！匈奴草黃馬正肥，金山西見煙塵飛，漢家大將西出師。將軍金甲夜不脫，半夜行軍戈相撥，風頭如刀面如割。」（岑參《走馬川行奉送封大夫出師西征》）「北風捲地白草折，胡天八月即飛雪。忽如一夜春風來，千樹萬樹梨花開。散入珠簾濕羅幕，狐裘不暖錦衾薄；將軍角弓不得控，都護鐵衣冷難著。瀚海闌干百丈冰，愁雲慘澹萬里凝。……」（岑參《白雪歌送武判官歸京》）這邊塞大漠的雄渾景象，與殺氣雄邊的軍人豪氣緊密結合，形成了唐代邊塞詩無與倫比的壯美！那些險惡可怕的邊塞景象，那遍地飛石，狂風怒吼，冰天雪地、黃沙蔽日的惡劣地理氣候，在詩人眼裡都化為了十分壯美的意象。似乎越是險惡，越能體現戍邊勇士的豪情壯志，這是真正的雄渾美！它不但體現了戰士們為國獻身的英雄氣概，而且體現了人對大自然的自豪和超越的意識。難怪人說唐詩「多悚耳駭目之句」（殷璠《河岳英靈集》評王昌齡）。這已經近乎康德所說的「崇高」（sublime）了。

除了邊塞詩以外，唐代詠山水的詩作數量亦不少，其中不乏雄渾之作。其中最突出的是大詩人李白的作品。其膾炙人口的《蜀道難》，為我們描繪了一幅多麼雄偉壯闊、驚心動魄的景象：「噫吁嚱，危乎高哉！蜀道之難，難於上青天！」你看那地崩山摧，天梯石棧，黃鶴難飛，猿猱愁度，畏途巉岩，悲鳥哀號，飛瀑爭喧，砯崖如雷，劍閣崢嶸。更為可怕的是，「所守或匪親，化為狼與豺，朝避猛虎，夕避長蛇，磨牙吮血，殺人如麻」。這難於上青天的蜀道描繪，給人一種恐懼而又壯美的感受，我們似乎從令人驚懼和恐怖的痛感之中，感受到一種驚險的快感，一種雄渾的美！這種雄渾美，我們在李白的《夢遊天姥吟留別》等不少詩作中都可以感受到。李白描寫了不少自然山水雄渾壯闊的景象，其間充滿了一種宏大的氣勢和力量。「黃河西來決崑崙，咆哮萬里出龍門。」（《公無渡河》）「共工赫怒，天維中摧。鯤鯨噴蕩，揚濤激雷。」（《百憂童》）「雲垂大鵬翻，波動巨鰲沒。風潮爭洶湧，神怪何翕忽。」（《天台曉望》）「海水昔飛動，三龍紛戰爭；鐘山危波瀾，傾倒駭奔鯨。」（《留別金陵諸公》）這些描寫，確實讓人感受到一種驚懼中的雄渾，可謂「清人心神，驚人魂魄」（任華《雜言寄李白》），「誠可謂怪偉奇絕者矣」（《唐宋詩醇》卷六評語）。

盛唐詩苑是一片繁花似錦的景象，各種詩作、各類風格都在這裡爭奇鬥豔，競吐芬芳。但是「雄渾」卻是一種占主導地位的審美特徵。難怪嚴羽說：「唐人與本朝人詩，未論工拙，直是氣象不同。」（《滄浪詩話》）唐詩之「氣象」有什麼特徵呢？嚴羽指出：「盛唐諸公之詩，如顏魯公書，既筆力雄壯，又氣象渾厚。」（《答出繼叔臨安吳景仙書》）唐末詩論家司空圖從美學的角度，將唐詩的這種雄渾特徵作了較好的總結。

從整個《二十四詩品》的審美傾向來看，司空圖顯然是偏重於沖淡自然的優美品格，他所欣賞的，是那「飲之太和，獨鶴與飛」，「脱有形似，握手已違」的沖淡，那「俯拾即是，不取諸鄰。俱道適往，著手成春」的「自然」，以及「不著一字，盡得風流。語不涉己，若不堪憂」的「含蓄」。但偏向這種「沖淡」「自然」「含蓄」的美，並不等於司空圖沒有總結瀰漫著唐代文壇的「雄渾」氣象。恰恰相反，《二十四詩品》第一品就是對「雄渾」理論的總結：「大用外腓，真體內充。返虛入渾，積健為雄。具備萬物，橫絕太空。荒荒油雲，寥寥長風。超以象外，得其環中。持之匪強，來之無窮。」

如何解釋司空圖《二十四詩品》是件令人頭痛的事情，因為在這形式整齊、音韻鏗鏘的詩句之中，蘊含著十分玄妙的論述、深奧的觀點和晦澀的概念。孫聯奎在《詩品臆說自序》中指出：「夫《詩品》，解也難，說之亦難。」方東樹認為，《二十四詩品》「多不可解」(《昭昧詹言》)。大文豪蘇東坡慨嘆道：「恨當時不識其妙，予三復其言而悲之。」(《書黃子思詩集後》) 因此，對於〈雄渾〉一品的解釋，各種說法並不一致。例如，對於「大用外腓」一語，清人孫聯奎解說道：「腓，音肥。庇也。《詩》曰：牛羊腓字之。外有所庇，必內有所主，故曰：大用外腓。」(《詩品臆說》) 清人楊廷芝解釋為：「腓，符非切。脛腨骨健而形胖，力能擔乎一身者也。外腓，言氣體勁而用其宏也。」(《二十四詩品淺解》) 今人郭紹虞先生主編的《歷代文論選》對「大用外腓」這樣解：「腓，音肥，變。兩句是說，浩大的運用變化於外，是由於真實的體質充滿於內的結果。」最近出版的羅仲鼎等人所著《詩品今析》對「大用外腓，真體內充」解釋道：「體，本體；用，作用。體和用是古代哲學的術語，這裡借指詩歌作品的內涵和表象，內容與形式。」以上對「大用外腓」的解釋有其合理之處，但都不愜於心。「大」在這裡是一個特定的審美範疇。這個「大」，與先秦的「雄渾」觀念——「大」是基本一致的。老莊推崇「大」，孟子也認為「充實而有光輝之謂大」(《孟子》〈盡心下〉)。儘管各家所說的「大」並不絕對相同，但是同是一種審美範疇卻是無疑的。如果我們從這一角度來認識「大用外腓」之語，就比較容易解釋清楚其內涵了。所謂「大用外腓，真體內充」，應當解釋為「大」是因為外形巨大宏偉，而外形巨大宏偉則又是內在充實飽滿的結果。換句話說，「大」是由外在的宏偉與內在的充實而構成的。這個看法是與前人對「雄渾」觀念——

「大」的看法相吻合的。莊子所描述的搏擊蒼天的大鵬，漢賦所鋪敘的壯麗山河，屈原筆下的驚采絕豔，李白詩中的萬壑驚雷……這些巨大宏偉之「外腓」，不正是構成「大」的基本要素麼？而這外在的東西，尚需內在的充實，才能光彩熠熠，耀目生輝。故曰：「充實之謂美，充實而有光輝之謂大。」深沉的情感蓄之於內，陽剛之志氣充之於胸，才能有「至大至剛」之氣，才能使人涕泗滂沱，驚心動魄。無論是莊子的重神遺形，還是孟子的知言養氣；無論是屈賦的深沉情感，還是建安詩人的慷慨任氣，中國的「雄渾」觀念都強調內在之充實。唯有內心充實了，發於外才能有光輝，才不至於徒有外表，故作驚人之辭，徒作華辭麗藻。內心神志清峻，胸中浩氣長存，則噴薄之情感，謬悠之狂語，驚采之絕豔，剛勁之風骨，無一不是「大」，無一不是「氣體勁而用其宏」的「外腓」。這就是「大用外腓，真體內充」的基本內涵。可見，不理解中國古代「雄渾」觀念的演變，就連文字疏通都大成問題了。對於「反虛入渾，積健為雄」這兩句，同樣也需連繫前人的觀點來認識。所謂「返虛入渾」，與老莊對「大」的認識密切相關。老子認為：「天地萬物生於有，有生於無。」無論是「萬物」或是「大音」「大象」，都是由這個虛無之中產生的，「有物混成，先天地生，……吾不知其名，字之曰道，強為之名曰大」（《老子》二十五章）。那包容一切的「道」，便是渾成無限的「大」。這個「大」，又是主客觀交融的渾成境界。這就是「返虛入渾」之意。至於「積健為雄」一語，也與前人「雄渾」觀念密不可分。《周易》認為，乾為陽，它是剛健力量的象徵，「大矣哉，大哉乾乎，剛健中正，純粹精也」，「天行健，君子以自強不息」。所謂「積健」，即是積蓄這種剛健之力。唯有飽蘊著這種剛勁的氣勢和力量，才能夠成為真正的雄偉浩瀚之「大」。所以，《文心雕龍》〈風骨〉要求作品應有「道」「勁」「健」的力量，「使文明以健，則風清骨峻」；司空圖要求「積健」，只有積蓄起這剛健之力，才可能成其為「雄」。正如郭紹虞《詩品集解》所說：「何謂『雄』？雄，剛也，大也，至大至剛之謂。這是不可一朝襲取的，必積強健之氣才成為雄。」由以上簡析我們可以發現，「雄渾」一品前四句雖僅有十六個字，但內涵容量卻不小！它把前人關於「雄渾」這一審美範疇的基本觀點都總結出來，濃縮進去了。真是「猶礦出金，如鉛出銀。超心冶煉，絕愛緇磷」（《二十四詩品》〈洗煉〉）。因此，可以說〈雄渾〉一品集中體現了中國古代的sublime觀念，以「雄渾」一詞來界定中國古代sublime這一審美範疇，是最為恰當的。

前人評論《二十四詩品》十分重視〈雄渾〉一品，這絕非偶然。有的認為：「《詩品》首以〈雄渾〉起，統冒全篇，是無極而太極也。」（楊廷芝《二十四詩品淺解》）有的指出：「〈雄渾〉具全體。」（蔣斗南《詩品目錄絕句》）的確，〈雄渾〉一品，包容著巨大的內涵，總括了自先秦以來中國古代「雄渾」觀念的基本內容。司空圖以〈雄渾〉統冒全篇，故雄渾之美，不限於〈雄渾〉一品，還包括了〈勁健〉〈豪放〉〈悲慨〉等品。因為這些品都有著這樣一些共同之處。

首先是意象的巨大雄偉，「荒荒油雲，寥寥長風」，「前招三辰，後引鳳凰。曉策六鰲，濯足扶桑」。「雄渾」之美，如那莽莽蒼蒼的滾滾連云，似那浩浩蕩蕩的漫天長風。如驅日月星辰、鳳鳥六鰲，如長空萬里任憑馳騁。這種巨大雄偉，並不是一般的大，而是無限的大。它大到「具備萬物，橫絕太空」，包含了世間的萬事萬物，超越了漫漫無際的廣闊太空！它大到「天地與立，神化攸同」，與天地並生，與造化同功。如「荒荒坤軸，悠悠天樞」，「超超神明，返返冥無」。十分明顯，雄渾之美首先在「大」，這種「大」有與西方「崇高」（sublime）相似之處，即形象的巨大雄偉。但司空圖所說的「雄渾」之大，不但強調形象的巨大雄偉，更強調其無限和超越。超越時空，超越宇宙，達到一種永恆無限的渾成雄偉，故曰：「超以象外，得其環中。」這是「雄渾」與西方「崇高」的一個顯著區別。

其次，「雄渾」是一種巨大的力量的美。所謂「積健為雄」，正意味著一種勁健之力的美。這種勁健的力量美，如「天風浪浪，海山蒼蒼。真力彌滿，萬像在旁」。狂風呼嘯，大浪滔滔，這就是彌滿之「真力」。它如「巫峽千尋，走云連風」，如「大風捲水，林木為摧」，如「云鵬迴舉，勢踏天宇，鰲撲滄溟，蓬瀛倒舞」（《注愍徵賦述》）。這力量之美，甚至「其驅駕氣勢，若掀雷揭電奔騰於天地之間」（《題柳柳州集後》）。這力量不正如「橫掃千軍，不可抗拒」的「崇高」之力量麼？它不正是「像劍一樣突然脫鞘而出，像閃電一樣把所碰到的一切劈得粉碎」的力量之美麼？後人論司空圖，多認為他僅僅欣賞自然質樸之美，其實司空圖對「雄渾」之美是十分傾倒的。他對元稹、白居易的批評，就是一個明證：「元白力勍而氣孱，乃都市豪估耳。」（《與王駕評詩書》）元、白之詩以通俗平易見長，但卻缺乏深沉蘊藉之「真力」，缺乏「掀雷揭電」的力量之美，所以司空圖對之尤為不滿。

第三，「雄渾」之美，還來自深沉的情感，是慷慨悲憤之情的昇華：「大風捲水，林木為摧。適苦欲死[6]，招憩不來。百歲如流，富貴冷灰。大道日喪，若為雄才。壯士拂劍，浩然彌哀。蕭蕭落葉，漏雨蒼苔。」這種悲慨之美，正如建安時期的悲涼慷慨之美一樣，它具有一種雄渾蒼勁的美。這種悲慨之美，使人聯想到那些悲壯感人的詩歌：「風蕭蕭兮易水寒，壯士一去兮不復還。」（《荊軻歌》）「葡萄美酒夜光杯，欲飲琵琶馬上催。醉臥沙場君莫笑，古來征戰幾人回！」（王翰

6 諸本多作「意苦若死」。

《涼州詞》）這就是所謂「壯士拂劍，浩然彌哀」。不過，司空圖推崇的「悲慨」，與建安詩人的「悲慨」略有不同。建安詩人有一種積極向上、渴望建功立業的英雄主義，是「慨」多於「悲」；而司空圖則相反，他所推崇的「悲慨」，讓人感到一種深深的失望和悲哀之情，是「悲」多於「慨」。「百歲如流，富貴冷灰。」這種悲涼的情感，大概與他的身世不可分。他雖隱居山谷，內心卻充滿悲憤之情，故其詩「多詭激嘯傲之辭」，常帶著抑鬱不平之氣。「身病時亦危，逢秋多慟哭，風波一浩蕩，天地幾翻復。」悲憤壓抑在心中，總要唱出懷才不遇、壯志難酬之悲歌，恰如「抽刀斷水水更流，舉杯消愁愁更愁」。這悲憤之情，發而為詩，就如「大風捲水，林木為摧」，呈現出一種悲涼的雄渾美。

第四，司空圖所推崇的「雄渾」，還具有氣勢和豪放之美。「觀花匪禁，吞吐大荒。由道反氣，處得以狂。」這吞吐大荒、狂放不拘的豪放，給人一種氣吞山河，豪邁雄大之美。「行神如空，行氣如虹。」長空萬里，任憑馳騁，豪氣如貫日長虹，如掣曳流電，奔飛白虹，這就是強大的氣勢，豪邁的心胸。這種氣勢和豪放，不同於悲慨，它是強大的氣勢，是灑脫的豪情。它如長風出谷，風起雲湧；它如長虹煥彩，高橫雲霄。如岑參《與高適薛據登慈恩寺浮圖》詩云：「塔勢如湧出，孤高聳天宮。登臨出世界，磴道盤虛空。突兀壓神州，崢嶸如鬼工。四角礙白日，七層摩蒼穹。下窺指高鳥，俯聽聞驚風。連山若波濤，奔走似朝東……」真乃雄奇偉岸，其氣魄力量，驚耳動心。這種氣勢豪放之美，在司空圖看來，並非外在的東西，並非虛張聲勢，強作驚人之言即可獲得。這種雄渾之氣，是集蓄於中萌現於外的。必須「飲真茹強，蓄素守中」才可以集得強勁的氣勢。唯有內心集滿浩然之氣，發於外才有那強大的氣勢、豪放之情懷；只有內心充實，發於外才有那輝煌之光彩和狂放之氣魄。這就是司空圖所說的「持之非強，來之無窮」。果能如此，則其創作一定能如行云流水，氣勢磅礴，文理自然，姿態橫生。正如元代郝經所說：「昔人謂漢太史遷之文，所以奇，所以深，所以雄雅健絕，超麗疏越者，非區區於文字之間而已也。遷生龍門，耕牧河山之陽，南浮江淮，上會稽，探禹穴。窺九嶷，浮於沅、湘；北涉汶、泗，講業齊、魯之都，過梁楚；西使巴、蜀，略邛、笮、昆明，還於河、洛；能盡天下之大觀，以助其氣，然後吐而為辭，筆而為書。」（《內游》）可見，「雄渾」之美，首先必須「飲真茹強」，積天地之氣於胸中，浩然彌滿，然後才可以做到「持之非強，來之無窮」。

最後，尤其應當特別指出的是：司空圖所說的「雄渾」之美，還具有一種怪怪奇奇的審美特徵：「畸人乘真，手把芙蓉。汎彼浩劫，窅然空蹤。」那御氣飛昇的畸異之人，飄然超越於飛天鴻蒙，多奇特神祕呵，「是有真跡，如不可知。意象欲出，造化已奇」。這種怪奇的美，司空圖對韓愈的評價，最充分地說明了這一點：「嘗觀韓吏部歌詩累百首，其驅駕氣勢，若掀雷揭電，奔騰於天地之間，物狀奇變，不得不鼓舞而徇其呼吸也。」（《題柳柳州集後序》）這種若掀雷揭電的「物狀奇變」確是韓愈乃至中晚唐詩風的一大特徵。唐代詩風最突出的就是「雄渾」之美。但這種「雄渾」又由各種不同因素交織而成：邊塞詩人的豪邁勁健，李白的奔放雄偉，杜甫的沉雄壯大，韓愈的光怪雄奇……構成了完整的有唐一代「雄渾」品格。韓愈《調張籍》一詩，既推崇李、杜的雄渾詩風，又提出了雄奇光怪的審美理想。韓愈在讚揚李、杜雄偉壯大詩風的同時，更倡導一種雄奇怪誕的美。這種美，具有尚奇尚怪的狂放，籠括天地宇宙的氣概和掀雷揭電的力量。韓愈的詩，常常表現一個光怪陸離的神奇境界。在這神奇境界之中，充滿著勁健怒張之力，狂放豪邁的氣概：「自古澄不清，環混無歸向。炎風日搜攬，幽怪多冗長。軒然大波起，宇宙隘而妨。巍峨拔嵩華，騰踔較健壯。聲音一何宏，轟輵車萬輛。猶疑帝軒轅，張樂就空曠。蛟螭露筍簴，縞練吹組帳。鬼神非人世，節奏頗跌踢。」（《岳陽樓別竇司直》，《韓昌黎詩系年集釋》卷三）這首詩中所描繪的光怪陸離世界的震盪變幻，表現出一種異乎尋常的美。它蘊含著一種怒張的力，蒙上了一層奇異光彩，瀰漫出一種神祕的氣氛：你看那炎風幽怪，軒然大波，巍峨嵩華，宏聲大響，騰踔健壯……在韓愈筆下，就連那飄飄拂拂、紛紛揚揚的雪花，也具有巨大的力量和怒張的氣勢：「崩騰相排拶，龍鳳交橫飛。波濤何飄揚，天風吹旛旗。白帝盛羽衛，鬖髿振裳衣。白霓先啟涂，從以萬玉妃。」（《辛卯年雪》，《韓昌黎詩系年集釋》卷七）在這裡，雪花所呈現的不再是若「柳絮因風起」般的輕盈之美，而是力的流動，力的展現，那狀如龍鳳騰空，波濤洶湧，崩騰排拶氣象萬千。多麼神奇的力量之美！更能體現韓愈這種怪怪奇奇的雄渾美者，是其《陸渾山火一首和皇甫湜用其韻》一詩：「山狂谷狠相吐吞，風努不休何軒軒。擺磨出火以自燔，有聲夜中驚暮原。天跳地踔顛乾坤，赫赫上照窮崖垠，截然高周燒四垣，神焦鬼爛無逃門，三光弛隳不復暾。虎熊麋豬逮猴猿，水龍鼉龜魚與鼋，鴉鴟雕鷹雉鵠鵾，燖炰焦煨爊孰飛奔？」熊熊烈焰，天跳地顛，山狂風怒之勢，鬼哭狼嚎之聲交織成一個光怪神奇的境界，給人一種恐懼而神奇的感受，體現出一種怪誕的力量美。

韓愈的這種審美傾向和主張，代表了中晚唐詩歌與美學理論的一種思潮。孟郊、賈島、李賀、盧仝、皇甫湜、孫樵等人，都是這種尚奇尚怪美學思潮的推波助瀾者。孟郊《贈鄭夫子魴》詩云：「天地入胸臆，吁嗟生風雷。文章得其微，物像由我裁。宋玉呈大句，李白飛狂才。……」這裡所推崇的，正是籠括宇宙的氣概，雷霆電閃的力量和雄奇光怪之美，是一種「恣韻激天鯨」般的「雄渾」之美。盧仝更是一個追求怪異之美的詩人，其筆下多奇異怪誕之形象，如「山魈吹火蟲入碗，鴆鳥咒詛鮫吐涎」（《寄蕭二十三慶中》，《盧仝集》卷二）。又如《與馬異結交詩》寫馬異的形象：「千歲萬歲枯樹枝，半折半殘壓山谷，盤根蹙節成蛟螭。忽雷霹靂卒風暴雨撼不動，欲動不動千變萬化總是鱗皴皮。」（《盧仝集》卷二）這種怪誕之詩，連韓愈也認為是「怪辭驚眾」（《韓昌黎詩系年集釋》卷七，《寄盧仝》）。這種以怪為美的傾向，被韓愈弟子大加推崇，極力鼓吹，形成了尚奇尚怪的文學主張。

對於這種尚奇尚怪之美，司空圖是看到了並持讚賞態度的，他對韓愈作品那「若掀雷揭電」之勢，「物狀奇變」之類的讚頌，充分體現了這一點。在《注愍徵賦後述》一文中，司空圖借題發揮，極力推崇「撐霆裂月」之作，推崇宣洩孤憤，「擲筆狂叫」之勢：「致憤於累千百言，亦猶虎之餌毒，蛟之飲鏃。其作也，雖震邱林，鼓溟漲，不能快其咆哮之氣。」綜上所述，司空圖所推崇的「雄渾」，其內涵是十分豐富的：它「超以象外」，呈現了無限的大，它「真力彌滿」，蘊含著巨大的力量和氣勢，它悲慨豪放，「吞吐大荒」，它「物狀奇變」，體現了雄奇光怪之雄渾美。難怪前人認為「〈雄渾〉具全體」，因為它包含著巨大的內涵，總括了自先秦以來中國古代「雄渾」觀念的基本內容。

第五節　明、清新思潮與「雄渾」觀念

中國傳統的「雄渾」觀念，發展到司空圖這裡，已基本成熟。後世「雄渾」觀念，大致跳不出司空圖及其以前之論。即以人們常常引用的姚鼐的「陰陽剛柔」之說而言，也不過是傳統「雄渾」觀念較為

明確而略為系統的一種表述而已。況且中國自唐以後，整個封建社會開始走向衰微。

雄奇偉美之聲漸弱，溫柔敦厚之氣愈濃。囿於溫柔敦厚之詩教，文學理論中，崇尚平淡自然之風逐漸上升。歐陽修、梅堯臣首倡平淡，張戒的《歲寒堂詩話》力主「溫柔敦厚」之旨，就連嚴羽的《滄浪詩話》也貶斥「叫噪怒張」之作。

不過，在傳統思想文化日愈式微之際，新的思想文化亦開始萌動。「野火燒不盡，春風吹又生」，明清時期，儘管統治者拘囿更嚴厲，迫害更凶殘，但新思潮仍如噴薄欲出的岩漿，似滾滾衝突的地火，不斷地在衝擊著舊思想文化的牆基。

明末清初的思想家黃宗羲，成為文學新思潮的有力倡導者，他的《明夷待訪錄》，被譽為中國的《民約論》。他在書中大膽斥責封建君主制，認為「天下之大害者，君而已矣」。面對民族鬥爭的失敗和沉淪，滿懷悲憤的黃宗羲，提出了振興民族精神情感的「雄渾」觀念。他首先斥責了禁錮人性，節制情感的「溫柔敦厚」說，認為世人所標榜之溫柔敦厚，無非是讓人消盡鋭氣，委蛇頹墮，少氣無力，婉娩順上，不敢吐真情，說真話，不敢怨，不敢憤，「彼以為溫柔敦厚之詩教，必委蛇頹墮，有懷而不吐，將相趨於厭厭無氣而後已。……人之喜怒哀樂，必喜樂乃為溫柔敦厚，怒哀則非矣。其人之為詩者，亦必閒散放蕩，岩居川觀，無所事事而後可；亦必茗碗薰爐，法書名畫，位置雅潔，入其室者，蕭然如睹雲林海岳之風而後可」（《萬貞一詩序》）。對這種頹靡柔婉、少氣無力的「溫柔敦厚」之風，黃宗羲極為不滿，他指出，即便是被孔子稱為「樂而不淫，哀而不傷」、令人溫柔敦厚的《詩經》，也並非如此少氣無力。他主張文學作品應當「怒則掣電流虹，哀則悽楚蘊結，激揚以抵和平」（《萬貞一詩序》），力倡陽剛雄渾之美，以振興民族之氣節。這種陽剛雄渾之美，與傳統陽剛美不同之點，就在於對「溫柔敦厚」的否定，對於發揚蹈厲之雄奇偉美的追求。黃宗羲在論述文學與時代之關係時，甚至提出了與狄德羅相近似的一個觀點：傑出的作品產生於流血厄運之時，產生在轟轟烈烈的戰亂酷烈之中：「夫文章，天地之元氣也。元氣之在平時，崑崙旁薄，和聲順氣，發自廊廟，而鬯浹於幽遐，無所見奇。逮夫厄運危時，天地閉塞，元氣鼓蕩而出，擁勇郁遏，坌憤激訐，而後至文生焉。故文章之盛，莫盛於亡宋之日。」（《謝皋羽年譜游錄注序》）在黃宗羲看來，真正的傑出作品「至文」，只有在元氣鼓蕩、洶湧澎湃之時，才能發為雄奇偉美之聲，噴薄而出！這種否定平和舒緩之氣，貶斥「溫柔敦厚」之風，正體現了自李贄以來文學新思潮對坌憤激訐之雄渾美的追求。

與黃宗羲大約同時的王夫之，堪稱詩論大家，他提出了「雄渾」與「整麗」之別，指出：「樂府之長，大端有二，一則悲壯奰發，一則旖旎柔入。」（陸機《短歌行》，《古詩評選》卷一）「曰雄，曰渾，曰整，曰麗，四者具矣，詩家所推奉為大家此耳。」（張文恭《七夕》，《古詩評選》卷六）「雄不以色，悲不以淚，乃可謂之悲壯雄渾。」（高啟《寄余左思》，《明詩評選》卷六）這裡明確用了「雄渾」一語，並對此種悲壯雄渾甚為推崇。王夫之將「雄渾」與「整麗」相區別，比姚鼐所提出的「陰陽剛柔」之別，要早一百多年，這正如西方的柏克首次將「崇高」與「優美」這兩個美學範疇相區別開來一樣，厥功不可磨滅。

與明代相較，清代的思想禁錮，似更加嚴厲。新思潮的萌芽，每每剛一露頭，便被打下去，「避席畏聞文字獄，著書都為稻粱謀」。知識分子在強大壓力下，或埋頭書齋，鑽進故紙堆；或噤若寒蟬，不問世事；或婉娩順上，趨時附勢……有清一代，儘管不乏有識之才，有志之士，但竟難找出一個有李贄那樣「狂妄大膽」、為新思想放肆吶喊的無畏鬥士。人們日復一日地唱著老調子，整個社會死氣沉沉，令人窒息。

終於，「忽喇喇似大廈傾，昏慘慘似燈將盡」，正當清王朝大廈即將崩塌之際，當社會即將發生大轉換之際，產生了一大批新思想家，從龔自珍、魏源到康有為、梁啟超。他們大聲疾呼，欲尋求中華民族之精神氣魄，欲喚回那漸漸衰微的雄奇偉美之聲！

龔自珍首先喊出了：「九州生氣恃風雷，萬馬齊喑究可哀；我勸天公重抖擻，不拘一格降人才！」他幻想著，渴望著那具有萬鈞之力的「風雷」出現，以掃蕩一切的迅急氣勢，打破那令人窒息的一片沉沉死氣。

龔自珍尖銳地批評統治者企圖用柔靡之文風來愚弄人們，「箝塞天下之遊士」，「使之纏綿歌泣於床笫之間，耗其壯年之雄材偉略，則思亂之志息。」（《京師樂籍說》，《龔自珍全集》第一輯）他決心扭轉這種柔弱靡漫之文風，呼喚那振奮人心的雄奇偉美之聲。他的文論，正是對雄奇偉美之「雄渾」觀念的推尊。首先他主張任性尊情，這一點與李贄等人一致。其《病梅館記》正是對拘囿人性的社會倫理的有力鞭撻。所謂「病梅」，正是傳統「溫柔敦厚」之觀點對於人性勃勃生氣的扼殺之形象體現，時人謂「梅以曲為美，直則無姿，以欹為美，正則無景」。因此「斫其正，養其旁條，刪其密，夭其稚枝，鋤其直，遏其生氣，以求重價，而江浙之梅皆病。文人畫士之禍之烈至此哉！」在悲憤感慨的控訴中，作者抒發了他任情率性的觀點：「予購三百盆，皆病者，無一完者。既泣之三日，乃誓療之，縱之，順之，毀其盆，悉埋於地，解其棕縛；以五年為期，必復之全之。」倡導「尊情」任性的龔自珍，十分嚮往李贄所提倡的「童心」，「少年哀樂過於人，歌泣無端字字真。既壯周旋雜痴黠，童心來復夢中身」。

的確，龔自珍正是推崇狂放偉美之作的，主張「受天下之瑰麗而洩天下之拗怒」，推崇雄渾豪放之美。他認為好的詩作，應當如長河巨川般氣象萬千，奇偉雄渾：「遼俯中原，逶迤萬餘里，蛇行象奔，而稍稍瀉之，乃卒恣意橫溢，以達乎嶺外。大海際南斗，豎亥不可復步，氣脈所屆，怒若未畢；要之山川首尾可言者則盡此矣。詩有肖是者乎哉！」龔自珍認為，詩同樣有這種雄渾之美。「《易》《書》《詩》《春秋》肅然若沉若，周秦間數子之縝若峍若，而莽蕩，而噌宏。」好的詩歌，應當「如嶺之表、海之滸，磅礴浩洶，以受天下之瑰麗而洩天下之拗怒也，亦有然。」（《送徐鐵孫序》）氣勢騰湧，雄奇偉美，這正是龔自珍所追求的審美風格。其詩亦然，「西池酒罷龍慘語，東海潮來月怒明」；「畿輔千山互雄長，太行一臂怒趨東」；「叱起海紅簾底月，四廂花影怒於潮」。連落花的形象，也被描寫得十分雄奇偉麗：「如錢塘潮夜潮湃，如昆陽戰晨披靡；如八萬四千天女洗罷臉，齊向此地傾胭脂。」

推崇雄渾之美的龔自珍，同樣「亦狂亦俠」。他「樂亦過人，哀亦過人」，深邃的眼光，真切的感受，憂鬱的胸懷，鑄成了他筆下的激盪風雷、奇肆奧博、斑駁陸離的狂奇風格。其文論同樣如此。他十分推崇莊子與屈原，嚮往他們的奇思異采：「《莊》《騷》兩靈鬼，盤踞肝腸深。」(《自春徂秋，偶有所觸，拉雜書之，漫不詮次，得十五首》)「奇士不可殺，殺之成天神；奇文不可讀，讀之傷天民。」（《夜讀番禺集書其尾》）他十分讚賞陶淵明的似淡實奇，似平實狂：「陶潛詩喜説荊軻，想見《停雲》發浩歌；吟到恩仇心事湧，江湖俠骨恐無多。」「陶潛酷似臥龍豪，萬古潯陽松菊高，莫信詩人竟平淡，二分梁甫一分騷。」（《己亥雜詩》〈舟中讀陶詩三首〉）龔自珍因尊情任性，率性而為，被時人視為「狂不可近」之人。而龔自珍不但不在乎，反而自豪地以「狂」「仙」自喻。在《己亥雜詩》中，他自謂所作激烈議論、慷慨陳詞為「狂言重起廿年喑」，「至今駭道遇仙回」。龔自珍之所「狂」所「奇」，正是為了打破那「萬馬齊喑」的死氣沉沉的局面，喚醒志士，恢復中華應有之勃勃生機，鼓蕩起那雄奇偉美之聲，勇武豪壯之氣！以勸「天公抖擻」、以勵中華崛起！龔自珍對雄渾美的推崇，蘊含著一種巨大的歷史責任感和命運感，它既確定了中國近代「雄渾」觀念的主旋律，也超越了文藝美學領域，使「雄渾」觀唸成為喚起民族精神崇高感的一個力量泉源。

梁啟超在《清代學術概論》中說：「晚清思想之解放，自珍確與有功焉；光緒間所謂新學家者，大率人人皆經過崇拜龔氏之一時期。初讀《定盦文集》若受電然。」這段話充分肯定了龔自珍對近代文學思想解放的貢獻。在「雄渾」觀念上同樣如此。自龔自珍後，中華志士紛紛奮起，力圖以雄奇偉美之聲喚起中華這頭巨大睡獅。梁啟超就曾尖銳地指出：「中國人無尚武精神，其原因甚多，而音樂靡曼亦其一端，……於發揚蹈厲之氣尤缺。」（《飲冰室詩話》）

近代最後一位極力倡導雄奇偉美之聲的勇敢鬥士，是撰寫《摩羅詩力說》的青年魯迅，魯迅於一九〇七年寫出了這一長篇論文。所謂「摩羅」，即那些「大都不為順世和樂之音，動吭一呼，聞者興起，爭天拒俗，而精神復深感後世人心」的作家，正如魯迅所解釋的：「摩羅之音，假自天竺，此云天魔，歐人謂之撒但，人本以目裴倫（G. Byron）。今則舉一切詩人中，凡立意在反抗，指歸在動作，而為世所不甚愉悅者悉入之。」（《摩羅詩力說》）魯迅為什麼要介紹這種立意在反抗，指歸在動作，爭天拒俗，不為順世和樂之音的作家呢？因為他痛感數千年來，中華文學藝術雄奇偉美之聲日愈衰頹，民族精神日愈沉淪，以致奴性十足，不思奮起，家亡國破，痲木不仁，一派沉沉死氣。魯迅大聲疾呼道：「今索諸中國，為精神界之戰士者安在？有作至誠之聲，至吾人於善美剛健者乎？有作溫煦之聲，援吾人出荒寒者乎？家國荒矣，而賦最末哀歌，以訴天下貽後人之耶利米[7]，且未之有也。」為什麼中國沒有這種能「至吾人於善美剛健」的精神界之戰士呢？魯迅指出，並非中國無人才，而是整個社會文化窒息了這種人才，「彼非不生，即生而賊於眾，居其一或兼其二，則中國遂以蕭條」。

在《摩羅詩力說》之中，魯迅追本溯源，對中國古代雄奇偉美之聲的缺乏，進行了深入的剖析批判。他提出：「故偉美之聲，不震吾人之耳鼓者，亦不始於今日。……試稽自有文字以至今日，凡詩宗詞客，能宣彼妙音，傳其靈覺以美善吾人之性情，崇大吾人之理想者，果幾何人？上下求索，幾無有矣！」為什麼會造成這樣的局面呢？魯迅指出，文學作品，往往是鼓動人心的。「蓋詩人者，攖人心者也。……惟有而未能言，詩人為之語，則握拔一彈，心弦立應，其聲澈於靈府，令有情皆舉其首，如睹曉日，益為偉美強力高尚發揚，而污濁之平和，以之將破。平和之破，人道蒸也。」但是，中國古代並不想讓詩人去鼓動人心，令人發憤進取；不希望破「平和」之聲，因為「中國之治，理想在不攖」。如果「有人攖人，或有人得攖者，為帝大禁，其意在保位，使子孫王千萬世，無有底止」。因此，天才人物之出現，多為悲劇下場，凡鼓動民眾之詩作，「為民大禁，其意在安生，寧蜷伏墮落而惡進取，故性解（Genius，即天才）之出，亦必竭全力死之」。然而，文學作品終究是不可消滅乾淨的，統治者的最佳辦法就是

7　耶利米Jeremiah，以色列的預言家，《舊約全書》中，有《耶利米書》五十二章，記載他的言行。又有《耶利米哀歌》五章，哀悼耶路撒冷的隕落。

設置文學之規範，提倡「樂而不淫，哀而不傷」的「中和」美，提倡節制情感的「溫柔敦厚」說，而排斥雄奇偉美之聲，以使老百姓安分守己，「卑懦儉嗇，退讓畏葸」。魯迅指出：「惟詩究不可滅盡，則又設范以囚之。如中國之詩，舜云言志，而後賢立說，乃云持人性情，三百之旨，無邪所蔽。夫既言志矣，何持之云？強以無邪，即非人志。許自由於鞭策羈縻之下，殆此事乎！」魯迅甚至認為，中國的雄渾偉美之聲，始終沒有達到「摩羅」那種立意反抗之偉大激昂的壯美境界，「無有為沉痛著大之聲，攖其後人，使之興起」。即便如屈原那樣「抽寫哀怨，鬱為奇文」的偉大作家，也不敢徑言反抗，終究不能成為鼓動國民之心靈的摩羅詩人。誠如魯迅所說：「惟靈均將逝，腦海波起，……茫洋在前，顧忌皆去，懟世俗之渾濁，頌己身之修能，懷疑自遂古之初，直至百物之瑣末，放言無憚，為前人所不敢言。然中亦多芳菲悽惻之音，而反抗挑戰，則終其篇未能見，感動後世，為力非強。」從這一評價不難看出，魯迅所追求的「立意在反抗，指歸在動作」的雄奇偉大之雄渾美，標志著一種嶄新的「雄渾」觀念的誕生。它不但徹底否定了數千年來的「平和」之聲，而且也告別了封建士大夫的「怨憤」「悱惻」的「小罵大幫忙」。它渴望著，希冀著一種新的審美標準，一種不為順世和樂之音，引吭吶喊，爭天拒俗，立意反抗之雄渾壯麗的美！

不過，照魯迅看來，中國古代文學藝術中無法找到這種雄渾之美，而必須「求新聲於異邦」。他在《摩羅詩力說》中，介紹了一大批世界各國敢於反抗，發為雄奇偉美之聲的作家，從尼采、歌德到莎士比亞，從拜倫、雪萊到果戈理、普希金，認為他們「無不剛健不撓，抱誠守真，不取媚於群，不隨順舊俗；發為雄聲，以起其國人之新生」。「無不以殊特雄麗之言，自振其精神而紹介其偉美於世界」，「其力如巨濤」！魯迅所提出的尋「摩羅」詩人於外，「求新聲於異邦」的主張，實際上標誌著中國古典「雄渾」觀念的終結和現代「雄渾」觀念的開端。王國維正是借用了西方柏克、康德等人的「崇高」（sublime）觀念，來重新審視中國傳統文學及其美學理論。自王國維和魯迅起，中國的「雄渾」觀念就翻開了新的一頁，在中西文化的交流和碰撞中日日更新！

第二章

「雄渾」範疇的構成因素

通過上一章對中國古代「雄渾」觀念發展歷程的描述，我們初步瞭解了呈現於中國古代文學作品中和凝結於中國古代美學理論中的「雄渾」觀念。但是，作為一種美學範疇的「雄渾」，究竟其內涵主要包括哪些東西呢？或者說「雄渾」究竟由哪些要素構成呢？不辨析清楚這一點，就不可能真正搞清楚「雄渾」這一美學範疇的特徵。

在上一章的歷史性描述中，我們實際上已經涉及了各歷史階段「雄渾」觀念的特徵及內涵，闡述了「雄渾」觀念在歷史的發展中不斷豐富、充實和展開的過程。但除了具體的歷史特徵外，作為中國古代美學範疇的「雄渾」有沒有一些共同的、基本的內涵和特徵呢？回答是肯定的。本章的目的，就是要從總體的角度，歸納、總結和辨析「雄渾」這一古典美學範疇的具體構成，並探討其深層文化機制。

第一節　巨大雄偉　超越時空

「雄渾」這一美學範疇的第一個構成要素在於「大」。這個「大」，首先是形體的巨大雄偉。試看那些雄渾之作，多描寫巨大雄渾之景象：「崧高維岳，峻極於天。」「倬彼雲漢，昭回於天。」(《詩經》)浩渺的雲河、極天的高山都給人以雄渾的壯美感。《尚書》〈堯典〉中描寫的「湯湯洪水方割，蕩蕩懷山襄陵，浩浩滔天」，以及楚辭中那雄奇偉美之形象，漢賦中那氣貌山海、體勢宮殿之描寫，皆給人以巨大雄渾的美感：「覽冀州兮有餘，横四海兮焉窮。」「乘龍兮轔轔，高馳兮衝天。」「登崑崙兮四望，心飛揚兮浩蕩。」還有《離騷》《天問》中那周流觀乎天上地下，閬風緤馬，八龍婉婉，云旗委蛇。漢賦之中更是以巨大形象的描寫來形成其雄渾之美感：那九百里之莽莽雲夢澤，千人唱、萬人和之葛天氏之樂，無不以巨大浩蕩予人以雄渾之美感。唐詩的雄渾美特徵，首要之要素亦在於詩家描繪和塑造了許多形體巨大的形象：「風急天高猿嘯哀，渚清沙白鳥飛回。無邊落木蕭蕭下，不盡長江滾滾來。」(杜甫《登高》)「君不見走馬川行雪海邊，平沙莽莽黃入天！」(岑參《走馬川行奉送封大夫出師西征》)至於李白的筆下，巨大形象就更多了。看那連天横臥，勢拔五嶽、令一萬八千丈的天臺亦「對此欲倒東南傾」的天姥山；「噴氣則六合生雲，灑毛則千里飛雪」，上摩蒼天、下覆大地的大鵬；更有那「危乎高哉」難於上青天的蜀道，都給人以雄渾的壯美感受。正如宋人蔡絛《西清詩話》說：「『氣蒸雲夢澤，波動岳陽城』，讀之則洞庭空闊無際，氣象雄張。」明人胡應麟說：「杜(甫)《謁玄元皇帝廟》十四韻，雄麗奇偉，勢欲飛動。」(《詩藪》卷四)而這種「雄麗奇偉」，正是「大」造成的，「近體盛唐至矣，充實輝光，種種備美，所少者曰大、曰化耳。故能事必老杜而後極。杜公諸作，真所謂正中有變，大而能化者」(《詩藪》卷五)。確實，「雄渾」首先在於形體的巨大。從老子的「大音」「大象」，到莊子的「大美」，從孔子的「洋洋乎大哉」，到孟子對「美」與「大」的區分，從司空圖的「雄渾」，到姚鼐的「陽剛之美」，中國的「雄渾」觀念始終具有形體巨大這一基本要素。司馬相如所說的「賦家之心，苞括宇宙，綜鑑人物」(《答盛覽問作賦》，《全漢文》卷二十二)正是對漢賦那氣貌山海、體勢宮殿特徵的理論表述。宋人姜夔指出，詩有氣象、體面、血脈、韻度，而「氣象欲其渾厚」，「體面欲其宏大」(《白石道人詩說》)。嚴羽指出：「詩之品有九：曰高，曰古，曰深，曰遠，曰長，曰雄渾，曰飄逸，曰悲壯，曰淒婉。」(《滄浪詩話》)其中的「高」「深」「遠」「長」「雄渾」「悲壯」等品，皆與形體巨大相關。謝榛曾推崇初盛唐之雄渾氣象，他說：「熟讀初唐、盛唐諸家所作，有雄渾如大海奔濤、秀拔如孤峰峭壁，壯麗如層樓疊閣，古雅如瑤琴朱弦，老健如朔漠橫雕，清逸如九皋鳴鶴，明淨如亂山積雪，高遠如長空片雲，芳潤如露蕙春蘭，奇絕如鯨波蜃氣。」(《四溟詩話》卷三)他稱讚這些如大海奔濤、如孤峰峭壁之作，因為這些作品給人以「大」的壯美感。所以他認為：詩乃模寫情景之具，應當作到「情融乎內而深且長，景耀乎外而遠且大」(《四溟詩話》卷四)。可見，「遠且大」是造成詩作尤其是唐代「雄渾」詩風的重要因素。胡應麟十分推崇唐代詩歌「雄渾」之「大」，他說：「凡排律起句，極宜冠裳雄渾，不得作小家語。」(《詩藪》卷四)如：杜詩七言句有壯而閎大者，壯而高拔者，壯而豪宕者，壯而整嚴者，壯而典碩者，壯而奇峭者，壯而瘦勁者。如：「二儀清濁還高下，三伏炎蒸定有無。」「藍水遠從千澗落，玉山高並兩峰寒。」「五更角鼓聲悲壯，三峽星河影動搖。」「江間波浪兼天湧，塞上風雲接地陰。」「紫氣關臨天地闊，黃金臺貯俊賢多。」

「窗含西嶺千秋雪，門泊東吳萬里船。」「錦江春色來天地，玉壘浮雲變古今。」「星垂平野闊，月湧大江流。」「星臨萬戶動，月傍九霄多。」……這些壯美之作，正是以描寫宏大形象為其主要特徵。看那天地二儀，藍水千澗，玉山高聳，三峽影動，波浪兼天，風雲接地，還有那千秋雪，萬里船，天地闊，大江流，萬戶動，九霄多……哪一首詩不是以其巨大的形象來造就出壯而宏大的美感呢！難怪姚鼐論陽剛之美，皆為形體巨大雄偉之物：「其得與陽與剛之美者，則其文如霆，如電，如長風之出谷，如崇山峻崖，如決大川，如奔騏驥……其於人也，如馮高視遠，如君而朝萬眾，如鼓萬勇士而戰之。」（《復魯絜非書》）

不過，形體無論如何巨大，終歸是有限的。泰山再高也有頂，黃河再長也有源。因此，從這個意義說來，凡能成為感官對象的自然事物，沒有能夠稱作「雄渾」的。因為自然事物並不具備這種無限性。

因此，中國「雄渾」觀念所追求的「大」，更多地是追求一種無限性，一種超越時空的永恆無限的「大」。老子所嚮往的「大」，是一種超越一切形體的、包容萬物的「道」，是那看不見、聽不著而又無處不在的「大音」「大象」。為什麼老子要追求那無形體的「大象」和無聲音的「大音」呢？王弼《老子指略》解釋道：「形必有所分，聲必有所屬。故象而形者，非大象也；音而聲者，非大音也。」有形有聲，就有限，而有限就不能成其為「大」；只有那無形無聲的東西，才具有無限性，才能真正成其為「大」！這就是老子對無限性追求的原因。莊子亦極喜言「大」。不過，莊子的根本意旨並不在歌頌事物形體的巨大雄偉，而在於追求一種永恆和無限，這才是真正的雄渾精神之所在。老子鄙視現實世界的一切形色聲貌，而專注於「無形」「無聲」之「大音」和「大象」，這是因為現實世界的一切聲色形貌，無論其如何雄偉巨大，都是相對的、有限的，唯有無形之象，希聲之音，才是真正的「大」。這一點，我們在莊子言論中同樣可以找到若干例證。在〈秋水篇〉中莊子借北海若之口教訓那不知天高地厚的河伯曰：「今爾出於崖涘，觀於大海，乃知爾丑。爾將可以語大理矣。天下之水，莫大於海，萬川歸之不知何時止，而不盈，尾閭洩之不知何時已，而不虛。春秋不變，水旱不知，此其過江河之流，不可為量數。而吾未嘗以此自多者，自以比形於天地，而受氣於陰陽。吾在天地之間，猶小石小木之在大山也，方存乎見少，又奚以自多？」莊子認為，不但茫茫大海算不上大，而且任何自然事物都說不上大：「計四海之在天地之間也，不似礨空之在澤乎？計中國之海內，不似稊米之在大倉乎？」這種對自然形體巨大雄偉的相對性否定，實質上與老子一樣，都是為了追求那真正的「大」——無限性。因為世界的一切事物都是相對的，「夫物量無窮，時無止，分無常」。只有那無限性才是永恆的、真正的巨大雄偉。體現這個無限性的，就是「道」，就是「強為之名曰大」的這個「道」。它是誕生一切之物，是不生不滅的無限永恆而渾成的本體。它是無形之「大象」，無聲之「大音」，它「在太極之先而不為高，在六極之下而不為深，先天地生而不為久，長於上古而不為老。……莫知其始，莫知其終」（《莊子》〈大宗師〉）。這種無形無限而又無所不包、無所不容的道，才是真正的大，它超越了任何形體的限制，充滿宇宙，浩浩蕩蕩，莽莽蒼蒼：「夫道，覆載萬物者也，洋洋乎大哉！」（《莊子》〈天地〉）

孟子所明確提出的美學意義上的「大」，同樣具有超越時空的無限性。孟子認為「充實之謂美，充實而有光輝之謂大」。什麼是「充實」呢？那就是浩然之氣充實於胸中，「其為氣也，至大至剛，以直養而無害，則塞於天地之間」。這種充塞於天地之間的「氣」，超越了一切形體，它是無限的大，是「至大」。中國詩作，大都具有這種超越時空的無限性特性，屈原作品之中那天上地下，古往今來，修途漫漫，徜徉浩渺的描寫，正是構成其「雄渾」特徵的重要因素：「駟玉虬以乘鷖兮，溘埃風余上征，朝發軔於蒼梧兮，夕余至乎縣圃。欲少留此靈瑣兮，日忽忽其將暮。吾令羲和弭節兮，望崦嵫而勿迫……」尤其是在《天問》之中，作者一口氣提出了一百七十多個問題，大有超越古今，探究宇宙，追求無限的博大情懷：「遂古之初，誰傳道之？上下未形，何由考之？冥昭瞢暗，誰能極之？馮翼惟象，何以識之？明明暗暗，惟時何為？陰陽三合，何本何化？圜則九重，孰營度之？惟此何功？孰初作之？斡維焉系？天極焉加？……」司馬相如所總結的漢賦之特徵，也正是追求超越萬物，「苞括宇宙」的無限性，無論「子虛」或是「烏有」，都逍遙於無比廣博的天地之中，徜徉於「方九百里」的雲夢澤之中。「於是乎周覽泛觀，縝紛軋芴，芒芒恍惚。視之無端，察之無涯。」（《上林賦》）這恍恍惚惚、茫茫浩渺、無端無涯之世界，正是無邊無際、永恆無限。對時空的超越和感嘆，對無限的嚮往和追求，可以說是中國古代文人的主旋律之一。儒家的「三不朽」，道家的「物化」與回歸自然，皆是對宇宙生命的永恆追求和嚮往。因為人們總是意識到，人的生命太短暫了，人生如白駒過隙。這種悲劇意識往往造成了文學中追求永恆的主題和崇高感：「前不見古人，後不見來者，念天地之悠悠，獨愴然而涕下。」這首詩如果僅僅從藝術形式上來看，並沒有多少技巧上的奧秘。但它卻有著巨大的感染力，千百年來一直受人推崇。這巨大的魅力何在呢？正是這種對宇宙時空的感慨，對生命悲劇的意識以及對永恆和無限的嚮往：詩人滿懷人生憂憤登上幽州台，極目四望，神思徜徉，高台悲風，四野茫茫，感時傷世，思緒萬千，孤寂悲涼的悵惘，人生短促的悲哀，千古茫茫之慨嘆，宇宙無限的嚮往，剎那間一齊湧上心頭，勾起了無窮的情思充塞於胸中，此刻詩人千言萬語，不知從何說起，萬種情思噴薄而出，化為漫漫時空的超越，茫茫宇宙的無限：「前不見古人，後不見來者，念天地之悠悠，獨愴然而涕下！」（陳子昂《登幽州台歌》）短短幾句，蘊含極大、極深、極廣！使其具有一種雄渾之美，一種巨大的感染力量。蘇東坡的《前赤壁賦》，更是這種超越時空、追求無限的典型的審美心理顯現：看那煙波浩渺、無邊無垠的大江多麼遼闊喲！「白露橫江，水光接天。縱一葦之所如，凌萬頃之茫然。浩浩乎如馮虛御風，而不知其所止；飄飄乎如遺世獨立，羽化而登仙。」無窮之宇宙引發了對生命意義的悲劇感，「寄蜉蝣於天地，渺滄海之一粟，哀吾生之須臾，羨長江之無窮。挾飛仙以遨遊，抱明月而長終，知不可乎驟得，托遺響於悲風。」儘管人生苦短，生命無常，宇宙無限，但是蘇軾仍嚮往著超越時空，追求永恆和無限：「蓋將自其變者而觀之，則天地曾不能以一瞬。自其不變者而觀之，則物與我皆無盡也。」「逝者如斯，而未嘗往也；盈虛者如彼，而卒莫消長也。」

中國美學理論，極強調時空的超越，將那永恆的宇宙時空凝結於一瞬，以獲取永恆和無限的意味。主張「觀古今於須臾，撫四海於一瞬」（陸機《文賦》）。中國古代美學中的「神思」論，即為突出的一例。東晉葛洪曾以極灑脫的筆觸，描繪了那超越時空、追求永恆的馳神運思之情致：「經夫汗漫之門，游乎窈渺之野。逍遙恍惚之中，徜徉彷彿之表。咽九華於雲端，咀六氣於丹霞。徘徊茫昧，翱翔希微，履略蜿虹，踐躡旋璣。」（《抱朴子內篇》〈暢玄〉）「思眇眇焉若居乎虹霓之端，意飄飄焉若在乎倒景之鄰。萬物不能攪其和，四海不足汨其神。」（《抱朴子外篇》〈嘉遁〉）《文心雕龍》〈神思〉對「神思」的描述，充分體現了這種對時空的打破和無限的追求：「文之思也，其神遠矣。故寂然凝慮，思接千載；悄焉動容，視通萬里。」「夫神思方運，萬涂競萌，規矩虛位，刻鏤無形，登山則情滿於山，觀海則意溢於海，我才之多少，將與風雲而並驅矣。」讀到〈神思〉篇這一段音韻鏗鏘的文字，總使人產生一種與「風雲並驅」的雄渾美感。的確，對無限的嚮往和追求，正是司空圖「雄渾」一品的基本特徵：「大用外腓，真體內充。返虛入渾，積健為雄。具備萬物，橫絕太空。……」那橫絕太空的超越，那具備萬物的無限，簡直類似於那包容萬物、充塞宇宙的「至大至剛」的「道」與「氣」。「大」正是這「具備萬物」「橫絕太空」的無限和永恆！康德認為崇高在於無限的大，這個無限只存在於人們的想像之中，存在於主觀的意念之中。中國古代美學則認為，無限的大，既與客觀相連，又與主觀相牽，那無限的時空的超越，是主觀的想像與客觀的「道」相冥契，是「神與物游」的結果，「天地與我並生，而萬物與我為一」(《莊子》〈齊物論〉)。在與天地萬物相攜相游之中，人的精神便可以超越萬物，獲得那無垠的「至大」，獲得那「具備萬物，橫絕太空」的雄渾！

第二節　剛健遒勁　氣勢磅礴

力量和氣勢，是「雄渾」這一美學範疇的又一重要構成因素。

那騰雲駕霧、呼風喚雨、驅雷挾電之神龍正是中華民族「雄渾」觀念的最初顯現。青銅饕餮之中蘊蓄著的，不也正是這力量與氣勢之美嗎！那怒目猙獰、齜牙咧嘴、頭上長角的饕餮形象，獰厲而神祕，具有一種深沉的力量和氣勢。《周易》言「大」，也以剛健遒勁的力量美為尚。楚辭漢賦的氣勢磅礴，建安詩歌的悲涼慷慨，唐詩宋詞的雄奇豪放等等，都充分展現了雄渾美的這一重要構成因素——力量和氣勢。

李澤厚指出：「在漢代藝術中，運動、力量、氣勢就是它的本質。」[1]無論這種說法是否全面，在漢代文學藝術之中，確實存在一種氣勢和力量的雄渾美特徵。劉勰《文心雕龍》〈風骨〉所說的「相如賦仙，氣號凌雲，蔚為辭宗，乃其風力遒也」，正是指的漢賦這種氣勢和力量之美。讀一讀楚辭漢賦，我們不難真切地感受到其中的力量和氣勢。《離騷》的宏偉，《天問》的氣魄，《國殤》的悲壯，《子虛》的誇飾，《靈光》的飛動，《兩都》的鋪張，《二京》的揚厲……都以其宏大的氣勢，遒勁的力量給人以雄渾的美感：難怪劉熙載說：「以賦視詩，較若紛至沓來，氣猛勢惡。」(《藝概》〈賦概〉)

元好問詩云：「曹劉坐嘯虎生風，四海無人角兩雄。可惜并州劉越石，不教橫槊建安中。」(《論詩三十首》)建安詩人，多為剛健遒勁之氣。正如鍾嶸《詩品》評曰：曹植「骨氣奇高，詞采華茂」，劉楨「仗氣愛奇，動多振絕。真骨凌霜，高風跨俗」。這慷慨悲涼、剛健遒勁之氣，充分體現了雄渾之力量美。

以雄渾見長的唐代詩歌，更是以力量和氣勢呈現出其基本特徵：「既筆力雄壯，又氣象渾厚。」(嚴羽《答出繼叔臨安吳景仙書》)李白那一如萬里黃河傾瀉般的筆力，杜甫那如泰山橫臥般的氣勢，《將進酒》《行路難》《蜀道難》《望岳》《登高》《登岳陽樓》……諸多詩章，確實讀來令人豪氣頓生，給人一種筆力雄勁、氣勢雄渾的美感。葉夢得《石林詩話》認為：「七言難於氣象雄渾，句中有力，而紆徐不失言外之意。自老杜『錦江春色來天地，玉壘浮雲變古今』與『五更鼓角聲悲壯，三峽星河影動搖』等句之後，常恨無復繼者。」沈德潛評論杜甫

1　李澤厚：《美的歷程》，文物出版社1981年版，第82頁。

《登樓》一詩道：「氣象雄渾，籠蓋宇宙。」司空圖的「雄渾」，正是唐詩力量與氣勢的理論結晶。〈雄渾〉一品，除了「大」的特徵外，還具有剛健遒勁、氣勢磅礴這一構成要素：「積健為雄」的所謂「健」，所謂「雄」，正是一種力量之美。「健」為剛勁之力，「雄」為雄渾之氣。集剛健之力量，成雄渾之氣勢，正是「雄渾」的基本特徵：「『返虛入渾』是認題，『返』字有心力；『積健為雄』是使筆，『積』字有筆力。」可見，孫聯奎認為，「力」為其特徵，無論是「心力」還是「筆力」，都能達到「氣壯」之效果。剛勁有力，氣勢雄渾，確為「雄渾」的重要構成因素。羅仲鼎等著《詩品今析》説得更為明確：「健，剛勁之力；雄，雄渾之氣。」[2]力量和氣勢，確為「雄渾」之重要構成因素。

「雄渾」範疇的力量、氣勢這一構成因素，若細加辨析，又可分為剛之美、力之美和氣之美。

所謂「剛之美」，是指藝術美中那堅勁剛強的「雄渾」品格。正如嚴羽評曰：「孟浩然之詩，諷詠久之，有金石宮商之聲。」（《滄浪詩話》）「剛」與「柔」相對而言，「剛之美」，是中國「雄渾」觀念極重要的一點。什麼是「剛」？《周易》認為，剛為陽、為天、為乾。剛之美如覆載萬物的天一般，偉大、雄壯、剛強。「乾剛坤柔」（《易》〈雜卦〉）這裡的剛，具有堅硬、強勁之意。正如《周易正義》所解釋：「剛健中正，謂純陽剛健，其性剛強，其行勁健。」（卷一）這種「剛」，如金似鐵，堅硬強勁：青銅饕餮的厚重獰厲，楚辭《國殤》的吳戈犀甲、玉枹鳴鼓，如孟子的「至剛」之氣，如「真骨凌霜」的建安文字，如有金石之聲的盛唐詩歌，如「夜半狂歌悲風起，聽錚錚，陣馬簷間鐵」的稼軒詞。《文心雕龍》所謂「風骨」之中的「骨」字，正是對這

2　羅仲鼎等：《詩品今析》，江蘇人民出版社1983年版，第27頁。

種剛性之美的理論總結。

什麼是「骨」？為什麼劉勰要將「風」與「骨」分開來論述？正因為「骨」與「風」之美不完全一樣，「風」更偏重於氣勢力量之美，「骨」更偏重於剛勁堅強之美。試看劉勰對「風」與「骨」的論述：「是以怊悵述情，必始乎風；沉吟鋪辭，莫先於骨。故辭之待骨，如體之樹骸；情之含風，猶形之包氣。結言端直，則文骨成焉；意氣駿爽，則文風清焉。……故練於骨者，析辭必精；深乎風者，述情必顯。捶字堅而難移，結響凝而不滯，此風骨之力也。」（《文心雕龍》〈風骨〉）劉勰認為，無論是「風」還是「骨」都包含著一種「力」，這種力，能使文學作品呈現出「風清骨峻，篇體光華」的雄渾美，「剛健既實，輝光乃新」。但這種雄渾之美，在「風」與「骨」之中，具有不同的特徵，「風」含「氣」包「情」，作者如能做到「意氣駿爽」，則可使文章具有一種「氣號凌雲」般風力遒勁的美。「骨」則在於「結言端直」「捶字堅而難移」，若作者「沉吟鋪辭」之際，能使文辭端直剛勁，堅挺峻立，則為「骨髓峻也」。簡言之，氣勢之力近於「風」，剛勁之力近於「骨」。例如：「陳琳之檄豫州，壯有骨鯁。……故其植義揚辭，務在剛健。」（《文心雕龍》〈檄移〉）由此可見，「骨」即一種剛性之美。「風骨」本身是一種比喻，僅從「骨」字的比喻上，我們就不難體會到，「骨」即剛強堅硬之意，用之於美學理論，則比喻那種端直剛勁之美。眾所周知，「風骨」這一美學術語的緣起，本於對人物的品評，劉劭《人物誌》說：「強弱之植在於骨。」（《九徵》）《世説新語》謂陳玄伯「壘塊有正骨」（〈賞譽〉），謂阮思曠「骨氣不及右軍」。這些人物品評，強調「骨」「骨植」等，就是強調由形貌骨骼結構所表現出來的清峻剛直的品格力量。將「骨」字用之於文學藝術，則取於剛直之美。如東晉顧愷之《論畫》，有「重迭彌紛有骨法」，「有奇骨而兼美好」之説（張彥遠《歷代名畫記》卷五）。謝赫《古畫品錄》中所說的「骨法用筆」，古代書法中所強調的「顏筋柳骨」「書貴瘦硬方通神」等等藝術理論，正是強調藝術中的剛性之美。鍾嶸《詩品》中所說的「真骨凌霜」，「骨氣奇高」，以及陳子昂〈與東方左史虯修竹篇序〉所說的「骨氣端翔，音情頓挫，光英朗練，有金石聲」之作，皆體現了對這種剛性美的高度讚譽。

我們說「剛」性之美包蘊著力，並不意味著它可以取代「力」之美。葉夢得指出：「七言詩難於氣象雄渾。」若要達到雄渾氣象，則必須「句中有力，而紆徐不失言外之意」（《石林詩話》卷下）。「剛」在於堅硬剛強，而「力」在於力量和運動。「剛」與「力」，既相連繫又有區別。自然界中，有動有靜，運動就是力量的展現。《周易》指出：「天行健，君子以自強不息。」什麼是「行健」？孔穎達疏曰：「行健者，行者運動之稱，健者強壯之名。」的確，《周易》為我們描繪了一幅運動和力量的世界圖畫：《乾》卦六爻中，那閃閃生輝的神龍「或躍在淵」，「飛龍在天」，四處游動，八方騰飛，興風鼓浪，出沒雲霧，顯示了巨大力量，「水流濕，火就燥，雲從龍，風從虎」。「天行健」，一切都是在運動變化：神龍騰飛，猛虎跳踉，雲行雨施，雷鳴電閃，宇宙宏偉的力量美顯現在我們面前，莊子言「大」也充分體現了運動與力量之美。中國美學理論，十分注重文學藝術的這種力之美。胡應麟指出：「杜公才力暨雄，涉獵復廣，用能窮極筆端，範圍古今。」（《詩藪》卷五）王充《論衡》曾以「力」論文士筆墨之優劣。他說：「夫壯士力多者，扛鼎揭旗；儒生力多者，博達疏通。故博達疏通，儒生之力也；舉重拔堅，壯士之力也。」「書五行之牘，奏十言之記，其才劣者，筆墨之力尤難，況乃連句結章，篇至十百哉！力獨多矣！」（《論衡》〈效力〉）這裡講的文士之力及其筆墨之力，與舉重拔堅之壯士相比，皆能「扛鼎揭旗」，力大無比。劉勰《文心雕龍》汲取了這一點，在〈體性〉篇中指出，作者的「才力」，「肇自血氣，氣以實志，志以定言。」在〈風骨〉篇中則極力強調筆墨之力，主張文章應如鷹隼展翅、翰飛戾天那樣「骨勁氣猛」，力量無窮，認為「文章才力，有似於此」。應當「蔚彼風力」，獲得巨大的力量之美。

鍾嶸《詩品》，亦倡導「建安風力」。唐代詩風，最強調這力量之美！杜甫《戲為六絕句》云：「才力應難跨數公，凡今誰是出群雄？或看翡翠蘭苕上，未掣鯨魚碧海中。」提倡鯨魚碧海般的壯美和力量。韓愈則盛讚那筆力雄健之作，主張「橫空盤硬語，妥帖力排奡」（《薦士》）。他稱讚李白、杜甫的詩作中那巨大的力量美道：「李杜文章在，光焰萬丈長。不知群兒愚，那用故謗傷？蚍蜉撼大樹，可笑不自量。……想當施手時，巨刃磨天揚。垠崖劃崩豁，乾坤擺雷硠。」（《調張籍》）這力量之美，常常在筆力之中展現。如書法繪畫中的筆力，文學作品中的筆力，說：「文章有力量，猶如弓之鬥力：其未挽時，不知其難也；及其挽之，力不及處，分寸不可強。」清代葉燮，即以「才」「膽」「識」「力」四字論作家作品，認為：「大凡人無才則心思不出，無膽則筆墨畏縮，無識則不能取捨，無力則不能自成一家。」（《原詩》〈內篇〉）他認為，左丘明、司馬遷、賈誼、李白、杜甫、韓愈、蘇軾等人，才力過人，其作品方能不朽。「如是之才，必有其力以載之；惟力大而才能堅，故至堅而不可摧也。歷千百代而不朽者以此。」緊接著，他又解釋什麼是作家及作品之力：「昔人有云『擲地作金石聲』，六朝人非能知此義者，而言金石，喻其堅也。此可以見文家之力，力之分量，即一句一言，如植之則不可僕，橫之則不可斷，行則不可遏，住則不可遷。《易》曰：『獨立不懼。』此言其人，而其人之文當亦如是也。」（《原詩》〈內篇〉）

在闡述了剛性之美，力量之美之後，我們再來剖析一下「氣」之美。黃庭堅曾指出：「文章以氣為主。……西漢文字所以雄深雅健者，其氣長故也。」[3]「氣」這一術語，既是中國古代美學理論最有特色的一個術語，同時也是最難解的一個術語。目前學術界對「文氣」的解釋，竟達十幾種之多！古人用語，亦十分複雜。我們這裡不準備對「文氣」詳加述評，只擬談談具有雄渾特徵的「文氣」。鍾嶸《詩品》中所說的「劉越石仗清剛之氣」，曹植「骨氣奇高」，劉楨「仗氣愛奇」「氣過其文」，劉勰《文心雕龍》所說的「氣號凌雲」「骨勁而氣猛」等，這些「氣」，就是具有雄渾美特徵的「氣」。這種「氣」之美，與「剛」之美與「力」之美，有一定連繫，又各有特色。「剛」著重在堅硬剛強，「力」著重在運動與力量，「氣」則著重在充滿生機的活力與氣魄。作家由於所秉之「氣」不同，而形成了不同的文學風格。那種充溢著生命活力之氣的作者，便仗「清剛之氣」「仗氣愛奇」，具有「骨氣奇高」的雄渾美特徵。正如劉勰所說：「才力居中，肇自血氣，氣以實志，志以定言，吐納英華，莫非情性，是以賈生俊發，故文潔而體清；長卿傲誕，故理侈而辭溢；……仲宣躁銳，故穎出而才果；公幹氣褊，故言壯而情駭。」（《文心雕龍》〈體性〉）這種充滿活力與氣魄的「氣」，不但取決於個體氣質，也取決於時代特徵，如建安詩人慷慨壯氣的雄渾美特徵，就與那動亂的時代密切相關。司馬遷文中的「奇氣」，又與他的閱歷分不開，蘇轍說：「太史公行天下，周覽四海名山大川，與燕趙間豪俊交遊，故其文疏蕩，頗有奇氣。……其氣充於其中，而溢乎其貌，動乎其言，而見乎其文。」（《上樞密韓太尉書》）盛唐詩作，更是充滿一種青春的朝氣與活力，那生龍活虎般騰踔的節

---

3 《中國歷代詩話選》，岳麓書社1985年版，第251頁。

奏，那風捲鵬運般的渾厚氣力，讓人深深感受到那充滿生命力的雄渾之美。這種如大海奔濤，似孤峰峭壁，如長空片雲，似朔漠横雕的「氣」，不正是雄渾之美麼！司空圖《二十四詩品》中所說的「行氣如虹」「由道反氣」的「氣」就是這種雄渾之氣。「子美氣尤雄，萬竅號一噫。有時肆顛狂，醉墨灑滂霈。」（歐陽修《水谷夜行寄子美聖俞》）歐陽修這首詩，完全可以作為「氣」之雄渾美的形象性表述。

第三節　莊嚴肅穆　浩然正氣

「雄渾」範疇的第三個重要構成因素，是莊嚴肅穆之感與由崇高人格而來的浩然正氣。

無論是東方或西方，莊嚴感都能導致一種崇高與雄渾之美：在陰森的教堂中對神靈的膜拜，在肅穆的廟堂上對祖宗神位的祭祀，都是一種由莊嚴肅穆而導出的崇高之感。黑格爾指出：「在真正的崇高裡，我們不久就會看見，最好的事物和最莊嚴的形象只是用作神的裝飾，為宣揚太一的偉大和光榮而服務。」[4]當西方人在基督的神像前跪下祈禱之時，便會產生一種莊嚴的崇高感，「人就覺得在神面前，自己毫無價值，它只有在對神的恐懼以及在神的忿怒之下的顫抖中才得到提高」。「所以涉及人方面的崇高是和人自身有限以及神高不可攀的感覺連繫在一起的。」[5]顯然，西方的「崇高」與宗教的莊嚴肅穆感是密不可分的。首先在西方美學史上提出「崇高」（Sublime）這一美學範疇的朗吉弩斯在《論崇高》中就曾引用《聖經》的話來說明什麼是「崇高」：

4　黑格爾：《美學》第2卷，商務印館1979年版，第86頁。

5　黑格爾：《美學》第2卷，第96頁。

「上帝說，要有光，於是有光，要有大地，於是有大地。」這種神靈的力量，多麼偉大莊嚴，怎能不讓人覺得在神面前，自己毫無價值呢？怎能不產生莊嚴的崇高感呢？正如康德所說：崇高「產生一種同敬畏和敬慕相似的樸素的或者說消極的快感」。[6]

西方人畏神敬神，中國人卻是敬天敬聖人。孔子說：「君子有三畏：畏天命，畏大人，畏聖人之言。」（《論語》〈季氏〉）因此，中國古代的莊嚴感，往往是對「天」「道」「聖人」的禮讚和膜拜。《周易》的〈乾〉，就是對天的禮讚，充滿著一種莊嚴崇高之感：「大哉乾元，萬物資始，乃統天，雲行雨施，品物流行。大明終始，六位時成。」中國古代的郊祀、封禪等等儀式，都具有一種肅穆的敬天祭祖之莊嚴感。據《禮記》所載，「郊之祭也，迎長日之至也。大報天而主日也。……萬物本乎天，人本乎祖，此所以配上帝也」。在敬天祭祖之中，還配以音樂，更增加了莊嚴肅穆之感：「殷人尚聲，臭味未成，滌盪其聲，樂三闋，然後出迎牲。聲音之號，所以詔告於天地之間也。」（《禮記》〈郊特牲〉）不難想像，這種滌盪其聲，詔告於天地之間的音樂，自然是莊嚴肅穆之聲，它充滿天地，包裹六極。莊子曾給我們描述過一種具有莊嚴雄渾之美的「至樂」。《莊子》〈天運〉曰：「北門成問於黃帝曰：帝張《咸池》之樂於洞庭之野，吾始聞之懼，復聞之怠，卒聞之而惑；蕩蕩默默，乃不自得。」北門成認為，他初聽到時感到驚懼，再聽時便覺鬆弛，最後聽得迷迷糊糊的，心神恍惚，不能自持。為什麼《咸池》之樂讓人感到驚懼呢？「帝曰：汝殆其然哉！吾奏之以人，征之以天，行之以禮義，建之以太清。……四時迭起，萬物循生；一盛一衰，文武倫經；一清一濁，陰陽調和；流光其聲，蟄蟲始

6　鮑桑葵：《美學史》，商務印書館1985年版，第358頁。

作，吾驚之以雷霆；其卒無尾。其始無首；一死一生，一僨一起；所常無窮，而二不可待，女故懼也。」這種以天理來伴奏，以自然元氣來相應和，驚之以雷震，調之以陰陽的音樂，自然「充滿天地，包裹六極」，具有雄渾莊嚴之大美。孔子對聖人的禮讚，也充滿著莊嚴和崇高：「子曰：『大哉！堯之為君也，巍巍乎！惟天為大，惟堯則之。』」（《論語》〈泰伯〉）堯傚法那偉大的天，而成為偉大的君主，巍巍然，令人肅然起敬。孟子所說的「大」，也具有那神聖莊嚴的特徵，「大而化之之謂聖，聖而不可知之之謂神」。這裡的「聖」與「神」，實際上體現了中國古代對天對聖人的敬仰和禮讚。因為聖人具有一種偉大的道德感召力量。孟子說：「聖人，百世之師也。伯夷柳下惠是也。故聞伯夷之風者，頑夫廉，懦夫有立志。聞柳下惠之風者，薄夫敦，鄙夫寬。奮乎百世之上。百世之下，聞者莫不興起也。非聖人而能若是乎？」（《孟子》〈盡心下〉）

《詩經》中的《頌》，大概最具有這種對天和聖人禮讚的莊嚴肅穆之特徵。「於穆清廟，肅雍顯相。濟濟多士，秉文之德。」（《周頌》〈清廟〉）「有來雍雍，至士肅肅。相維辟公，天子穆穆。」（《周頌》〈雍〉）據說這兩首都是祭祀時的頌歌，表達了祭祖之時的莊嚴肅穆氣氛。看那巍巍森森，肅穆清靜之宗廟，眾諸侯恭敬肅然，天子穆穆，獻上犧牲，「於薦廣牡，相予肆祀」。當然，這莊嚴之美，不僅僅是肅穆森然的謹嚴，也有狂放激烈的場面。《詩經》〈商頌〉〈那〉所描述的祭祀祖先的音樂舞蹈，就具有一種既熱烈而又莊嚴的雄渾美特徵：「猗與那與，置我鞉鼓。奏鼓簡簡，衎我烈祖。湯孫奏假，綏我思成。鞉鼓淵淵，嘒嘒管聲。既和且平，依我磬聲。於赫湯孫，穆穆厥聲。庸鼓有斁，萬舞有奕。」這一段詩，足以勾起人們對那上古祭祖樂舞熱烈而莊嚴的氣氛的遐想：大鼓隆隆，鐘磬鏘鏘，萬舞蹮蹮，管樂齊鳴……。

對於這種莊嚴肅穆之美，〈樂記〉曾作過理論上的總結：「中正無邪，禮之質也；莊敬恭順，禮之制也。若夫禮樂之施之於金石，越於聲音，用於宗廟社稷，事乎山川鬼神，則此所與民同也。」(〈樂記〉〈樂論〉）顯然，〈樂記〉在這裡將莊嚴肅穆之美與倫理道德之「禮」緊密連繫在一起了。不過，我們認為，這種莊嚴肅穆之美，更多地是與宗教信仰相連在一起的，無論是遠古人對圖騰的頂禮，還是西方人對基督神像的膜拜；無論是中國人對祖宗聖人的祭祀，還是現代人站在國旗下的敬禮，大概都會產生這種莊嚴肅穆之美。至於倫理道德，在「崇高」與「雄渾」之美中自然占著極其重要的地位。不過，由倫理道德昇華而來的「崇高」與「雄渾」，更多地呈現出一種參天立地的浩然之正氣，是一種偉大心胸和崇高精神的美。

若就這一點而言，中國的「雄渾」這一美學範疇的倫理道德內涵，大大超過了西方的「崇高」這一美學範疇的倫理道德內涵。先秦的「大」，與高尚的人格、浩然之正氣密切相關。《周易》所說的「天行健，君子以自強不息」就是將自然之勁健雄渾比擬於人的高尚的品格。行者，運動之稱，健者，強壯之名。天行健者，謂天體之行，晝夜不息，周而復始，無時虧退；所謂君子以自強不息，此以人事法天，言君子之人，用此卦象自強，勉力不有止息（參見孔穎達《周易正義》)。顯然，「大矣哉」的雄渾美，與君子之自強不息的進取精神息息相關。儒家的「雄渾」觀念，就十分強調道德的修養和人格的高尚。孟子所提出的「至大至剛」的浩然正氣，就是由道德修養而萌生的雄渾之美。

可以說，儒家對中國古代「雄渾」觀念的巨大影響，往往不在於三言兩語，零零碎碎的談詩論樂的話，而在於對崇高人格的提倡和推崇，在於由仁義道德而昇華的「仁以為己任」的憂患意識，它往往化為一種巨大的道義力量，成為人們行動的準則，形成民族的強大凝聚力。同時，這種憂患意識，在文學藝術中往往昇華為一種浩然正氣，一種「至大至剛」的雄渾之美！諸葛亮之「鞠躬盡瘁，死而後已」，昇華為《出師表》；陸游的憂國憂民，化作那近萬首鏗鏘詩作；岳飛的「精忠報國」，唱出了豪放的《滿江紅》；文天祥臨死不屈，譜寫了殺身成仁的《正氣歌》……讀著這些詩文之時，首先感到的是一種偉大的心胸，崇高的心靈，浩然之正氣，然後才是那鏗鏘之聲韻，勁健之筆力，雄渾之意象。

杜甫之詩，人稱「地負海涵，包羅萬匯」（胡應麟《詩藪》內編卷三），多具有雄渾浩瀚之美。然而當我們細品杜詩之時，不難體會出杜甫詩中的雄渾之美，主要是其憂國憂民之心的呈現，是其崇高人格的昇華。「國破山河在，城春草木深。感時花濺淚，恨別鳥驚心。烽火連三月，家書抵萬金。白頭搔更短，渾欲不勝簪。」（《春望》）「花近高樓傷客心，萬方多難此登臨。錦江春色來天地，玉壘浮雲變古今。北極朝廷終不改，西山寇盜莫相侵。可憐後主還祠廟，日暮聊為梁甫吟。」（《登樓》）讀著這些憂傷、悲涼、慷慨、豪放之詩作，往往使人從其雄渾的氣象之中，觸摸到詩人憂國憂民之博大胸懷。這種憂患意識，范仲淹用明確的語言將它概括出來了：「先天下之憂而憂，後天下之樂而樂。」中國古人筆下的雄渾之作，往往是其政治抱負的抒發和鬱鬱不得志時的憤怨之情，憂國憂民，感時嘆逝，在情極感憤之時，往往噴發出那雄奇偉美之聲。正因為中國文人執著地追求這種「仁以為己任」的精神，孟子所提倡的以仁義道德為根基的「至大至剛」之氣，遂成為中國古典美學理論的一個重要論點。韓愈的「養氣」說，可為其代表。韓愈認為，「氣」好比是水，「言」好比是水上所漂浮之物，「水大而物之浮者大小畢浮。氣之與言猶是也，氣盛則言之短長與聲之高下者皆宜」。但是，要得氣盛，則必須修身養性，「行之乎仁義之途，游之乎詩書之源，無迷其途，無絕其源」。只要以仁義為根本，則自然會養成浩然之氣，如是者有年，「然後浩乎其沛然矣」。只要養成浩然之氣，則就會有「至大至剛」之美，就會篤實生輝，「養其根而其實，加其膏而希其光。根之茂者其實遂，膏之沃者其光曄，仁義之人，其言藹如也」。(《答李翊書》)這就十分清楚地指出，「浩乎沛然」之氣來自仁義之修養，光曄輝煌之雄渾，又產生於浩氣之充實。

如果說儒家學說提倡一種「仁以為己任」高尚人格的話，那麼道家學說是否也提供另一種偉大的心胸，另一種高尚的人格呢？回答是肯定的。老子之書，取名《道德經》，這就說明了老莊並非與道德無緣。只不過，道家所認為的「道德」，與儒家所理解的不一樣。道家的「道德」，是無稱之道，無為之德。「上德下德，是以有德。下德不失德，是以無德。上德無為而無以為，下德為之而有以為。上仁為之而無以為，上義為之而有以為。」(《老子》三十八章)老莊對當時的社會持一種批判的態度，「大道廢，有仁義；慧智出，有大偽；六親不和有孝慈，國家昏亂有忠臣」(《老子》十八章)。莊子批判得更為尖銳：「及至聖人，蹩躠為仁，踶跂為義，而天下始疑矣；澶漫為樂，摘僻為禮，而天下始分矣。故純樸不殘，孰為犧尊！白玉不毀，孰為珪璋！道德不廢，安取仁義！性情不離，安用禮樂！五色不亂，孰為文采！五聲不亂，孰應六律！夫殘朴以為器，工匠之罪也；毀道德以為仁義，聖人之過也。」(《莊子》〈馬蹄〉)老莊嚮往的，不是束縛人性的仁義道德，而是歸真返璞的自由天放。如「齕草飲水，翹足而陸」的馬一樣自由自在，無拘無束。而不要讓人燒之剔之刻之雒之，套上馬籠頭，任人抽打役使。這就是莊子的「任其性命之情而已」的「天放」。莊子嚮往的是與「大道」為一，與萬物同化(物化)，提倡的是一種藐視權威、獨立不羈、曠達自在的人格。他以「謬悠之說，荒唐之言，無端崖之辭」，對聖人、仁義，對世間的一切權威，無不嬉笑怒罵，極盡譏諷嘲弄之能事，充分顯示了他所推崇的那種獨立不羈的高尚人格。正是這種人格，形成了《莊子》中那許多驚世之高論，雄奇之形象。〈逍遙游〉中所說藐姑射之山上的神人，就是其中之一：「藐姑射之山，有神人居焉，肌膚若冰雪，綽約若處子，不食五谷，吸風飲露；乘雲氣，御飛龍，而游乎四海之外。」「……之人也，之德也，將磅礴萬物，以為一世蘄乎亂，孰弊弊焉以天下為事？之人也，物莫之傷，大浸稽天而不溺，大旱金石流，土山焦而不熱。是其塵垢粃糠，將猶陶鑄堯、舜者也。」（《莊子》〈逍遙游〉）這種乘雲騰霧，駕馭飛龍之神人，完全是一種理想人格的顯現，他不食五穀，吸風飲露，既高潔無比，又氣勢磅礴，其德廣大無比，滔天洪水也不能溺死他，使金石熔化的酷熱也傷害不了他。更有甚者，他的塵垢，也足以鑄造成堯、舜那樣偉大的聖人！莊子十分推崇這種偉大高潔人格，而藐視那種委委瑣瑣、目光短淺之輩。〈逍遙游〉中，蜩、學鳩和斥鴳對大鵬的嘲笑，十分形象地說明了這一點。《莊子》開篇即為人們描述了一個極偉大的形象：「北冥有魚，其名為鯤。鯤之大，不知其幾千里也。化而為鳥，其名為鵬。鵬之背，不知其幾千里也；怒而飛，其翼若垂天之雲。是鳥也，海運則將徙於南冥。南冥者，天池也。」然而，大鵬的偉大舉動，則遭到了嘲笑：「蜩與學鳩笑之曰：我決起而飛，搶榆枋，時則不至而控於地而已矣，奚以九萬里而南為？」這種小知不及大知的強烈對比，有力地凸現了那偉大的人格和雄奇偉美之形象。莊子潛心塑造的，正是這樣一種獨立不羈、曠達自由的偉大人格和崇高的精神境界。正如王仲鏞說：「〈逍遙游〉，是指的明道者——從必然王國進入自由王國以後所具有的最高精神境界。大鵬就是這種人的形象。蜩與學鳩、斥鴳，指世俗的人。在莊子看來，一般世俗的人，由於視野狹窄，知識有限，是不可能瞭解明道者的精神境界的。」[7]

老莊所倡導的精神境界，尤其是莊子所塑造的一系列偉大形象，對中國文學藝術及美學理論產生了重大影響。我們常常在李白的詩作中發現〈逍遙游〉之中的大鵬形象，在蘇軾豪放的詩文中感受到曠達自在的精神，在許許多多的作品之中閃爍著老莊狂狷傲然之氣和獨立不羈的自由人格。「安能摧眉折腰事權貴，使我不得開心顏！」李白唱出的這句桀驁不馴的詩句，不正是他那獨立不羈、自由天放的精神境界和崇高人格的顯現麼！「燀赫宇宙，憑陵乎崑崙，一鼓一舞，煙朦沙昏，五嶽為之震蕩，百川為之崩奔。」「大鵬飛兮振八裔，中天摧兮力不濟。餘風激兮萬世，游扶桑兮掛石袂。」這雄渾的境界，誰都不難體會出來，這絕不是儒家以仁義道德為根基的浩然正氣，而是來自道家以自由天放為宗旨的精神境界。中國古代的「雄渾」觀念，也與老莊所倡導的這種精神境界與理想人格密切相關。司空圖所倡導的「雄渾」，更多的不是儒家的仁、義、禮、智和浩然正氣，而是道家的自由天放、獨立不羈的歸真返璞的精神。瀰漫在整個《二十四詩品》之中的，是道家的「道」「真」「素」，如：「大用外腓，真體內充」，「體素儲潔，乘月返真」，「飲真茹強，蓄素守中」，「由道反氣，處得以狂」，「大道日喪，若為雄才」，「絕佇靈素，少回清真」，「夫豈可道，假體如愚」，「俱似大道，妙契同塵」。這些「儲潔」「蓄素」「飲真茹強」，實際上是一種高尚之內涵、高潔之品格，由「飲真」「蓄素」，才得以成為那雄奇之偉美，成為那雄渾勁健之崇高，才能夠真體內充，積健為雄。實際上，「飲真茹強，蓄素守中。喻彼行健，是謂存

7 《莊子逍遙游新探》，轉引自陳鼓應：《莊子今注今譯》，中華書局1983年版，第8頁。

雄」幾句，連語言都與老莊之言相似。老子說：「守柔曰強」，「見素抱朴」，「多言數窮，不如守中」。莊子說：「天地其壯乎，施存雄而無術。」當然，所謂「蓄素守中」，有些近似孟子所說的「充實」於心中之「浩然正氣」，不過這僅僅是形式上的相似，即都是充實於中而發之於外。但是內容卻大大不同。孟子的「充實」，是仁、義、禮、智的充實；老莊的「飲真茹強」，則是歸真返璞的真，獨立不羈之強。如《莊子》〈德充符〉之「德充」，如老子「守柔曰強」的「茹強」，如〈逍遙游〉般的自由天放，獨立不羈，巨大雄渾。這種「真體內充」，才是司空圖的「雄渾」一品的旨趣所在。司空圖認為，唯有這「真體」充實於內，那內在的高潔品格才會昇華為巨大的雄渾美，才會具備萬物，橫絕太空，持之非強，來之無窮。

「詩品出於人品」，這是中國古代文人公認的一條美學規律，也可以說是儒家充實的「浩然正氣」與道家歸真返璞的「飲真茹強」的一大共同之處。無論這內在之品格旨趣何在，但充實於中才發之於外，先有偉大高尚的心胸而後才有雄渾之大美，這一點卻是一致的。

第四節　光英朗練　奇譎怪誕

「雄渾」範疇的第四個構成因素，是屬於藝術形式方面的，即文采結構上的輝煌壯麗，形象描寫上的奇譎怪誕。

我在拙著《中西比較詩學》中指出，先秦諸子，大都是反對太豔麗的文采的。孔子「惡紫之奪朱」，老莊主張「恬淡為上」，認為「樸素而天下莫能與之爭美」。至於墨子的「先質後文」，韓非的「買櫝還珠」，皆體現了中華質樸平淡、自然純真的美學思想。這種平淡自然的美學思想，對中國古代文學產生了極大影響。風格雄渾奇偉的大詩人李白，所推崇的就是這種自然純真的品格：「聖代復元古，垂衣貴清真。」「清水出芙蓉，天然去雕飾。」詩文如行雲流水、灑脱豪放的蘇東坡，亦對平淡自然之品格十分神往，鍾嶸所倡導的「自然英旨」，王國維所説的「不隔」，皆是對這種清新、自然、淡泊藝術境界的嚮往。然而，力倡樸素平淡的中國古典美學思想，為什麼又強調輝煌壯麗，強調光輝燦爛之美呢？從表面上看，這是矛盾的，究其實質，卻有相統一之處。

朗吉弩斯指出：「美妙的措辭就是思想的特有光輝。」如果從這一點出發，來考查中國古典美學，你這會發現先秦諸子乃至屈賦、建安詩歌、唐詩、宋詞的光輝之大美，是與其偉大的心胸，充實之內心密不可分的。孟子所説的「充實而有光輝之謂大」，《周易》所説的「剛健篤實，輝光日新其德」，皆是有諸其中而光輝發之於外。然而這有諸內的東西是什麼呢？除了我們前面講過的「浩然正氣」「飲真茹強」之外，十分重要的是發自於內心的深情，是那種如奔濤似火海般的情感激流。正如〈樂記〉所説：「是故情深而文明，氣盛而化神，和順積中，而英華發外。」

屈原作品那驚采絕豔之美，正是這種深情盛氣之外在顯現。《離騷》《九章》等作品寫得多麼的朗麗耀豔！

以慷慨任氣、悲涼蒼勁為特徵的建安詩歌，實際上也具有這種耀豔的文采。鍾嶸《詩品》評曹植詩為「骨氣奇高，詞采華茂」。劉勰説：「至魏之三祖，氣爽才麗。」（《文心雕龍》〈詮賦〉）這些「華麗」「華茂」「才麗」等評價，實際上指出了建安詩歌雄渾美的另一特徵，即由於深情盛氣而萌發出了光輝燦爛的文采美。初唐倡導「漢魏風骨」的陳子昂，所推崇的不僅僅是剛健之骨氣，而且也盛讚音韻鏗鏘和耀豔光輝、「骨氣端翔，音情頓挫，光英朗練，有金石聲」之作。

那充滿青春朝氣的盛唐詩作，更是骨氣勁健，光英朗練，雄奇偉美，光彩照人。它不僅勁健雄渾，而且辭采華茂。正如殷璠所說：「聲律風骨始備矣。」（《河岳英靈集序》）亦如柳冕所說：「發而為聲，鼓而為氣。直則氣雄，精則氣生，使五采並用，而氣行於其中。故虎豹之文，蔚而騰光，氣也；日月之文，麗而成章，精也。」（《答衢州鄭使君論文書》，《唐文粹》卷八十四）

中國古典雄渾美，究竟是否包括精彩絕豔這一構成因素？《文心雕龍》〈風骨〉篇實際上作了理論上的解答。長期以來，人們研究「風骨」，往往只注重「風」與「骨」兩個字，其實，「風骨」的主旨，應當包括三個字，即「風」「骨」「采」。在劉勰看來，一件作品有沒有「風骨」，與作品的文采密切相關。在「鋪辭」「結言」「析辭」「捶字」「結響」等方面，若處理得不好，就不會有「風骨」。即如果析辭不精，堆砌膴腫，捶字不堅，散漫混亂，無光輝燦爛之鮮采，則必然無「風骨」，「若豐藻克贍，風骨不飛，則振采失鮮，負聲無力」。相反，如果結言端直，析辭精當，捶字堅實，結響鏗鏘，文采燦爛，光英朗練，那就一定是有「風骨」之佳作：「剛健既實，輝光乃新。」從這個意義上來說，光輝燦爛之文采，實際上是「風骨」不可缺少的一大要素。是的，劉勰在〈風骨〉篇中曾將「風骨」與「文采」一分為二，認為有「風骨」的作品不一定有「文采」，而有「文采」之作也不一定有「風骨」。他舉了這樣一個例子來說明這一點：野雞色彩斑斕，但肌豐無力，只能飛幾百步遠，不能展翅雲天；鷹隼雖力勁氣猛，能搏擊長空，但卻無輝煌燦爛的文采。「夫翬翟備色而翾翥百步，肌豐而力沉也；鷹隼乏采而翰飛戾天，骨勁而氣猛也。」不過，這一比喻並不意味著「風骨」與「文采」就完全可以分開，因為在劉勰看來，缺乏「文采」的「風骨」，是粗獷的，缺少美感的，不完美的「風骨」；而缺乏「風骨」

的「文采」則是文章的累贅。理想的目標，應當是將剛勁的力量氣勢與鮮麗輝煌的熠熠文采完美結合起來，這才是劉勰所倡導的「風骨」：「若風骨乏采，則鷙集翰林；采乏風骨，則雉竄文囿。惟藻耀而高翔，固文筆之鳴鳳也。」（《文心雕龍》〈風骨〉）顯然，只有將「風」「骨」「采」三者同時加以考慮，才可能真正認識到劉勰「風骨」論的意旨所在。沒有光英朗練，鮮麗光輝的「文采」，絕不可能獲得劉勰所倡導的「風骨」，這一點，我們還可以從〈風骨〉篇的贊文中，得到明證：「文明以健，珪璋乃聘。蔚彼風力，嚴此骨鯁。才鋒峻立，符采克炳。」這裡的「文明以健」「符采克炳」，都與「文采」有關。劉勰反對那種「振采失鮮」的作品，而提倡一種既剛健雄渾、氣號凌雲，而又辭藻光耀、輝煌燦爛之「風骨」。他說：「若能確乎正式，使文明以健，則風清骨峻，篇體光華。能研諸慮，何遠之有哉！」（《文心雕龍》〈風骨〉）這「篇體光華」四字，正是雄渾美精彩絕豔、光英朗練的另一種說法。〈通變〉篇對光輝燦爛文采的推崇，更可以說明劉勰的主張：「憑情以會通，負氣以適變，采如宛虹之奮鬐，光若長離之振翼，乃穎脫之文矣！」這種如宛虹奮鬐般的絢麗文采，似鳳凰展翅騰飛般的燦爛光芒，那才真正是出類拔萃的文章！

通過以上的簡略論述，我們可以確認這一點，「風骨」的構成因素中，必須具有光英朗練的「文采」。或者說，輝光璀璨的「文采」，確為雄渾美的一大構成因素。不過，這光英朗練、精彩絕豔的文采美，除了取決於內在的深情盛氣、偉大胸懷，即取決於內在的「充實」而外，還有沒有自己獨立的價值和規律呢？回答應當是肯定的。一件作品如何獲得光英朗練之文采？這是與其辭藻的修飾、措辭的運用分不開的。在辭藻運用的問題上，我們前面已談到，「風骨」強調「結言端直」「析辭精當」「結響鏗鏘」「捶字堅實」，只要做到這些，就會「剛健篤實，輝光乃新」。因此，可以說中國的雄渾美，也強調藻飾與措辭的恰當運用。《文心雕龍》就花了不少篇幅，專門討論了「熔裁」「聲律」「章句」「麗辭」「比興」「誇飾」「事類」「練字」等問題，從這些篇中我們可以發現，修辭的恰當運用，確實可以獲得一種雄渾的美，能對讀者產生巨大的威力，迷人的魅力。例如〈誇飾〉篇指出，運用誇飾手法，如果不恰當，就會產生「虛用濫形，不其疏乎」的毛病。正如朗吉弩斯所說，堂皇的語言，並不是在任何場合都是合適的。如果一個瑣屑的問題用富麗堂皇的言語打扮起來，會產生把一個悲劇英雄的巨大面具戴在小孩頭上那樣的效果。但是，如果堂皇而驚人的措辭是恰當的，就會產生巨大的威力和迷人的魅力。劉勰也是這樣看的，他說：「然飾窮其要，心聲鋒起；誇過其理，則名實兩乖。」（《文心雕龍》〈誇飾〉）意思是如果誇飾得恰當，就會產生巨大的藝術效果，反之則否。劉勰對漢賦那些極力誇張、大肆鋪敘的手法，是不太讚賞的，他說：「自宋玉景差，誇飾始盛，相如憑風，詭濫愈甚。故上林之館，奔星與宛虹入軒；從禽之盛，飛廉與鷦鷯俱獲。及揚雄《甘泉》，酌其餘波，語瑰奇則假珍於玉樹，言峻極則顛墜於鬼神。至《東都》之比目，《西京》之海若，驗理則理無不驗，飾窮則飾猶未窮矣。」確實，漢賦的誇張鋪敘，不少是「虛用濫形」，吹大牛說大話，說了不少子虛烏有之事與物，正所謂「賦者，將以風也，必推類而言，極麗靡之辭，閎侈巨衍，競於使人不能加也」（《漢書》〈揚雄傳〉）。不過，漢賦的誇飾，的確也產生了一些藝術效果，例如「相如賦仙」，也是「虛用濫形」，但卻「氣號凌雲」，具有一種雄渾奇偉之美。這說明修辭手法確實具有某種獨立性，只要恰當運用，就能產生雄渾之美，而不一定要集於中才能發於外。「至如氣貌山海，體勢宮殿，嵯峨揭業，熠燿焜煌之狀，光彩煒煒而欲然，聲貌岌岌其將動矣。莫不因誇以成狀，沿飾而得奇也。於是後進之才，獎氣挾聲，軒翥而欲奮飛，騰擲而羞跼步；辭入煒燁，春藻不能程其豔；言在萎絕，寒谷未足成其凋；談歡則字與笑並，論戚則聲共泣偕，信可以發蘊而飛滯，披瞽而駭聾矣。」（《文心雕龍》〈誇飾〉）這種發蘊飛滯之力量，這種幾乎使瞎子睜開眼睛，聾子恢復聽覺的神奇效果，難道不是一種巨大的威力和迷人的魅力嗎！它使人情感白熱化，達到一種心醉神迷的境地，即「談歡則字與笑並，論戚則聲共泣偕」。這種誇飾的修辭方法，可以說是獲得熠耀焜煌、光彩煒煒的文采美，形成雄渾的力量和氣勢的一個重要的修辭手法。正如劉勰所說：「誇飾在用，文豈循檢？言必鵬運，氣靡鴻漸。」這光英朗練、驚采絕豔的文采美，如大鵬展翅一般，水擊三千，摶扶搖而上九萬里！雄渾勁健，燦爛輝煌！

在形象描寫和修辭手法上，奇譎怪誕也是形成雄渾美的一個構成因素。

儘管中國古代聖人「不語怪力亂神」，反對談奇譎怪誕之事，但古代美學思想和理論中，並非完全沒有這種奇譎怪誕的雄渾美。青銅饕餮那怒目猙獰的形象，實際上已顯示了這種醜陋而又雄奇的獰厲美。《招魂》所描寫的形象中，也包含了怪誕和恐怖之力量與氣勢，看那地府中鬼怪的形象，多麼可怕：土伯九約，其角觺觺，他伸出巨大的沾滿鮮血的手，到處抓人吃。還有那些可怖的怪獸：參目虎首，其身若牛，九頭怪物，拔木九千，雕題黑齒，得人肉以祀，蝮蛇蓁蓁，封狐千里，虎豹九關，豺狼從目……。這些令人毛骨悚然的形象描寫，能使人於驚懼之中，感受到一種震撼，一種由痛感轉化而來的雄奇之力量和氣勢。不過，這種譎怪之談，遭到了後世儒家正統文人的抨擊，認為是「皆非法度之政，經義所載」。因此，從整個中國古典文學藝術來看，《招魂》的這種奇譎怪誕之描寫，微乎其微。不過，並沒有絕蹤。從李白、李賀到龔自珍，這種惡魔般的獰厲怪誕的形象，仍時有顯現。在李白詩作之中，我們常常發現一些令人恐怖的形象描寫：「三時大笑開電光，倏爍晦冥起風雨。」「猰貐磨牙競人肉，騶虞不折生草莖。手接飛猱博雕虎，側足焦原未言苦。」（《梁甫吟》）「日慘慘兮雲冥冥，猩猩啼煙兮鬼嘯雨。」（《遠別離》）「殺氣毒劍戟，嚴風裂衣裳。奔鯨夾黃河，鑿齒屯洛陽。」如果說「詩仙」李白尚且有這些令人恐怖的形象描寫，那麼人稱「詩鬼」的李賀，就寫了更多的這類型象，如：「提出西方白帝驚，嗷嗷鬼母秋郊哭。」（《春坊正字劍子歌》）「秋墳鬼唱鮑家詩，恨血千年土中碧。」（《秋來》）「黑雲壓城城欲摧，甲光向日金鱗開。」（《雁門太守行》）「天迷迷，地密密。熊虺食人魂，雪霜斷人骨。嗾犬唁唁相索索，舐掌偏宜佩蘭客。」「毒虬相視振金環，狻猊猰貐吐饞涎。」（《公無出門》）這猛獸鬼怪的形象描寫，這嗷嗷鬼母，昏慘慘的鬼燈，食人魂的熊虺，的確給人一種毛骨悚然，驚懼恐怖之感。然驚懼之餘，也從中感受到一種不可言喻的雄渾和氣勢。正所謂「鯨呿鰲擲，牛鬼蛇神，不足為其虛荒誕幻也」（杜牧《李賀集序》）。

語言風格等方面的奇譎怪誕之美，同樣也具有一種力量和氣勢，給人以雄渾之美感。正如歐陽修評蘇子美曰：「子美筆力豪雋，以超邁橫絕為奇。」「蘇豪以氣轢，舉世徒驚駭。」（歐陽修《六一詩話》）語言的奇特，體現在各個方面，如用字、押韻、對仗、用事、誇張、比喻等等。例如，人們經常引用的杜詩「香稻啄余鸚鵡粒，碧梧棲老鳳凰枝」是一種錯綜句法，奇特之語。運用這種特殊的語言處理，往往能獲得意想不到的張力。如宋人黃庭堅，書法上以側險取勢，縱橫奇崛，理論上主張「奪胎換骨，點鐵成金」，詩歌創作上則講究修辭造句，追求奇拗硬澀的風格。其拗句，往往是為了以奇特而求得瘦硬的力量美。《詩人玉屑》引《詩學禁臠》說：黃庭堅喜用拗句，「其法於當下平字處，以仄字易之，欲其氣挺然不群」。這種以拗體來求得挺然不群之氣力，正是以奇特之語言運用來追求力量之美。《詩人玉屑》卷六還舉了一個「倒一字語乃健」的例子：「王仲至召試館中，試罷，作一絕題云：『古木森森白玉堂，長年來此試文章。日斜奏罷長楊賦，閒拂塵埃看畫牆。』荊公見之，甚嘆愛，為改作『奏賦長楊罷』，則云：詩家語，如此乃健。」這種以奇譎怪誕之語言和風格求得力量勁健的典型例子，是唐代韓愈。韓愈自稱「不專一能，怪怪奇奇」（《送窮文》），他的有些詩確實寫得奇峻險怪，如《南山》一詩，用硬毫健筆，鋪敘險峻山勢與奇景異物，列四時變幻，重巒疊嶂，語言於拗中取奇，困難見巧，筆勢奔騰，氣象瑰麗，真正做到了以奇譎取勁健，以怪誕求力量。司空圖對韓愈的這種怪怪奇奇的雄渾美十分欣賞，他說：「嘗觀韓吏部歌詩累百首，其驅駕氣勢，若掀雷揭電，奔騰於天地之間，物狀奇變，不得不鼓舞而徇其呼吸也。」（《題柳柳州集後序》）韓愈自己也提出了以怪怪奇奇而求得雄渾之美的美學理論。他在《薦士》中稱讚詩文奇澀的孟郊云：「有窮者孟郊，受材實雄驁。冥觀洞古今，象外逐幽好。橫空盤硬語，妥帖力排奡。」以橫空硬語之奇譎怪誕，來獲得剛勁雄渾的美，正是韓愈自己的追求，其《進學解》說，他「沉浸濃郁，含英咀華，作為文章，其書滿家。上規姚姒，渾渾無涯；周誥殷盤，佶屈聱牙」。在《調張籍》一詩中，他盛讚李白、杜甫「巨刃磨天揚」的雄渾美，「垠崖劃崩豁，乾坤擺雷硠」，並由此談到自己對雄奇之美的追求願望：「我願生兩翅，捕逐出八荒。精誠忽交通，百怪入我腸。刺手拔鯨牙，舉瓢酌天漿。騰身跨汗漫，不著織女襄。顧語地上友，經營無太忙。乞君飛霞珮，與我高頡頏。」這種百怪入腸、刺手拔鯨牙的怪誕與氣魄，給人一種奇奇怪怪、醜陋而又雄渾的感受。難怪劉熙載說：「昌黎詩往往以丑為美。」這種醜，其實就是奇譎險怪，「昌黎、東野兩家詩，雖雄富、清苦不同，而同一好難爭險」（《藝概》〈詩概〉）。以醜為美，就是以拗、以奇、以難、以險、以橫空硬語、以入腸百怪，甚至以「佶屈聱牙」「劌目鉥心」來求得那力量、剛勁、氣勢的美，求得那若掀雷揭電、奔騰於天地之間的雄渾！正如韓愈自己所說：「險語破鬼膽，高詞媲皇墳。」（《醉贈張秘書》）「搜奇抉怪，雕鏤文字。」（《荊潭唱和詩序》）「劌目鉥心，刃迎縷解，鉤章棘句，掐擢胃腎，神施鬼設，間見層出。」（《貞曜先生墓誌銘》）韓愈的弟子皇甫湜在《韓文公墓誌銘》中，總結了韓愈這種以奇譎險怪求得骨硬力猛、光彩外溢的創作特徵：「豪曲快字，凌紙怪發，鯨鏗春麗，驚耀天下！」從審美學的角度來看，險拗怪奇、鉤章棘句，能給人一種不和諧之感，而西方的「崇高」範疇最強調的即不諧和性，並且往往是大混亂，極不規則造成崇高美，往往粗獷的、醜陋的、不和諧的東西恰恰是產生「崇高」的對象。韓愈的以奇譎怪誕求得掀雷挾電般的雄渾美，正好與西方的「崇高」觀念有一致之處。韓愈弟子皇甫湜繼承了韓愈尚奇尚怪的一面，並加以發揮，提出了文章以奇為高，以怪為美的美學觀點，他說：「夫意新則異於常，異於常則怪矣；詞高則出於眾，出於眾則奇矣，虎豹之文不得不炳於犬羊，鸞鳳之音不得不鏗於烏鵲，金玉之光不得不炫於瓦石。」正是高於常物，異於常人，才有那雄奇之偉美，「必崔嵬然後為岳，必滔天然後為海。明堂之棟，必撓雲霓，驪龍之珠，必錮深泉」（《答李生第一書》）。皇甫湜的再傳弟子孫樵，則進一步闡發了這種以奇譎怪誕獲得雄渾美的主張，他舉例說，前輩詩人雄健之作，莫不拔地倚天，如赤手捕蛇，不施控騎生馬，故有力猛氣勁之美，「鸞鳳之音必傾聽，雷霆之聲必駭心。龍章虎皮，是何等物！日月五星，是何等象！儲思必深，摛辭必高，道人之所不道，到人之所不到，趨奇走怪，中病歸正」（《與王霖秀才書》）。在孫樵看來，只有奇，才能有驚聽的鸞鳳之音，只有怪，才會發出震耳的雷霆之聲，「趨奇走怪」，才會如龍章虎紋，文采煒煒，才會如日月星辰，光華燦爛！

皇甫湜、孫樵這種尚奇尚怪的理論，受到了後世不少文人的指責，如章學誠認為：「世稱學於韓者，翱得其正，湜得其奇。今觀其文，句字削，筆力生健，如挽危弓，臂儘力竭，而強不可制。」（《皇甫持正文集書後》）但不管人們如何指責，在中國古典美學理論中，尤其是在「雄渾」觀念之中，少不了這尚奇尚怪之美學理論的一席之地。因為在不語怪力亂神的中國古代，能夠大膽提出這種理論，也確是難能可貴的。它讓人們看到，在十分強調「中和」之美的中國古代，也有強調不和諧美的尚奇尚怪之風，也有主張拗、險、難，以求得骨硬氣猛的雄渾美之理論。

第三章

西方「崇高」範疇與中國「雄渾」範疇的對比

實際上，在前兩章中我們就嘗試著進行中西的比較。為什麼本章還要專門進行西方「崇高」範疇與中國「雄渾」範疇的對比呢？細心的讀者不難看出，前面各章節中的比較，實際上是在求同，即努力尋找中國「雄渾」觀念、範疇與西方的「崇高」觀念、範疇相似及其相同之處。然而，無論中西方的這一範疇有多麼相似，它們最終是貌同心異的。在中西方不同的社會文化土壤中和空氣中，即使是同一粒種子，也會長出不同的莖葉，開出不同的花朵，結出不同的果實的。同是相對的，不同是絕對的。要想真正認識中國古典美學範疇「雄渾」的基本特徵，不認識到它與西方「崇高」範疇的相異之處，那就不能說已經真正弄清楚了「雄渾」的特徵。

不過，是否既認識了同，又看到了異，就算萬事大吉了呢？非也。比較異同的目的，還在於認識事物的深層意蘊和客觀規律，從而有助於我們對美學理論、對中西文學藝術的鑑賞、認識和研究。本章專門比較「崇高」與「雄渾」之異，其根本意圖還在於認識造成西方「崇高」範疇與中國「雄渾」範疇的深層文化結構，認識中西美學理論的不同民族特色及中西民族的不同審美心態，並試圖涉及長期困惑學術界的一些重要理論問題。例如，為什麼中國古代戲劇缺乏西方的那種毀滅性的悲劇結局，「大團圓」的公式世代相傳，為人津津樂道？為什麼中國文學如此熱衷於道德氣節的讚頌，從「愚公」一直延續到樣板戲的「高大全」英雄？……當然，對這些問題的解答，非這本書所能勝任。我們的奢望只是從中西美學範疇的比較之中，能予人一點點啟迪，一方面加深對於中國古代「雄渾」範疇的認識，另一方面也能以小見大，從中西美學範疇中更深刻地認識中國美學及文學藝術的民族色彩，從而真正認識其價值與痼疾。

第一節　痛感與美感

「崇高」的本質是什麼？康德認為，「崇高」的本質是一種消極的快感，即一種由痛感轉化而來的快感。他指出：「崇高的情緒的質是：一種不愉快感。」那麼，不愉快的東西，又怎麼能給予人以快感呢？這中間得有一個轉換機制，「那就是這樣的，它經歷著一個瞬間的生命力的阻滯，而立刻繼之以生命力的因而更加強烈的噴射，於是，崇高的感覺便產生了」。此刻，「心情不只是被吸引著，同時又被不斷地反覆地被拒絕著。對於崇高的愉快不只是含著積極的快樂，更多地是驚嘆或崇敬，這就是所謂消極的快樂」。[1]這種「阻滯」生命力的東西是什麼呢？或者說這種引起「不愉快感」的東西是什麼呢？那就是自然界中

1　康德：《判斷力批判》第23節，商務印書館1964年版，第84頁。

令人可怕的對象，令人痛苦和恐怖的東西。例如，好像要壓倒人的陡峭的懸崖，密佈在天空中迸射出迅雷疾電的黑雲，帶著毀滅威力的火山，勢如掃空一切的風暴，驚濤駭浪中的汪洋大海……這些令人恐怖的現象使人心驚膽顫，「使我們的抵抗力在它們的威力之下相形見絀，顯得渺小不足道」。這種可怕和恐怖，就是一種「阻滯」生命力的東西，它能產生一種「不愉快」的痛感。因此，康德指出，「假使自然應該被我們評判為崇高，那麼，它就必須作為激起恐懼的對象被表象著」。也就是說，能激起崇高的感覺的，一定是能引起我們恐懼的東西，無論是無底的深淵、陰風慘慘的洞穴，還是狂風惡浪、雷鳴電閃。不過，如果我們真正處身於危險恐懼之中，生命無保障，面對著死亡的威脅，我們有的僅僅是恐懼和痛苦，而談不上其他。要產生「崇高」感，我們必須自身處於安全地帶而面對恐懼的對象，此時，才會有由痛感轉化為一種快感的可能，在恐懼中經歷著一個瞬間的生命力的阻滯，而立刻繼之以生命力的更加強烈的噴射，從而產生崇高感。康德舉例道：在觀看高聳入雲的山岳，無底的深淵，咆哮著的激流，陰影深蔽著的誘人憂鬱冥思的荒原時，觀看者被攝入一種狀態，接近到受嚇的驚呼，恐怖和神聖的顫慄。但他又清楚地知道他自身處在安全之中，不是真實的恐懼，只是一種企圖，讓我們通過想像力達到那境界。那麼，這種時候，「這景象越可怕，就對我們越有吸引力。我們稱呼這些對象為崇高，因為它們提高了我們的精神力量，越過了平常的尺度，而讓我們在內心裡發現另一種類的抵抗的能力，這賦予我們勇氣來和自然界的全能威力的假象較量一下」[2]。這就是由痛感而轉化來的快感。從康德的論述中我們可以看到，崇高感基於痛感，基於由

2　參見康德：《判斷力批判》第28節，商務印書館1964年版，第101頁。

於恐怖而轉化來的一種消極的快感。

從西方美學史上來看，康德的這一具有代表性的論點顯然汲取了柏克的觀點。康德本人並不掩飾這一點。他在《判斷力批判》中指出：「柏克在這一類處理方法也值得被看做最優越的作者。」他還引用了柏克的這樣一段話：「崇高的情緒植根於自我保存的衝動和基於恐怖，這就是一種痛苦，這痛苦，因為它不致達到肉體部分的摧毀，就產生出一些活動，能夠激起舒適的感覺，因它們從較細緻的或較粗糙的脈絡裡淨除了危險的和阻塞的澀滯物，固然不是產生了快樂，而是一種舒適的顫慄，一種和恐懼混和著的安心。」實際上，柏克比康德更加強調「崇高」中的痛感。他認為，「崇高」的根源就是痛苦和恐懼。「任何東西只要以任何一種方式引起痛苦和危險的觀念，就是說，任何東西只要它是可怕的，或者和可怕的對象有關，或者以類似恐怖的方式起作用，那它就是崇高的來源。」柏克認為，「崇高」的巨大力量，就在於以一種無法抗拒的力量來震懾人們，使心靈無法進行推理活動。而在所有的情緒之中，沒有一種像恐懼那樣有效地剝奪人們心靈進行推理活動的能力了。因此，所有令人恐懼的東西，所有令人非常害怕的東西，也就是崇高的。只要人們與可怕的對象保持一定距離，處於安全地帶，越痛苦越害怕，那就越具有崇高感。只要恐怖並不立即威脅到人的生命，那麼這些情緒就能夠產生一種歡愉之情。由此產生消極的快感——崇高。[3]

無論康德與柏克怎樣論述，其核心只有一個，即「崇高」來源於痛感。

3　參見柏克《關於崇高與美的觀念起源的哲學探討》，中譯本參見《古典文藝理論譯叢》第五輯；並參見朱光潛：《西方美學史》上冊，人民文學出版社1979年版，第237頁。

如果我們回過頭來看看中國的「雄渾」範疇的話，會發現這種「痛感」與「雄渾」很難結合到一起。是的，青銅饕餮之中的獰厲美，《招魂》中那令人恐懼的描寫，韓愈的怪怪奇奇，李賀的虛幻荒誕，皆與這種「痛感」說十分近似。這說明中西審美心理有其共同之處。不過，這些離奇怪誕的作品，在整個中國文學藝術中並不占主導地位。尤其重要的是，從整個理論形態來看，即，從先秦的「大」，到南北朝的「風骨」；從孟子的「至大至剛」之氣，到清人姚鼐的「陽剛之美」，似乎都與痛感無緣，與那令人心驚膽顫的恐懼無多大關係，更不能說「雄渾」之感根源就在於痛苦與恐懼。

從《周易》的「天行健，君子以自強不息」之中，從《莊子》所描寫的水擊三千里，扶搖直上九萬里，絕雲氣，負青天的大鵬的形象上，我們所體會到的「大」和雄渾之美，並沒有使人毛骨悚然的恐懼和痛感，而是使人感到一種自豪、豪邁之美；從孔子所提倡的「仁以為己任」的「大」，到孟子所涵養的「至大至剛」的「浩然之氣」，我們所感到的也不是危險和痛苦，而是一種偉大的胸懷和犧牲精神。建安時期的慷慨之氣，《文心雕龍》的「風骨」，司空圖那具備萬物，橫絕太空的「雄渾」，姚鼐那如電、如長風出谷的「陽剛之美」，都沒有讓人覺得恐怖、危險、痛苦、可怕，而是給人一種自豪雄壯的美感。事實上，中國的「雄渾」之感基本上沒有什麼恐懼之痛感，即便是韓愈所倡導的「怪怪奇奇」的「刺手拔鯨牙」「百怪入我腸」的橫空硬語，杜牧評李賀的所謂「鯨呿鰲擲，牛鬼蛇神」，劉熙載所說的「以醜為美」等，也不具備如西方柏克和康德所說的那般危險和恐怖之強烈痛感。

是的，中國的「雄渾」範疇，也強調形象的巨大，力量的強大，也描繪出了柏克、康德所描繪的那種高山大海的巨大形體和力量。從外表上看來，這是相同的。試比較以下兩段關於「崇高」與「雄渾」巨大形體力量的描述：

> 高聳而下垂危脅著人的斷崖，天邊層層堆疊的烏雲裡面挾著閃電和雷鳴，火山在狂暴肆虐之中，颶風帶著它摧毀了的荒墟，無邊無界的海洋，怒濤狂嘯著，一個洪流的高瀑。[4]

> 具備萬物，橫絕太空。荒荒油雲，寥寥長風。
> 行神如空，行氣如虹。巫峽千尋，走雲連風。
> 天風浪浪，海山蒼蒼，真力彌滿，萬象在旁。（司空圖《二十四詩品》）

這兩段形象性的理論描述，都用自然界的巨大與力量來說明問題，都描寫了高山大海，狂風怒濤，其中的力量與氣勢，形體的巨大雄奇，確有其一致之處。不過，如果我們仔細體會一下，又會發現在相似之中卻蘊含著截然不同之處：康德所描繪的高山斷崖，颶風怒濤，是著意渲染自然界的威脅人的暴力，所以有「狂暴肆虐」「狂嘯」「摧毀」「威脅著人」等等字眼，這些威脅著人的暴力，自然令人恐懼、害怕，從心驚膽顫之中感受到生命力受到威脅的痛苦，覺得「我們對它們抵拒的能力顯得太渺小了」，因而產生了生命力受到「阻滯」的痛感。而司空圖所說的「雄渾」，雖然十分強調形體的巨大雄偉，力量的強大無比，但卻並非是威脅著人的暴力。恰恰相反，這巨大的形體與無比的力量，正是人們蓄積涵養而來的，體現了人的巨大胸懷與

4　康德：《判斷力批判》，商務印書館1964年版，第101頁。

主體力量：「大用外腓，真體內充。返虛入渾，積健為雄。具備萬物，橫絕太空。荒荒油雲，寥寥長風。超以象外，得其環中。持之非強，來之無窮。」（《二十四詩品》〈雄渾〉）從中，我們所感受到的，是人的偉大，而非威脅著人的暴力：看那通體充滿了真實，外形上才呈現渾灝壯宏，從虛無轉入渾成之境界，積剛健之氣才成為瑰麗奇雄。這雄渾包含了世間的萬象萬物，橫絕於無邊無際的太空，就像那莽莽蒼蒼的雲彩，猶如那浩浩蕩蕩的長風。在這裡，我們看到的高山大海，走雲連風，都是展示了人的偉大心胸與內心的剛健之力量。所謂「真體內充」「積健為雄」，指的都是主體內心的涵養與充實，「內充」之真體、積勁健之力得以成為「雄」，內在充實了光輝才發之於外，也才能具備萬物，橫絕太空，「植之而塞於天地，橫之而彌於四海」，萬物皆備於我。

顯然，中國的「雄渾」不具備西方「崇高」範疇所強調的痛感，沒有那種受到危險而產生的恐懼感。相反，中國的「雄渾」觀念使人產生一種樂觀進取的豪邁感。《周易》對大而剛健之美的讚頌，給我們展示了一幅多麼宏大而又壯闊的境界！在這種境界中，那無比廣大的宇宙，充滿著生生不息的生命，充滿著剛勁強健的力量，日月星辰不斷運行，雲行雨施，祥龍騰飛。而這種宇宙之「大美」又與人格精神的偉大崇高結合在一起，剛健的天，自強的人，奮發直前，自強不息！這裡沒有暴虐的自然，而是對人的力量的正面的積極的肯定，充滿著一種積極奮發、自強不息的自豪感，將人的情緒引向昂揚奮發、不斷進取。這裡絲毫沒有恐懼、害怕和痛感，有的只是一種豪邁！

總而言之，中國古代「雄渾」範疇，其主導傾向是一種豪邁的美感，而不具備西方柏克、康德等人所認為的那種由恐懼、痛感而轉化來的快感。所以姚鼐才乾脆將雄奇之偉美稱為「陽剛之美」。這種名稱，本身就體現了中國美學範疇「雄渾」給人的不是痛感，而是美感。你看姚鼐將那「陽剛之美」的力量和氣勢描述得多美：如霆似電，如長風之出谷，如崇山峻崖，如大川潰決，如騏驥奔騰，如杲日冉冉升起。不但文學如此，中國繪畫、書法、雕塑等等，無不是崇尚正面的豪邁，而不倡導那種恐怖的痛感。清代黃鉞《二十四畫品》亦列〈沉雄〉一品，其論述中充滿豪邁這一雄氣：「目極萬里，心游大荒。魄力破地，天為之昂。括之無遺，恢之彌張。名將臨敵，駿馬勒韁。詩曰魏武，書曰真卿。雖不能至，夫亦可方。」這魄力破地，天為之昂的氣勢和力量，充分展示了「沉雄」的豪邁氣概！

西方的「崇高」範疇，往往強調一種面對危險之時植根於自我保存的衝動和恐懼感，強調人的生命受到威脅時的痛苦感；中國的「雄渾」範疇怎樣看待危險及生命受到威脅時的心理感受呢？「歲寒，然後知松柏之後凋。」孔子的這句話，最能說明「雄渾」範疇的心理感受和內心境界。它是一種臨危不懼的正義感和超越死亡恐懼的獻身精神。康德似乎曾經意識到這種正義感和獻身精神能產生崇高感。他指出，儘管理論上證明基於生命的自我保存的衝動而產生恐懼，產生崇高，但對於人的觀察卻往往得出相反的結論，並且成為通常判斷的根據。即：為什麼野蠻人能成為最大的觀賞對象呢？「這就是，一個人，他不震驚、不畏懼、不躲避危險，而同時帶著充分的思考來有力地從事他的工作。就是在最文明、最進步的社會裡仍然存在著這種對戰士的崇敬。」[5]在這裡，康德明智地看到了問題的另一面，即崇高感產生於一種無畏地面對危險和死亡，產生於一種獻身精神，而不是對死亡與危險的恐懼和害怕。很可惜，這一看法在這位哲學巨人的腦海中一

5 康德：《判斷力批判》，第102頁。

閃即逝，他仍舊回到了柏克的立場，堅持認為「崇高」的本質是一種由痛感、恐怖而轉化來的消極的快感。可以說，中國美學範疇「雄渾」恰恰更加強調這積極的獻身精神的一面，提倡無畏地面對危險和死亡，捨生取義，殺身成仁。

屈原作品的「雄渾」品格，絕不是源於他對死亡的畏懼和害怕，恰恰相反，正是來源於他無畏地面對死亡，無情地鞭撻社會政治的邪惡勢力，蘇世獨立，以死相抗。這才具有一種震撼人心的崇高感，並昇華為精彩絕豔、氣勢磅礡的雄渾美。從理論形式上來看，孟子的「至大至剛」之氣，強調的就是這種捨身取義的獻身精神。孟子認為這種「浩然之氣」是「集義所生」的，沒有「仁義」，其氣就餒。而堅持「仁義」，就是要堅持一種獻身精神。孔子說：「志士仁人，無求生以害仁，有殺身以成仁。」(《論語》〈衛靈公〉) 這就是強調無畏的勇氣和獻身的精神。「士不可不弘毅，任重而道遠。仁以為己任，不亦重乎！死而後已，不亦遠乎！」(《論語》〈泰伯〉) 這種殺身取義、死而後已的無畏和獻身精神，就是孟子「至大至剛」的「浩然之氣」所需的「義」。因而孟子亦大力倡導一種無畏的品格：「富貴不能淫，貧賤不能移，威武不能屈。」(《孟子》〈滕文公下〉) 提倡「以身殉道」(《孟子》〈盡心上〉)。只有具備了這種無畏和犧牲精神，才會有充實於胸中之浩然正氣，也才能昇華為「至大至剛」的雄渾之美。古往今來，孔、孟所倡導的這種為「仁義」而獻身的精神，造就了多少仁人志士，昇華為多少剛健雄渾之作啊！「人生自古誰無死，留取丹心照汗青！」文天祥的這句詩，可謂無畏和獻身精神的最集中體現，同時也是中國古代雄渾美心理感受的最佳說明。從「蘇世獨立，橫而不流」，「秉德無私，參天地」的屈原，到「老驥伏櫪，志在千里」的曹操和「仗清剛之氣」的劉琨；從「念天地之悠悠，獨愴然而涕下」，倡導「漢魏風骨」的陳子昂，到憂國憂民，詩風雄渾的杜甫、韓愈；從至死不忘國恥國難的陸游，到高唱「八百里分麾下炙，五十弦翻塞外聲」的辛棄疾；從「怒髮衝冠」「壯懷激烈」的岳飛，到呼籲天公重抖擻的龔自珍……其間多少英雄淚，報國志！多少鞠躬盡瘁，赤膽忠心！多少臨危不懼，視死如歸！這一切都化作那雄渾豪邁的偉大詩章，譜寫成中華民族的正氣歌！

那些音韻鏗鏘、氣勢雄渾而又飽蘊著愛國深情，和著血淚寫就的詩作，就是鐵打的漢子也會感動！只要我們仔細品味一下，就不難發現，這雄渾之美中所包蘊的，不正是那「仁以為己任」，憂國憂民的拳拳之心嗎？不正是那殺身成仁，臨危不懼，甘赴國憂，視死如歸的英雄氣概嗎！

它絕不是害怕死亡，絕不是痛感和恐懼，而是一種崇高的獻身精神，一種偉大的犧牲感，一種超越了死亡恐懼的至大至剛的浩然正氣！

總而言之，從整體上來看，西方的「崇高」範疇強調崇高感中的痛感，認為「崇高」來自一種由生命的自我保存的本能而萌生的一種消極的情感，它產生於人們面對危險而實際並無危險時的恐懼和害怕心理之中，是生命力受阻滯又更加強烈地噴發。簡言之，「崇高」是由痛感而產生的快感。與之相反，中國美學中的「雄渾」卻體現了一種積極向上的豪邁之感，它強調一種「仁以為己任」、超越死亡恐懼的獻身精神，由「集義」而養成至大至剛的浩然正氣，從而昇華為一種雄渾勁健之美。簡言之，「雄渾」是一種豪邁與浩然正氣的美感。

不過，話又說回來，這種總結是就其主要傾向而言的。實際上，西方亦不乏這種豪邁與獻身精神的崇高，中國也不乏這種由恐懼的痛感轉化而來的快感。就這一點而言，朗吉弩斯的《論崇高》，其精神與其說與柏克、康德相近，還不如說與中國美學範疇「雄渾」更為接近。而楚辭中的《招魂》，皇甫湜的怪怪奇奇之論，鄭板橋的文藝思想，與其說是豪邁之美感，還不如說是以怪為美，以痛感為快感。但這些畢竟不是主流。明智地認識到這一點，才不至於以個別否定一般，只見樹木不見森林，才不會在個別問題上認識模糊，糾纏不清。

第二節　優美與壯美

無論是西方的「崇高」，還是中國的「雄渾」，都不能簡單地視為「壯美」。但與「優美」這一範疇相較之時，卻又顯現出「崇高」與「雄渾」都具有「壯美」的一些基本特徵。本節正是從這一點入手，來比較西方「崇高」範疇與中國「雄渾」範疇的異同。

首先，西方的「崇高」範疇強調「優美」與「崇高」的差異與分離，而中國的「雄渾」範疇則恰恰相反，強調剛柔相濟，陰柔之美與陽剛之雄渾的和諧統一。

縱觀整個西方美學史，強調「優美」與「崇高」的分離，清晰地呈現為一個剪刀差狀況：即古代尚不太分別，越往後越強調「優美」與「崇高」的分離和差異。

西方第一個提出「崇高」範疇的朗吉弩斯，實際上已初步涉及了「壯美」與「優美」的特徵問題。他說：「在本能的指導下，我們決不會讚歎小小的溪流，哪怕它們是多麼清澈而且有用。我們要讚歎尼羅河、多瑙河、萊茵河，甚至海洋！我們自己點燃的燭火雖然永遠保持它那明亮的光輝，我們卻不會驚嘆它甚於驚嘆天上的星光！」[6]朗吉弩

6　朗吉弩斯：《論崇高》，參見《西方文論選》，上海譯文出版社1979年版，第121頁。

斯認識到自然界中既有小溪潺潺流水之「優美」，也有大江大海之「壯美」。不過，在他看來，小溪不如大海，燭火不如星光，「優美」不如「壯美」，「柔美」不如「剛美」。文學藝術上同樣如此，他舉雄辯家許帕裡德斯和德謨斯提尼為例：許帕里德斯具有優美的風格，他說得那麼清楚，那麼香甜，但是他卻缺少雄渾的美，他的話發自清醒的心，軟弱無力，不能感動聽眾。但德謨斯提尼卻與之相反，他那崇高的格調，生動的熱情，豐富、敏捷、恰到好處的迅速，令人望塵莫及的勁勢和力量，使他以迅雷急電之勢打倒世世代代的雄辯家。顯然，朗吉弩斯所推重的是剛勁之「壯美」，是雷霆電閃般的「崇高」，而非小橋流水般的「優美」。

英國美學家愛狄生也曾看到了「優美」與「壯美」的不同。他認為，想像的樂趣有三個來源：偉大、非凡和美。他在比較藝術美和自然美之時，對大自然的宏偉壯麗給予了高度的評價。他指出，藝術雖然美麗奇妙，卻缺少那種浩瀚和無限來為觀賞者的心靈提供巨大的享受。「藝術作品可以像大自然的作品一樣雅緻纖巧，卻永遠也不會顯示出大自然在構圖上的宏偉壯麗。比起藝術的精雕細琢來，大自然的粗獷而任意的筆觸就更加膽大高明。」[7]顯然，與朗吉弩斯一樣，愛狄生更看重的是雄偉之壯美。因為在他看來，關於偉大、驚人的事物的描寫，更能為想像所接受。另外，愛狄生還涉及了恐怖感產生快樂的問題。他認為恐怖的描寫之所以能產生快感，這是由於當我們觀看這些可怕的事物時，想到了他們對我們毫無危險，心裡就覺得輕鬆。我們把它們看作是可怕的，同時又是無害的，所以，它們越是顯得可怕，我們就越能從自身的安全感中獲得快樂。愛狄生的這種看法，實際上

7 愛狄生：《旁觀者》，參見《西方文論選》，上海譯文出版社1979年版，第567頁。

已經十分接近柏克對「崇高」的看法了。不過，儘管朗吉弩斯與愛狄生都初步認識到了「優美」與「崇高」的區別，但他們的論述並不繫統而充分，並且往往將「崇高」與「美」混為一談。因此，西方美學史家們大都將「美」與「崇高」的區別這一功勞，算在英國美學家柏克的頭上。

在柏克看來，「美」（即「優美」）與「崇高」是兩個截然不同的東西。「美」是一種積極的快感，而「崇高」則不是快感，而是痛感。柏克在「崇高」與「美」之間畫下了一道不可踰越的鴻溝，將「優美」與「壯美」第一次真正徹底分開來。柏克指出，「崇高」與「美」之所以截然不同，其根本的原因在於它們的起源不同。「崇高」起源於「自我保存」的心理，「美」則產生於「互相交往」的心理。互相交往的心理與愛連繫在一起，分為兩性的交往和一般的交往。它所產生的是滿足和愉快，「美」的起源即在於此。而「自我保存」的情緒與痛苦和危險密切相關，任何東西只要以任何一種方式引起痛苦和危險的觀念，那它就是「崇高」的來源。柏克認為，「崇高」與「美」，不僅產生的根源不一樣，其形態特徵也完全不相同。「美」的特徵是小巧、光滑、柔和，嬌弱纖細；而「崇高」的特徵則相反，它是體積巨大、凹凸不平、陰暗朦朧和堅實笨重的。另外，在「美」與「醜」的問題上，「美」與「崇高」也截然不同。「美」與「醜」是對立的，「美」絕對不能包容「醜」；而「崇高」卻可以包容「醜」，不少醜陋的、不和諧的、粗狂的甚至是邪惡的（如惡魔）東西，往往給人以崇高感。柏克關於「優美」與「崇高」的區別，對西方美學影響甚大。康德即汲取了柏克的觀點，在《判斷力批判》中，專門比較了「美」與「崇高」的異同。

康德認為，儘管「美」與「崇高」都同屬於審美判斷，但它們卻是互相對立的。實際上，康德更著重的是「崇高」和「美」的差異。

首先，就對象來說，「美」只涉及對象的形式，而不涉及它的內容意義，而「崇高」卻涉及對象的「無形式」，並且內蘊著道德的性質和理性的基礎。無形式才能具有無限的大，才顯示出最無規則的雄渾和氣勢。其次，就主觀心理反應來說，美感是單純的快感，崇高感卻是由痛感轉化而來的消極的快感。「美」的愉快和「崇高」的愉快在種類上很不相同，美感直接引起有益於生命的感覺，所以和吸引力與遊戲的想像很能契合。至於崇高感卻是一種間接引起的快感。[8]

與西方相似，中國先哲們早就意識到了「柔美」與「剛美」的差異和區別，認識到「美」與「大」的不同。

《周易》的剛柔之分，即為其濫觴。《周易》認為：天為剛，地為柔；乾為剛，坤為柔；剛有勁健雄壯之美，柔有溫潤舒婉之美。乾是陽剛之大美，勁健之壯美。而坤則為柔美，「坤，元亨，利牝馬之貞」。孔穎達疏曰：「坤是陰道，當以柔順為貞正，借柔順之象以明柔順之德也。牝對牡為柔，馬對龍為順。」與〈乾〉卦的「飛龍在天」的壯美景象相比，〈坤〉卦的「牝馬行地」體現了一種含章可貞的陰柔之美，「牝馬地類，行地無疆，柔順利貞」。姚鼐的陽剛陰柔之論，實即由《周易》之論而來。故或得陽剛之美，即如霆如電，如光如火；或得陰柔之美，則如霞如煙，如升初日，如幽林曲澗、如淪、如漾，如珠玉之輝，如鴻鵠之鳴而入寥廓……這種「陽剛之美」與「陰柔之美」的區別，實際上十分明確地區別了「優美」與「壯美」。曾國藩也指出：「大抵陽剛者氣勢浩瀚，陰柔者韻味深美。浩瀚者噴薄出之，深美者吞吐出之。」「陽剛之美者雄直怪麗，陰柔之美者茹遠潔適。」（《日記八則》）

8　康德：《判斷力批判》，第83-84頁。

其實，中國古代不光講「陽剛」與「陰柔」之分，還講「美」與「大」之別，這也是「優美」與「壯美」的另一種說法。孟子說：「充實之謂美，充實而有光輝之謂大。」這裡的「美」與「大」顯然是不一樣的，「大」是比一般的「美」在程度和範圍上更為鮮明、強烈、博大，它是一種輝煌壯麗的美，是雄偉之壯美。莊子也對「美」與「大」進行了區分。《莊子》〈天道〉篇云：「堯曰：『吾不敖無告，不費窮民，苦死者，嘉孺子而哀婦人，此吾所以用心已。』舜曰：『美則美矣，而未大也。』」那什麼才是「大」呢？莊子認為，應當如天地運行一般，無為而無不為，自然而然，「天德而出寧，日月照而四時行，若晝夜之有經，雲行而雨施矣」。這就是天地之「大美」。

「氣」之清濁剛柔，則是又一種「優美」與「壯美」之區別。曹丕《典論》〈論文〉說：「文以氣為主，氣之清濁有體。」所謂「清濁」，近於《文心雕龍》〈體性〉所說的「氣有剛柔」，剛近於清，柔近於濁。故鍾嶸《詩品》說：「劉越石仗清剛之氣。」「善為淒戾之詞，自有清拔之氣。」這種「清拔之氣」，正是一種雄渾壯偉之美。《典論》〈論文〉說「徐幹時有齊氣」。這種「齊氣」，正是一種舒緩之柔氣。李善註：「言俗文體舒緩，而徐幹亦有斯累。」這種濁柔之氣，多體現在文風柔靡的作家身上，如鍾嶸《詩品》評「舉體華美」「力柔於建安」的晉作家陸機曰：「氣少於公幹，文劣於仲宣。」評張華曰：「其體華豔，興托不奇。巧用文字，務為妍冶。雖名高曩代，而疏亮之士，猶恨其兒女情多，風雲氣少。」黃宗羲將「氣」分為「陽氣」與「陰氣」。他在《縮齋文集序》之中，稱讚其弟澤望有「清剛之陽氣」，故其文章有雄奇之偉美。「蓋其為人，勁直而不能屈已，清剛而不能善世。……其文蓋天地之陽氣也。陽氣在下，重陰錮之，則擊而為雷；陰氣在下，重陽包之，則搏而為風。」清剛之陽氣發之於文，其必然雄渾壯美：「澤望之為詩文，高厲遐清，其在於山，則鐵壁鬼谷也；其在於水，則瀑布亂礁也；其在於聲，則猿吟而鸛鶴咳而且笑也；其在於平原曠野，則蓬斷草枯之戰場，狐鳴鴟嘯之蕪城荒殿也。」（《南雷文定》卷一）這「清剛之氣」，有時又以「氣象雄渾」稱之。《昭昧詹言》說：「漢魏人如龍跳虎臥，雄渾一氣。」嚴羽指出：「漢魏古詩，氣象混沌。」「建安之作，全在氣象。」「唐人與本朝人詩，未論工拙，直是氣象不同。」（《滄浪詩話》）照嚴羽看來，唐詩具有雄渾之氣象，「盛唐諸公之詩，如顏魯公書，既筆力雄壯，又氣象渾厚。」（《答出繼叔臨安吳景仙書》）這盛唐雄渾特徵，在司空圖《二十四詩品》的〈雄渾〉一品之中得到了理論上的總結。

與西方康德等人相似，司空圖也認識到了「優美」與「壯美」這樣兩個不同的美學範疇。《二十四詩品》開卷第一品〈雄渾〉，第二品〈沖淡〉便很能說明問題。這兩品在美學範疇上，正所謂陽剛、陰柔之別，壯美、優美之別。〈雄渾〉就是陽剛之美、崇高之美，或曰「壯美」。而與之相對的則是另一種美。「素處以默，妙機其微。飲之太和，獨鶴與飛。猶之惠風，荏苒在衣。閱音修篁，美曰載歸。遇之匪深，即之愈稀。脱有形似，握手已違。」（〈沖淡〉，以下凡引司空圖《二十四詩品》不再注明）這正是陰柔之美，優美。所以朱東潤先生將司空圖《二十四詩品》分為「陽剛之美」與「陰柔之美」兩大類。列〈雄渾〉〈悲慨〉〈豪放〉〈勁健〉等品為「陽剛之美」；〈典雅〉〈飄逸〉〈綺麗〉〈纖穠〉等品為「陰柔之美」。[9]昔人論《二十四詩品》，認為「諸體皆備，不主一格」（《四庫全書總目提要》），的確是精闢的見解。但「諸體皆備」不等於沒有一些共同的傾向。從二十四品中，人們不難體

9　參見《中國文學批評史論集》，開明書店1947年版，第10頁。

會出兩種基本的美。所以晚清文學家林昌彝曾指出：「二十四品中相似者甚多。」(《海天琴思錄》）為什麼相似之處甚多呢？其原因就在於許多品同屬於一個美學範疇。在《詩品》中，「甚多」的相似之品就形成了兩種美：「有偏於壯美的〈雄渾〉、〈豪放〉、〈勁健〉等品，有偏於柔美的〈清奇〉、〈飄逸〉、〈綺麗〉、〈纖穠〉等品。」[10]司空圖既讚賞王右丞、韋蘇州「趣味澄敻，若清風之出岫」之優美，也推崇韓吏部「驅駕氣勢，若掀雷揭電，奔騰於天地之間」的壯美。

從以上簡略的論述中，我們可以得出這樣的結論：無論是西方還是中國的美學理論，都明確地認識到了「壯美」與「優美」的區別，或者說是「優美」與「崇高」的區別，「陽剛之美」與「陰柔之美」的區別，「雄渾」與「沖淡」之別。僅就這一點而言，中西方是相同的，這體現了人類社會文化發展的一致性，同時也反映了美學規律的客觀性。不過，在其相似的現象之中，卻蘊含著若干完全不同的特徵。認識到這一點，才是更重要的。

首先，從中西方對「壯美」與「優美」認識的發展歷程來看，可以發現，西方更強調「壯美」與「優美」的區別，「優美」與「崇高」的對立，而中國則更強調「壯美」與「優美」的統一，「陽剛」與「陰柔」的和諧。

不少西方美學家認為，將「美」與「崇高」嚴格區別開來，是柏克的一大功勞。的確，柏克寫《關於崇高與美的觀念的起源的哲學探討》一書，主要目的就是試圖將「崇高」與「美」加以嚴格的區別，把「崇高」作為一個與「美」對立的獨立的美學範疇。柏克認為，「崇

10　復旦大學中文系古典文學教研組編：《中國文學批評史》中冊，上海古籍出版社1979年版，第327-328頁。

高」與「美」的混淆不清導致了概念混亂，在西方美學史上，「崇高」與「美」經常被人不分青紅皂白地用之於性質完全不同，甚至是完全相反的事物，造成了概念的混亂與名詞的濫用。他認為，第一個提出「崇高」概念的朗吉弩斯也如此，往往用同一個「崇高」去稱呼完全不同的東西。柏克則第一次指出，「崇高」不是「美」，「美」不包括「崇高」。因為二者性質完全不同，「我認為美就是指物體中能引起愛或類似的情感的某種或某些品質」。而「崇高」則不同，那是一種危險和痛苦的產物，任何東西只要以任何一種方式引起痛苦和危險的觀念，就是說，任何東西只要它是可怕的，或者和可怕的對象有關，或者以類似恐怖的方式起作用，那它就是「崇高」的來源。總而言之，照柏克看來，「崇高」和「美」的思想在原則上是不同的，把它們結合在同一種情感中是困難的，甚至是不可能的。

康德則汲取了柏克的思想，在《判斷力批判》之中，「美的分析」「崇高的分析」各立一章，專門對其各自的特徵進行了剖析。強調「美」與「崇高」具有完全不同的性質。康德認為，「美」僅僅涉及對象的形式，單純經由它的形式給人愉快。「崇高」則相反，它是無形式的無限的大，是由痛感轉化而來的快感。因此，「美的愉快和崇高的愉快在種類上很不相同」。因為「美直接引起有益於生命的感覺」。而「崇高」卻是在對生命力的威脅之中產生的。因而，「美」不是「崇高」，二者不可調和。正如朱光潛先生認為，在康德心目中，「崇高」與「美」始終是對立的。席勒也將「崇高」與「美」加以對比，認為「美」與「崇高」是完全不同的東西。連車爾尼雪夫斯基也認為，「美」與「崇高」是「完全不同的兩個概念，彼此之間沒有任何內在連繫」[11]。總之，西方大多數美學家皆主張將「美」與「崇高」完全區別開來，將「美」排斥在「崇高」之外，認為「美」與「崇高」是互相對立，互相排斥的，是不可能將這兩種截然不同的東西結合進一種情感中去的。當然，西方也有少數美學家認為「美」與「崇高」是有相近之處的。例如，十九世紀法國美學家A.蘇里奧、H.若弗盧阿等人認為，「崇高」是「美」的最高程度，是無法認識的無窮之美。但這種觀點並不是主流，占主導的還是強調「崇高」與「美」的對立性和不可調和性。

與西方這種看法相反，中國的「陽剛之美」自其誕生之日起，就強調剛柔相濟，「優美」與「壯美」的和諧統一。

儘管中國古人也指出了「陽剛之美」與「陰柔之美」各有其特徵，但又認為，剛不能過分，柔也不宜過分，而主張剛柔相濟，互為補充，二者不應當互相排斥、互相對立，而應合兩端於一體，成為和諧之美。《周易》最突出地表述了「剛柔相濟」的觀點。在《周易》中，我們處處發現剛柔相合的觀點：「剛上而柔下，風雷相與。巽而動，剛柔皆應。」（〈恆〉）「旅，小亨，柔得乎中而順乎剛。」（〈旅〉）「剛中而柔外。」（〈兑〉）「中孚，柔在內而剛得中。」（〈中孚〉）顯然，無論是剛上柔下，或是剛內柔外，都體現了剛與柔互為表裡、相濟相補的思想，所以《繫辭》說：「是故剛柔相摩，八卦相蕩」，「剛柔相推，變在其中矣」，「陰陽合德，而剛柔有體」。在這裡，剛與柔決不是互相對立、互不相容的東西，而是相輔相成的。所以王夫之說：「陰中有陽，陽中有陰，……故獨陰不成，孤陽不生。」（《正蒙注》〈參兩

11　車爾尼雪夫斯基：《美學論文選》〈論崇高與滑稽〉，人民文學出版社1958年版，第89頁。

篇〉)「合兩端於一體，則無有不兼體者也。」(〈太和篇〉)這一思想反映在文學作品與美學理論中，則主張「優美」與「壯美」的結合，「陽剛之美」與「陰柔之美」的和諧統一。建安文學的「華麗」與「壯大」(魯迅語)特徵，大約就是這種「優美」與「壯美」的統一。你看曹植的《洛神賦》，寫得多麼華麗優美：「翩若驚鴻，婉若游龍。榮曜秋菊，華茂春松。髣髴兮若輕雲之蔽月，飄颻兮若流風之回雪。遠而望之，皎若太陽升朝霞；迫而察之，灼若芙蕖出綠波……」難怪陳沆《詩比興箋》說：「子建美秀而文，語多綺靡。」但除了優美綺靡而外，曹植詩又有雄渾悲涼的特徵，其《白馬篇》《送應氏》《贈白馬王彪》，寫得既英勇豪邁，又悲涼慷慨。難怪鍾嶸《詩品》評曹植詩曰：「骨氣奇高，詞采華茂，情兼雅怨，體被文質。粲溢古今，卓爾不群。」明人鍾惺也指出：「子建柔情麗質，不減文帝，而肝腸氣骨，時有塊磊處，似為過之。」(《古詩歸》卷七)這種「壯美」與「優美」的和諧統一，並不被視為缺點，而恰恰是優點，是中國美學所追求的理想之風格。魏徵《隋書》〈文學傳序〉在比較北方文學的剛健雄壯之美與南方文學清綺靡麗之美時，主張合剛健之壯美與清綺之優美為一體，形成盡善盡美之文學：「彼此好尚，互有異同。江左宮商發越，貴於清綺；河朔詞義貞剛，重乎氣質。氣質則理勝其詞，清綺則文過其意。理深者便於時用，文華者宜於詠歌。此其南北詞人得失之大較也。若能掇彼清音，簡茲累句，各去所短，合其兩長，則文質彬彬，盡善盡美矣。」姚鼐則極力主張「陽剛之美」與「陰柔之美」的結合，認為可以偏勝，但絕不可以偏廢，「且夫陰陽剛柔，其本二端，造物者糅而氣有多寡進絀……糅而偏勝可也。偏勝之極，一有一絕無，與夫剛不足為剛，柔不足為柔者，皆不可以言文」(《復魯絜非書》)。也就是說，可以以剛為主，或以柔為主，但絕不可剛只有剛，柔只講柔。而應當或主剛而含柔，或主柔而含剛，才能有文章之美。在《海愚詩鈔序》中，姚鼐更明確具體地闡述了這一點：「吾嘗以謂文章之原，本乎天地。天地之道，陰陽剛柔而已。苟有得乎陰陽剛柔之精，皆可以為文章之美。陰陽剛柔並行而不容偏廢，有其一端而絕亡其一，剛者至於僨強而拂戾，柔者至於頹廢而暗幽，則必無與於文者矣。」這就是說，如果一味強調剛而排斥柔，文章就會顯得粗暴僵硬、鄙野放肆，也就失去了文章之美；相反，如果只有柔而不含剛，則勢必流於柔弱淫靡，晦暗無光輝。十分明顯，這種「剛柔相濟」的思想與西方美學家們所主張的「優美」與「崇高」相分相斥的觀點，是格格不入的。柏克認為，由於「崇高」與「美」是根源於完全不同的心理情感，因此，「幾乎不可想像，如果把『崇高』與『美』調和在同一對象上，雙方的情感效果不至於因而削弱」。有意思的是，中國文學藝術恰恰主張將這兩種完全不同的東西融合在一起。所謂「端莊雜流麗，剛健含婀娜」（蘇軾《和子由論書》），正是對剛柔相濟之美的絕妙表述。

杜甫《觀公孫大娘弟子舞劍器行》一詩，可視為這剛健與婀娜完美結合的形象性描述：「昔有佳人公孫氏，一舞劍器動四方。觀者如山色沮喪，天地為之久低昂。㸌如羿射九日落，矯如群帝驂龍翔。來如雷霆收震怒，罷如江海凝清光。絳唇珠袖兩寂寞，晚有弟子傳芬芳。臨潁美人在白帝，妙舞此曲神揚揚。」絳唇珠袖、翩翩起舞，刀光劍影、雷霆電閃，這婀娜嫵媚與剛勁雄渾之完美結合，大約就是中國古代美學所追求的佳境罷！「壯語要有韻，秀語要有骨。」（劉熙載《藝概》〈詞曲概〉）「蒼勁中姿媚躍出。」（張岱《瑯嬛文集》〈跋青藤小品畫〉）這些理論表述，都強調的是這種「陽剛」與「陰柔」的相濟，「壯美」與「優美」的融合。

此外，在「壯美」與「優美」這一問題上，中西方還存在著另一重大差別，即西方文學藝術及美學理論更傾向於「壯美」，更看重「崇高」，認為「崇高」是美的極致，是美的最高程度。與西方相比較而言，中國文學藝術及美學理論，似乎更傾向於平淡自然之柔美，談得更多的是溫柔敦厚，樂而不淫，含蓄蘊藉，似乎這種柔美風格才是正宗。而那些「露才揚己」，流涕痛哭、欲殺欲割、「叫噪怒張」的詩人，那些奇譎怪誕、怨憤不平、慷慨任氣、反抗挑戰之作品，則多半被視為「貶絜狂狷」之士和非正統之作。即便如屈原那樣的高潔之士，其雄渾品格也遭到了班固的嚴厲斥責；即便如韓愈那樣的文壇領袖，其怪怪奇奇之詩風也招來了不少微詞，更不用說「發狂大叫」的李贄等輩了。難怪梁啟超說：「中國人無尚武精神，其原因甚多，而音樂靡曼亦其一端……於發揚蹈厲之氣尤缺。此非徒祖國文學之缺點，抑亦國運升沉所關也。」（《飲冰室詩話》）魯迅先生亦非常感慨地說：「故偉美之聲，不震吾人之耳鼓者，亦不始於今日。」他認為整個古代，都缺乏一種雄渾之偉美，即如屈原那樣「抽寫哀怨，鬱為奇文，茫洋在前，顧忌皆去……放言無憚，為前人所不敢言」的偉人，也缺乏一種真正的雄偉之美，「多芳菲悽惻之音，而反抗挑戰，則終其篇未見，感動後世，為力非強」。（《摩羅詩力說》）梁、魯二位近代先哲雖憤激而言，但卻一針見血！中國古代雖不乏雄奇之偉美，雖也推崇陽剛之大美，清峻之風骨，但與西方相比，的確是顯得重柔而抑剛，重平和而抑反抗。

西方的「崇高」範疇從一誕生之日起，就偏重於崇高一端。朗吉弩斯坦率地說：我們更欣賞的，不是優美清澈的小溪流，而是大江大海，是尼羅河、多瑙河、萊茵河，甚至茫茫大海！讚歎的不是小小的火花，而是火山的噴發！是漫天的燦爛星光！「不平凡的文章對聽眾所產生的效果不是說服而是狂喜，奇特的文章永遠比只有說服力或是只能提供娛樂的東西具有更大的感動力。」[12]顯然，只能提供娛樂的優美，比不上令人狂喜的崇高。其實，不僅朗吉弩斯偏重崇高之效果，西方美學理論之開創者、奠基者柏拉圖與亞里士多德，也是偏重於「迷狂」之崇高和「驚奇」之壯美的。柏拉圖認為，真正的美不是一位漂亮的小姐，不是現實中的美景，美的本體存在於「天外境界」，存在於無邊無際的神靈的光輝中，當人擺脫塵世之渺小卑下的東西之後，登上天界，便會於迷狂之中感受到那真正的美，「這時他憑臨美的汪洋大海，凝神觀照，心中升起無限的欣喜」。[13]這種美，顯然更多的是崇高之美，它是驚奇，是狂喜，甚至是心醉神迷。難怪朗吉弩斯對柏拉圖非常推崇，認為他的散文具有真正的崇高品格。亞里士多德則倡導一種能給人以「驚奇感」、令人驚心動魄的悲劇美，要求作品能引起「恐懼與憐憫之情」，以便達到「驚心動魄」的效果。這種偏重於壯美的傾向，我們還可以在宏偉壯闊的荷馬史詩中體會到，在令人悲憫嘆息、使人驚奇恐懼的古希臘悲劇之中感受到。而所有這些，正是柏克與康德極力推崇「崇高」的厚實基礎。不但柏克與康德，西方的不少美學家，都更偏重於雄奇宏偉的「崇高」。例如狄德羅說：「詩需要一些壯大的、野蠻的、粗獷的氣魄。」[14]美學家李斯托威爾說：「在各種審美的形態中，一般說來，崇高具有最重要的地位。」[15]這些觀點，與中國美學思想是格格不入的。古代文人，誰敢提倡寫詩要「野蠻」「粗獷」？在中國理論家看來，可以提倡「雄渾」，卻不可提倡「野蠻」；可以講「陽剛之美」，卻絕不能有粗獷暴戾。所以，十分推崇盛唐雄渾

12　朗吉弩斯：《論崇高》，參見《西方文論選》，上海譯文出版社1979年版，第121頁。

13　柏拉圖：《柏拉圖文藝對話集》，人民文學出版社1963年版，第211頁。

14　狄德羅：《論戲劇藝術》，參見《西方文論選》，第347頁。

15　轉引自《近代美學史評述》，上海譯文出版社1980年，第216頁。

詩風的嚴羽，便批評那種「叫噪怒張、殊乖忠厚之風」的詩作。所謂「忠厚之風」，顯然為「溫柔敦厚」之風、「樂而不淫」之旨。由此看來，中國的「雄渾」範疇，似乎也逃脫不了「溫柔敦厚」這一緊箍咒。

既要提倡陽剛之「大美」，浩然之正氣，卻又要將其限制在「溫柔敦厚」之囚籠之中；既要推崇清峻之風骨，偉美之雄渾，卻又要以敦厚平和羈勒之，這就是中國「雄渾」範疇的兩難境地。恰如魯迅所說：「惟詩究不可滅盡，則又設范以囚之。」以「持人性情」「樂而不淫」為宗旨，這無異於「許自由於鞭策羈縻之下」。因此，中國詩作，除了頌祝主人、悅媚豪右之作外，其心應蟲鳥，情感林泉，發為韻語，亦多拘於無形之囹圄，不能舒兩間之真美。「且無有為沉痛著大之聲，攖其後人，使之興起。」（《摩羅詩力說》）所以，中國儘管有「陽剛」「大美」「風骨」「雄渾」，但由於這些皆必須被囚禁在「溫柔敦厚」的規範之中，其「雄渾」範疇當然不可能走向「反抗挑戰」「野蠻」「粗獷」的西方式崇高，而只能走向偏於平和敦厚的柔美。自儒學取得一家獨尊的地位之後，情形更是如此。中國數千年的文學藝術，大都拘囿在這「發乎情，止乎禮義」（《毛詩序》）的「溫柔敦厚」之中。班固以此為尚方寶劍，嚴厲斥責屈原作品「非經義所載」。沈德潛執此以歪曲《詩經》中劍拔弩張之作，他說：「《巷伯》惡惡，至欲投畀豺虎，投畀有北……然想其用意，欲激發其羞惡之本心，使之同歸於善，則仍是溫柔和平之旨也。」（《說詩晬語》）繞了好大一個彎子，牽強附會也要套上「溫柔敦厚」之名。摯虞則以此貶責氣惡勢猛的漢賦，認為它「假象過大，則與類相遠；逸辭過壯，則與事相違；辯言過理，則與義相失；麗靡過美，則與情相悖。此四過者，背大體而害政教」（《文章流別論》）。試想，如果漢賦沒有那「大」「壯」「辯」「麗」之四大特點，那還有什麼「氣號凌雲」之雄渾美呢？以「溫柔敦厚」為詩之「極則」，清人賙濟遂大肆貶斥蘇東坡豪放雄渾之作，「人賞東坡粗豪，吾賞東坡韶秀，韶秀是東坡佳處，粗豪則病也」（《介存齋論詞雜著》）。劉熙載曾站出來為蘇東坡辯解道：「蘇（東坡）辛（棄疾）皆至情至性人也，故其詞瀟灑卓犖，悉出於溫柔敦厚。世或以粗獷托蘇、辛。固宜有視蘇、辛為別調者哉！」（《藝概》〈詞曲概〉）論者主觀上似乎是為蘇、辛的豪放辯解，實際上恰恰曲解、否定和扼殺了蘇、辛詞的豪放雄渾之美，他之所以得出如此彆扭的結論，無非是「溫柔敦厚」這個中國文學的緊箍咒在作怪。就連杰出的思想家王夫之也擺脫不了這種正統標準的桎梏。他在《古詩評選》中針對杜甫《戲為六絕句》中評庾信之語「庾信文章老更成，凌雲健筆意縱橫」一句指出：「故聞溫柔之為詩，未聞健筆也。健筆者，酷吏以之成書而殺人，藝苑有健訟之言，不足為人心憂乎？況乎縱橫雲者，小人之技，初非雅士之所問津。」只要有這個無時不在無孔不入的「溫柔敦厚」，有這個誰也惹不起躲不開的緊箍咒，隨你有多少「氣號凌雲」「氣惡勢猛」的作品，任你有多少陽剛之大美，勁健之雄渾，通通都只能羈囿在這「溫柔敦厚」的囚籠之中。這必然極大地限制了粗獷豪放的作品和自由奔放的情感宣洩。中國美學理論，也只能以平和中正的柔美為其正宗，而無法走向西方那種恐怖、痛感、驚心動魄的「崇高」理論。狄德羅說：「一般說來，一個民族愈是文明，愈是彬彬有禮，他們的風尚就越少詩意。一切在溫和化的過程中失掉了力量。」[16]這一結論，不正好印證了魯迅、梁啟超之論麼！

以上所說的「溫柔敦厚」，係指儒家而言，那麼力倡天地之「大美」的道家又如何呢？道家同樣以柔為主。「老，是尚柔的；『儒者，柔

16　狄德羅：《論戲劇藝術》，參見《西方文論選》，第347頁。

也』；孔也尚柔，但孔以柔進取，而老卻以柔退走。」[17]老莊雖然力倡「大」，推崇「大音」「大象」及「大美」，但「大」的根本是「道」，「道」的根本是「無」。因此，老莊以無為本，提倡知雄守雌，無為而無不為。由此導出了他們最終以「無」、以「靜」、以「退」、以「柔」為尚，而不是以剛勁、運動和奔放勇進為尚。所謂「大」，正是要以「無」為本，以柔為根，「以其終不自大，故能成其大」（三十四章）。莊子所描寫的「水擊三千」、扶搖直上九萬里的大鵬，的確是氣勢非凡，但這並不能改變其以虛無為本的觀點。在莊子看來，所謂「大」，是為了說明「大」的無用之用，無為之為，〈逍遙游〉中的「呺然大也」的大瓠，「大」而臃腫而不中繩墨的大樗樹，「其大若垂天之雲」的斄牛，都與這展翅云天的大鵬一樣，具備無用之用，「無」才是根本。以無為本，必然提倡虛靜、恬淡、素樸，忘物忘己，「夫虛靜恬淡寂漠無為者，萬物之本也。……樸素而天下莫能與之爭美」（《莊子》〈天道〉）。正是這種與世無爭的平淡虛靜，導致了中國文學藝術那空靈淡遠的陰柔美品格。儒、道二家既對立又互補，在提倡「大」，提倡「至大至剛」的美這一點上，有著相似之處。在偏重柔美這一點上，也異曲同工。儒家入世，主張樂觀進取、兼濟天下；道家出世，主張消極退避，獨善其身。得志之時奉時騁績，強調「美刺」「比興」「溫柔敦厚」，失意之時則放浪於山水之間，提倡與世無爭，掃盡塵俗之氣，釋躁平矜，獲得情感的寧靜。文學藝術中那沖淡清遠的神韻，正是這逃避現實的平淡情緒的昇華。提倡「雄渾」的司空圖，正是一個偏重沖淡陰柔之美的最典型的例子。司空圖生當唐季，做過禮部員外郎、知制誥等官，曾亦「入世致用」。但晚唐以黃巢為首的農民大起義，徹底

17　魯迅：《「出關」的關》，《魯迅全集》第6卷，人民文學出版社1981年版，第520頁。

摧毀了唐王朝的統治基礎。在這狂瀾既倒之時，司空圖遂消極引退，隱居中條山王官谷，在山水之間尋求內心的安寧。「凡鳥愛喧人靜處，閒雲似妒月明時。世間萬事非吾事，只愧秋來未有詩。」（《山中》）正是尋求這種情感的寧靜平淡，司空圖方成為神韻派的先師。請看司空圖理想的詩人境界：「畸人乘真，手把芙蓉。泛彼浩劫，窅然空蹤。月出東斗，好風相從。太華夜碧，人聞清鐘。虛佇神素，脱然畦封。黃唐在獨，落落玄宗。」（《高古》）瞧，多麼玄遠、淡泊、空靈！人生如夢，且在這淡泊、空靈之中得到超脱與寧靜罷。這就是神韻！就是在青山幽泉之境物中蘊含著的那蕭條淡泊之韻味！於是乎「采菊東籬下，悠然見南山」（陶潛），「人閒桂花落，夜靜春山空」（王維），「蕭條秋雨夕，蒼茫楚江晦」（王士禎），有了主觀情感的平淡，才有這詩境的平淡。而精神的淡泊，是藝術空靈化的基本條件。[18]也是陰柔沖淡之美產生的根本原因。

總而言之，在「溫柔敦厚」的鞭策羈縻下，在沖淡空靈的藝術氛圍之中，中國的「雄渾」範疇，注定了這先天不足的弱症，注定了占主導地位的必然是溫柔敦厚、平和中正、沖淡空靈的柔美。這一點在與西方的比較之下，就越發顯得鮮明突出了。

第三節　主體與客體

為什麼西方「崇高」範疇強調由恐懼、痛感轉化而來的快感？強調「優美」與「崇高」的區別和對立？為什麼中國的「雄渾」範疇提倡豪邁宏偉的美感，提倡剛柔相濟，「優美」與「雄渾」的結合？為什

18　參見宗白華：《美學散步》，第22頁。

麼西方將「崇高」視為最高的審美範疇？而中國卻將溫柔敦厚、平淡中和奉為金科玉律？不回答這些令人困惑的問題，而僅僅羅列一系列現象，是完全不夠的。要真正理解中國的「雄渾」範疇的深層結構，就必須從文化心理的深層作一番解剖分析。

從西方「崇高」範疇的各家論述之中，我們常常可以體會到一種強大的異己力量在威脅著人類，因而產生恐懼、害怕的痛感。同時又可以體會到人類面對危險，甚至面對死亡時，於恐懼之中爆發的那大膽的反抗和挑戰精神的閃閃光輝，於是乎產生崇高。西方的「崇高」範疇，正是建立在這樣一種主體與客體尖銳對立基礎之上的。正如美國美學家喬治・桑塔耶納所指出：「當我們遇到一場重大的災難或一種頑強的力量之時，我們就被迫走上一條悲壯的捷徑去追求我們的幸福；於是我們認識到眼前事物和我們勢難兩立，我們便硬著心腸來對抗它。這樣，我們便第一次感覺到我們可能與這世界決裂，我們的安定生活不過是空想而已；於是崇高感就隨著這種感覺而來臨。」[19]這一段話，清楚地表述了主客體對立，自我與世界的「對抗」與「決裂」，是產生崇高之感的根本原因。而這一點，也正是柏克第一次將「美」與「崇高」嚴格區別開來的重要依據。柏克的「崇高」學說，是建立在「自我保全」心理基礎上的。為什麼要「自我保全」呢？因為威力無窮的大自然時刻在威脅著人類的安全：飛沙走石，狂風暴雨，山崩地裂，火山爆發，雷鳴電閃，滔天巨浪，怪物猛獸……正如柏克所指出：自然界中偉大而崇高的現象引起我們驚異的情緒，所謂驚異就是我們的靈魂停止活動的狀態，並帶有某種程度的恐怖之感。正是這一點，以一種無法抵抗的力量來驅使我們。而在所有的情緒之中，沒有一種

19 桑塔耶納：《美感》，中國社會科學出版社1982年版，第164頁

能像恐懼那樣有效地奪去我們心靈進行活動和推理的能力。因此，所有令人恐懼的東西，在人看來覺得可怕的東西，也就是崇高的。在主、客對立的恐懼感之中，柏克又悟出了主、客相分的「距離」理論。柏克指出，痛苦、危險、可怕等東西，並不是在任何情況下都是崇高的。這些東西只是在並不對我們造成實際危害的情況下，才能轉化為崇高感。因為一旦我們真正遭遇危險和痛苦，我們感到的只有恐懼和可怕。所以，人們必須與痛苦和危險相隔「一定的距離」，即：一個對象既能引起我們關於危險和痛苦的觀念，而實際上又不使我們真正陷入危險的境地，於是乎，主、客對立所產生的恐懼，便會轉化為崇高之快感。

康德的「崇高」論，也是建立在主客觀的尖銳對立這一基本點之上的。他認為，假使自然界應該被我們評判為「崇高」，那麼，它就必須作為激起恐懼的對象被表象著。康德為我們描述了不少能激起人們恐懼感的對象，這些可怕的自然景象，以其巨大的力量威脅著人類，「在和它們相較量裡，我們對它們抵拒的能力顯得太渺小了」[20]。不過，康德進一步指出：「假使我們發現自己是處在安全地帶，那麼，這景象越可怕，就越對我們有吸引力。我們稱呼這些對象為崇高，因為它們提高了我們的精神力量，使之超越平常的尺度，讓我們在內心中發現另一類的抵抗性的能力，這賦予我們勇氣和自然界全能威力的假象較量一下。」[21]與柏克相比較而言，似乎康德更強調人類主體精神的偉大，更強調人與自然的「對抗」與「較量」。柏克一味強調自然的可怕，而力主「自我保全」的恐懼性崇高感。而康德在柏克的基礎之上，

20　康德：《判斷力批判》，第101頁。

21　康德：《判斷力批判》，第101頁。

更邁向人類主體精神的力量和偉大，他從人的內心喚起了那「抵抗」的勇氣，以此來同那可怕的大自然進行「較量」。恰如康德所指出：「自然界在我們的審美判斷裡，不是在它引起我們恐怖的範疇內被評為崇高，而是因為它在我們內心喚起我們的力量。」「那對象不單是由於它在自然所表示的威力激動我們深心的崇敬，而且更多地是由於我們內部具有機能，無畏懼地去評判它。」[22]在康德看來，真正的「崇高」不在於自然對人的威懾力量，也不在於人受自然威脅時的恐懼與害怕，而是在於人與自然的對抗，在於客體與主體的較量；在於人的主體精神力量的偉大，在於主客體對立之中的精神的超越。這種看法，顯然要比柏克深刻得多。德國哲學家費希特則用詩一般的語言，描述了這種主客體對立中那震撼人心的崇高：「我敢於昂首向著那可怕的陡峭的山峰，向著那氣勢磅礴的瀑布，向著那雷聲滾滾，電火閃閃，飄浮大海之中的雲朵，說道：我是永恆的，我要抗拒你的威力。」[23]持悲觀主義哲學觀的叔本華，似乎更接近柏克的客體壓倒主體的恐懼性崇高感。他認為主體意志與客體自然界是完全對立的，客體以它那「戰勝一切阻礙的優勢威脅著意志」。在尖銳的對立之中，「意志在那些對象的無限大之前被壓縮至於零」。面對這可怕客體的巨大威力，被壓縮至於零的意志，又怎樣獲得崇高之感呢？叔本華指出，人們能夠用強力掙脫意志與利慾之關係，而達到一種超乎利害之外的心境，便會產生崇高，人們「只是作為認識的純粹無意志的主體寧靜地觀賞著那些對於意志非常可怕的對象，把握著對象中與任何關係不相涉的理念」，於是乎就充滿了壯美之感，因而，「人們也把那促成這一狀況的對象稱之

22 康德：《判斷力批判》，第104頁。

23 蔣孔陽：《德國古典美學》，商務印書館1980年版，第131頁。

為壯美」。[24]正如十分欽佩叔本華學說的王國維所解釋，「宏壯」之美，是「由一對象之形式越乎吾人知力所能馭之範圍，或其形式大不利於吾人，而又覺其非人力所能抗，於是吾人保存自己之本能，遂超乎利害之觀念外而達觀其對象之形式。如自然中之高山、大川、烈風、雷雨，藝術中偉大之宮室，悲慘之雕像、歷史畫、戲曲、小說等皆是也」（《古雅之在美學上之位置》）。

總而言之，無論西方美學家如何解釋主體與客體之相互關係，在崇高感這一問題上，始終堅持的一個基本點就是主體與客體的對立。「崇高」就是主體與客體尖銳的對立之中燃燒的熊熊烈焰，就是主體與客體猛烈對抗之中爆發出的雷霆萬鈞之力量！

與西方完全相反，中國的「雄渾」範疇，強調的決不是主體與客體的分裂與對抗，而是主體與客體的和諧統一，是主體化入客體大自然的偉大與豪邁。無論是老莊的「大音」「大象」「大美」，或是孔孟的「大矣哉」「至大至剛」之氣；無論是《周易》的「剛健」之美，或是司空圖「雄渾」之旨，都體現了一種「天人合一」的哲學觀念，都反映出了主體與客體的和諧統一。而且恰恰是主體化入客體之中，客體融入主體之中時，才產生了那雄渾之美。

「天地與我並生，而萬物與我為一。」（《莊子》〈齊物論〉）這既是莊子哲學的核心觀點，又是其「雄渾」觀念的泉源。在老莊看來，人生是無常的，人的生命無論如何，終歸是有限的、相對的，「天下莫大於秋毫之末，而太山為小；莫壽於殤子，而彭祖為夭」（《莊子》〈齊物論〉）。與天地大自然相比較，人生真是太短促了。然而，人類怎樣才能達到永恆呢？莊子認為，那就是與萬物為一，與「大道」相契合，

24　叔本華：《作為意志和表象的世界》，商務印書館1982年版，第281-282頁。

從而達到一種「物化」的境地，就能成其為「大」，昇華為雄渾之「大美」。在老莊看來，宇宙自然莫大於道：「夫道，於大不終，於小不遺，故萬物備。廣廣乎其無不容也。」（《莊子》〈天道〉）「夫道，覆載萬物者也，洋洋乎大哉！」（《莊子》〈天地〉）因此，只要主體之精神能融入「道」之中，主體化入自然萬物之中，也就能獲得「道」的永恆和偉大。怎樣化入大自然呢？那就是墮肢體，黜聰明，離形去知，同於「大通」（道）（《莊子》〈大宗師〉）。這樣就能達到與「大道」合一，與天地為常，「相忘以生，無所終窮」（《莊子》〈大宗師〉）。就可以「入無窮之門，以游無極之野。吾與日月參光，吾與天地為常」（《莊子》〈在宥〉）。這種與日月同光輝、與天地共長久的偉大與自豪感，不正是「天地與我並生，而萬物與我為一」的大美麼！

《周易》所說的剛健之美，也正是「德比天地」「人與天合」的「大美」。「天行健，君子以自強不息」這一句話，正是天人關係的最佳形象性描述。天德與人德是一致的，那具有運動著的力量和氣勢的天，與自強不息的君子，多麼和諧一致啊。「大有，其德剛健而文明，應乎天而時行。」這種主體的自強不息，其德剛健，與剛健中正的客體其特徵是完全一致的。天與人是同質的，不是對立與對抗，而是和諧與統一。「大人者與天地合其德。」人的自強不息精神與大自然生生不息的運動與力量是完全相同的。「德比天地」也正是孔、孟美學思想的核心內容。「子曰：大哉！堯之為君也。巍巍乎！惟天為大，惟堯則之。蕩蕩乎！民無能名焉。巍巍乎！其有成功也。煥乎！其有文章。」（《論語》〈泰伯〉）孔子大加禮讚的「大哉」的堯，並不是與天對抗，而是倣法於天的，「惟天為大，惟堯則之」這一觀點，與《周易》中的「天行健，君子以自強不息」的天人合一思想是完全一致的，倣法、順從那偉大的天，才會有人的偉大，天與人的「大」在這裡是同質的，是一致的，而不是分裂的、對立的。故孔子從不「獲罪於天」(《論語》〈八佾〉)。他主張與山水同樂：「子曰：知者樂水，仁者樂山。」(《論語》〈雍也〉) 與大自然和睦相處，相友相樂，這正是主體與客體互相交融之態。孟子講的「充實而有光輝」的「大」，更是天人合一、主體與客體相融合的範例。「萬物皆備於我」(《孟子》〈盡心上〉)，這是孟子對天人關係的核心思想，既然天地萬物皆統一於我的心中，那就無任何主體與客體的對立與抗爭了，而是我心即宇宙，這雄渾的「大」，這「至大至剛」之「氣」，則完全是天人合一之中的偉大與自豪！這種浩然於胸中而又充塞於天地萬物之間的剛勁之氣，不正是主體與客體相統一的「大」麼！故植之而塞於天地，橫之而彌於四海，這「至大至剛」的氣，正是「萬物皆備於我」的主客體相交融之產物，而決不是主客體尖銳對抗中迸發出的恐懼與反抗的崇高。孟子的「大」，完全是天人合一之中的偉大和自豪，「夫君子所過者化，所存者神，上下與天地同流」(《孟子》〈盡心上〉)。與天地同流，與萬物為一，就是「至大至剛」的泉源。

〈樂記〉中所說的「大樂」，則更明確地說明了天人合一的特徵，「大樂與天地同和，大禮與天地同節。和，故百物不失。節，故祀天祭地。明則有禮樂，幽則有鬼神。如此，則四海之內，合敬同愛矣」。這雄渾之「大樂」，是與天地一致的，它充分體現了天地與人類的和諧關係。一旦真正達到了天人合一之佳境，便達到了「大樂」之效果，「是故清明象天，廣大象地，終始象四時，周還像風雨。五色成文而不亂，八風從律而不奸，百度得數而有常，小大相成，終始相生，倡和清濁，迭相為經。故樂行而倫清，耳目聰明，血氣和平，移風易俗，天下皆寧」。瞧，一幅多麼美妙的天人合一之境界，一曲多麼動人的「大樂」，「地氣上齊，天氣下降，陰陽相摩，天地相蕩，鼓之以雷霆，奮之以風雨，動之以四時，暖之以日月，而百化興焉，如此則樂者，天地之和也」。

「體國經野，義尚光大」的漢賦，不正是這天人合一之中迸發出的雄渾之作麼！看那上林之館，奔星與宛虹入軒；從禽之盛，飛廉與鷦鶴俱獲。真乃「賦家之心，苞括宇宙，綜覽人物」。合主體與客體為一，方得成此雄渾與豪放。從理論形態上來看，董仲舒的「天人合一」說最具有代表性。董仲舒認為，天人是一致的，天並不威脅人類，恰恰相反，天是處處愛護人類，與人友善，是最仁義的。「仁之美者在於天。天，仁也。天覆育萬物，既化而生之，有養而成之，事功無已，終而復始，凡舉歸之以奉人。察於天之意，無窮極之仁也。」（《春秋繁露》〈王道通三〉）不過，天仁愛下民，並不意味著人類就懦弱渺小，相反，人與天同質，也是偉大的，「超然萬物之上而最為天下貴也。人下長萬物，上參天地」(《春秋繁露》〈天地陰陽〉)。人是與天地相同，與自然合一的天下最貴者，是偉大的生靈。天地之美，也正在於人與天合，主體與客體的統一。「夫德莫大於和，而道莫正於中。中者，天地之美達理也，聖人之所保守也。……舉天地之道而美於和。」（《春秋繁露》〈循天之道〉）偉大的天與最貴的人相和諧，即為天下之大美。

司空圖的「雄渾」，便極鮮明地體現了天人合一、主體與客體相融的「大美」。從他的《二十四詩品》音韻鏗鏘的詩句之中，我們不難體會出主體與客體互相交融的巨大氣勢與力量：有「內充」之「真體」，才能「具備萬物」；有「超以象外」，方「得其環中」，有那萬物皆備於我的浩氣，才有那「荒荒油雲，寥寥長風」。有「與日月參光」「與天地為常」的氣魄與胸懷，才有那雄渾之「大美」。這裡的「內」與「外」，心與物，虛與實，萬物與自我的結合，是多麼的密切！這正是由主客體之融合，而達到了與天地偕同屹立於宇宙之中的大美，達到了「萬物與我為一」(《莊子》〈齊物論〉)、「獨與天下精神往來」(《莊子》〈天下〉)、「彼方且與造物者為人，而游乎天地之一氣」(《莊子》〈大宗師〉)的雄渾境界。至於《二十四詩品》〈豪放〉一品，也以「吞吐大荒」的廣闊胸襟，與宇宙萬物相冥合，而創造出「真力彌滿，萬象在旁」的豪放剛勁之美。總而言之，中國的「雄渾」範疇，強調的是主體與客體合一的大美，而不是主體與客體分裂的「崇高」；是「與日月參光」「與天地為常」的偉大與自豪，而不是受到大自然威脅而產生的恐懼與痛感；是化入自然的主客體相渾相融，而不是反抗自然的較量與超越。

顯然，中國的「雄渾」具有一種和諧之美，因為它強調的是天人合一，而西方的「崇高」，則具有一種衝突之美，因為它強調的是人與自然的對抗。而這，也正體現了中西文學藝術最鮮明的民族特色。從古希臘神話、荷馬史詩、古希臘悲劇直到現代的小說《老人與海》，從亞里士多德的katharsis(淨化)到康德、叔本華的「崇高」論，都充分體現了西方這種人與自然的巨大沖突的反抗之美，一種從恐懼之中萌發的反抗與較量的偉大和崇高。而中國則與西方相反，從遠古神話，到《詩經》《楚辭》；從莊子的〈逍遙游〉中「水擊三千里，摶扶搖直上者九萬里」的大鵬形象，到李白《日出入行》的「予將囊括大塊，浩然與溟涬同科」的豪情；從司空圖的雄渾勁健，到姚鼐的陽剛之美，都具有一種天人合一、主體與客體相渾的和諧之美，一種與萬物為一、與天地比壽、與日月參光的偉大與自豪。

為什麼中西方文學藝術及其美學理論，尤其是「崇高」範疇與「雄渾」範疇具有這種截然相反的民族特色呢？我們認為，這與中西方民族的不同地理環境、社會文化諸條件密切相關。

眾所周知，中國與西方，雖然都經歷了大致相同的社會形態，有著內在的相似的發展規律，但又各具特色。相比較而言，西方社會經濟更具有商業性特點，而中國社會經濟更具有農業性特徵。作為西方古代文明的濫觴之地而處於地中海之中的古希臘，與作為中華文化搖籃的黃河流域之內的中原，從一開始，就各自充分顯現著重商經濟與重農經濟的特徵。貧瘠的希臘半島的土地，限制了希臘的農業發展，而蔚藍色的大海，卻成了古希臘商業貿易的天然金橋。無窮無盡的財富，從海上貿易之中滾滾流入希臘半島，並造就了一個重商的，具有民主氣息的社會，產生了那多姿多彩的文學藝術。與西方相反，「八百里秦川」的關中平原，沃野千里，灌溉便利；廣大的華北平原，給中華先民提供了得天獨厚的農業生產場地。

特殊極端的內陸地理位置，又嚴重阻礙著中國對外貿易的通道。這諸種條件，造就了一個頑固堅持崇本抑末、重農抑商的專制政治和社會文化，產生了那充滿農家樂的「桃花源」般的抒情文學境界。物質生產決定了中西不同的社會政治經濟特徵，同樣，物質生產的特徵也形成了中國與西方不同的人與自然的關係並由此導致了中西不同的文化心理特徵。[25]

第四節　熱愛痛苦與逃避悲劇

綜觀西方所有「崇高」觀念的深層內蘊，我們不難發現這樣一個事實：西方的「崇高」範疇之中深深埋藏著一顆內核——痛苦。崇高是由痛苦導出的，是痛苦情感的迸發。由痛苦昇華為那震撼人心的崇高之美，昇華為那數的崇高與力的崇高，昇華為那光輝燦爛之最高境

25　詳細論述請參閱拙著《中西比較詩學》，北京出版社1988年版。

界！

痛苦產生崇高，崇高來源於痛苦，柏克正是這樣為「崇高」下定義的：「任何東西只要以任何一種方式引起痛苦和危險的觀念（the idea of pain and danger），那它就是崇高的來源。」正因為柏克首先將「崇高」確定為痛苦與恐懼的昇華，才使得「崇高」與「優美」劃清了界線，使「崇高」真正成為一個美學範疇從美之中分離出來，從此開創了「崇高」理論的新紀元。康德從而和之，認為「崇高」是一種由痛苦與恐懼引起的「消極的快感」。為什麼痛苦與恐懼會變成具有美學意義的消極快感呢？康德的解釋是：因為崇高的感覺與美的感覺不一樣，欣賞優美的花卉圖案時，它給人一種直接的愉快，具有一種促進生命力的感覺。而產生崇高情緒時，人們首先感到的不是直接的愉快，而是恐懼、痛苦，面對危險異常、令人驚心動魄的大自然時，人們在痛苦與恐懼之中經歷著一個瞬間的生命力的阻滯，而立刻繼之以生命力的更加強烈的噴射！從痛苦恐懼之中發出驚嘆與崇敬，心情在自然界的崇高形象中受到激動與震撼，這就是由痛苦之中迸發出來的震撼人心的崇高！叔本華認為，「崇高」源於那無法擺脫的痛苦，客觀世界的可怕現象以戰勝一切的優勢威脅著意志，痛苦的意志被那無限大的對象壓縮至於零。但是，人們以強力掙脫了自己的意志與利欲的關係，對那些可怕的對象作寧靜的觀賞之時，這痛苦就昇華為一種崇高之美。對於由痛苦產生崇高，現代美學家喬治・桑塔耶納指出：「如果我們企圖瞭解痛苦的表現為什麼有時候能使人愉快的話，這種快感就恰好提供我們所尋找的價值的先驗因素。」[26]什麼是這「先驗因素」呢？桑塔耶納指出，人們往往認為：大災大難的鮮明意象與產生崇高感的心靈的

26　喬治・桑塔耶納：《美感》，中國社會科學出版社1982年版，第163頁。

倔強自負，這兩者之間的關係是這麼自然，所以「崇高」往往被視為有賴這些想像的不幸所感發的恐怖。當然，那種恐怖必須予以制止和克服。這種臣服了的和客觀化的恐怖，就是通常所認為的「崇高」的本質。甚至像亞里士多德這樣的大權威也似乎贊成這樣的定義。然而，在這裡，「崇高」的慣常原因和「崇高」本身卻被混為一談了。桑塔耶納認為，所謂「先驗因素」或「崇高」的本質應當是：「恐怖提示使我們退而自守，於是隨著並發的安全感或不動心，精神為之抖擻，我們便獲得超塵脫俗和自我解放的感想，崇高的本質就在於此。」[27]

無論西方學者如何解釋「崇高」的本質，無論他們之間存在多大的分歧，但其內核——痛苦——卻始終是存在的。由此我們可以發現一個有趣的事實：西方的「崇高」理論，似乎有著一種對痛苦的熱愛，尤其是在審美和藝術上，強烈偏愛於令人驚心動魄的悲劇美和令人恐懼的崇高感。這種以痛苦為核心的「崇高」範疇的形成，是與西方文學藝術傳統密切相關的。

桑塔耶納認為，連亞里士多德這樣的大權威也認為恐懼是「崇高」的本質。其實，亞里士多德並沒有談到過「崇高」，不過，這種由恐懼、由痛感轉化為快感等基本觀點，的確是亞里士多德所提出來的。早在亞里士多德之前，柏拉圖就發現，悲劇會引起人們的一種樂此不疲的嗜好——「哀憐癖」，有這種「哀憐癖」的人喜歡欣賞不幸的、痛苦的事物，例如：「聽到荷馬或其他悲劇詩人摹仿一個英雄遇到災禍，說出一大段傷心話，捶著胸膛痛哭，我們中間最好的人也會感到快感，忘其所以地表同情，並且讚賞詩人有本領，能這樣感動我們。」[28]

27 喬治・桑塔耶納：《美感》，第163頁。

28 柏拉圖：《理想國》卷十，《文藝對話集》，人民文學出版社1963年版，第85頁。

對這種從別人痛苦中獲取快感的「哀憐癖」，柏拉圖極為反感，他由此得出結論：詩人「逢迎人性中低劣的部分」。因此他主張將詩人趕出「理想國」。從柏拉圖這一相反意見中，我們恰恰可以發現整個古希臘社會當時流行著「哀憐癖」，發現人們對於表現痛苦與恐懼的藝術作品的嗜好。不難想像，古希臘悲劇中那殘酷的命運，令人恐懼的神怪，痛苦的煎熬……是怎樣地激起了整個劇場觀眾的憐憫和哀思！亞里士多德正是順應了這一審美傾向，提出了著名的「宣洩」說（katharsis）。公開為人們的「哀憐癖」辯護。亞里士多德認為，喜歡欣賞悲劇，並非是「拿別人的災禍來滋養自己的哀憐癖」（柏拉圖語），更不是人性中「卑劣的部分」。欣賞悲劇，乃人的本性的自然要求。對人的本性，不應當壓抑，而應當給予滿足。這種對人性的滿足，非但無害，而且還有益處。因為從痛苦的悲劇之中，能激起人們的哀憐和恐懼之情，並將之宣洩出來，從而導致這些情緒的淨化，由此對觀眾產生心理的健康影響。這就是katharsis的功能。從某種意義上，可以說亞里士多德的悲劇理論，正是建立在由痛苦引起恐懼與憐憫之情，並將其導向淨化這一理論基石上的。亞氏認為，文學藝術與現實生活不同。現實中給人痛感的事物，恰恰是藝術中給人快感的東西。他說：「經驗證明了這一點：事物本身看上去儘管引起痛感，但惟妙惟肖的圖像看上去卻能引起我們的快感。」[29]基於這種觀點，亞里士多德要求悲劇一定要描寫能引起人們恐懼和憐憫的事物。他指出：「有的詩人借形象使觀眾只是吃驚，而不發生恐懼之情，這種詩人完全不明白悲劇的目的所在。」那麼悲劇的目的何在呢？「我們不應要求悲劇給我們各種快感，只應要求它給我們一種它特別能給的快感」，即「由悲劇引起我們的憐憫與

29　亞里士多德：《詩學》，第11頁。

恐懼之情」。[30]為了達到這一目的，亞里士多德便規定，悲劇一定要寫比一般人好的人，要寫他遭到不應遭受的厄運，寫好人受苦受難，悲劇的結局應當是悲慘的毀滅，而不應當是善有善報、惡有惡報的大團圓結局。唯有如此，才能夠真正從痛苦之中激起恐懼與憐憫之情，於宣洩情感之中獲得快感。

亞里士多德的這一理論內核，經柏克、康德、黑格爾、叔本華至現當代的桑塔耶納等人的進一步闡述和深化，終於在「崇高」這一美學範疇之中獲得了理論的昇華和歸宿。實際上，「熱愛痛苦」，不僅僅是「崇高」範疇的內核，也是整個西方文學藝術及美學理論的突出特色。尼采《悲劇的誕生》正是對這一特色的理論性總結。在這部名著之中，尼採用詩一般的語言，道出了由古希臘人奠定的這一傳統——將現實的痛苦轉變為審美的快樂。他認為：希臘人很敏銳地覺知存在之恐懼，他們對於自然之巨大的力量的不信任，被表現在那些令人痛苦的悲劇之中，貪婪的兀鷹在啄食那偉大的普羅米修斯，聰明的伊底帕斯的悲慘命運，奧得萊斯特變成了謀殺自己母親的兇手……所有這一切令人恐怖的情節，「使得奧林匹斯從原本的巨大恐怖群，而慢慢地、一點點兒地改變成為快樂群，就如同玫瑰花在多刺的藪聚中揚葩吐豔一般。除此而外，生命還有什麼可能會從這如此神經過敏的、如此強烈情緒的、如此樂於受折磨的民族中誕生下來呢？也是由於這同樣的驅策力，使得藝術成為可能」。照尼采看來，即便是由痛苦變成了快感，其深沉的痛苦仍掩藏其中，「當痛苦的打擊以一種愉快的形式被經驗時，當一種絕對的勝利感從心中引起了悲痛的呼號的時候。現在，在每一個豐盛的愉快中，我們聽到了恐怖之低吟與一種無可恢復

30 亞里士多德：《詩學》，第43頁。

之失落感的悲切之哀嘆」。[31]

總而言之，痛苦是文學藝術審美快感的真正來源，更是「崇高」範疇的真正來源，由痛苦昇華為快樂，由痛苦昇華為崇高，這不僅是古希臘藝術的悲劇精神，也是西方「崇高」理論的核心論點。崇拜康德與叔本華學說的王國維，正是從這一角度來認識文學藝術的。他認為，生活就是痛苦，「嗚呼，宇宙一生活之慾而已！而此生活之慾之罪過，即以生活之苦痛罰之，此即宇宙之永遠的正義也。自犯罪，自加罰，自懺悔，自解脫」。而文學藝術，就是要描寫生活中之痛苦，求其解脫，昇華為審美靜觀，「美術之務，在描寫人生之苦痛與其解脫之道」（《紅樓夢評論》）。這種以痛苦為核心的藝術觀，正是叔本華本人觀點的翻版。王國維的「崇高」（壯美）觀點亦如此：「若此物大不利於吾人，而吾人生活之意志為之破裂，因之意志遁去，而知力得為獨立之作用，以深觀其物，吾人謂此物曰壯美。」王國維認為，引起壯美的事物皆為極痛苦恐懼之物，如「地獄變相之圖，決鬥垂死之象，廬江小吏之詩，雁門尚書之曲，其人固氓庶之所共憐。其遇雖戾夫為之流涕」（《紅樓夢評論》）。

讓我們回過頭來看看中國。除了王國維這種從西方販運來的「崇高」論以外，中國的「雄渾」範疇，有無與西方相類似的、以痛苦為核心的「雄渾」觀念呢？應當說，中國並非沒有這種由痛苦而昇華為文學藝術作品、昇華為「雄渾」境界之論。

司馬遷的「發憤著書」說，即為一例。司馬遷認為，文學乃是人們心懷鬱結，不得通其道的痛苦情感的噴發。當人們在逆境之中，在痛苦之際，在不得志之時，往往會發憤著書。他以屈原為例，指出：

31　尼采：《悲劇的誕生》，湖南文藝出版社1986年版，第29、34頁。

「夫天者，人之始也；父母者，人之本也。人窮則反本，故勞苦倦極，未嘗不呼天也；疾痛慘怛，未嘗不呼父母也。屈平正道直行，竭忠盡智以事其君，讒人間之，可謂窮矣。信而見疑，忠而被謗，能無怨乎？屈平之作《離騷》，蓋自怨生也。」(《史記》〈屈原賈生列傳〉)這種由痛苦而昇華為文學作品之論，其實也正是司馬遷自己的深切體會。司馬遷在受了宮刑以後，痛苦萬分，他認為禍莫大於欲利，悲莫痛於傷心，行莫丑於辱先，詬莫大於宮刑。因此，他「腸一日而九回，居則忽忽若有所亡，出則不知所往。每念斯恥，汗未嘗不發背沾衣也！」(《報任安書》)

錢鍾書先生在《詩可以怨》一文中說：「尼采曾把母雞下蛋的啼叫和詩人的歌唱相提並論，說都是痛苦使然。這家常而生動的比擬也恰恰符合中國文藝傳統裡的一個流行意見：苦痛比快樂更能產生詩歌，好詩主要是不愉快、苦惱或『窮愁』的表現和發洩。」[32]的確，在中國古代，主張痛苦出詩人之論，代不乏人。鍾嶸《詩品》評李陵曰：「文多淒愴，怨者之流。陵，名家子，有殊才，生命不諧，聲頹身喪，使陵不遭辛苦，其文亦何能至此！」韓愈則提出了「不平則鳴」的觀點，認為「其歌也有思，其哭也有懷。凡出乎口而為聲者，其皆有弗平者乎！」(《送孟東野序》)

這種歌哭之思與懷，不正是痛苦使然麼。陸游則深有感觸地說：「蓋人之情，悲憤積於中而無言，始發為詩。不然，無詩矣。」(《渭南文集》卷十五)

痛苦出詩人，發憤則著書，在這一點上，中西確有相通之處。同樣，「雄渾」範疇也與「崇高」範疇有一些相似之處，即由痛苦昇華為

32 《比較文學論文集》，北京大學出版社1984年版，第32頁。

悲壯雄渾之境界。

黃宗羲十分贊同韓愈「和平之音淡薄，而愁思之音要妙；歡愉之詞難工，而窮苦之言易好」的說法。認為那些傳世之作，皆是逐臣、棄婦、孽子、勞人、發言哀斷、痛苦之極的產物。而那雄渾之作，正是這疾痛慘怛、哀怨憤誹之中的迸發。他在《縮齋文集序》中評其弟澤望說，澤望「其以孤憤絕人，徬徨痛哭於山巔水澨之際」。痛苦鬱於心中，其作品遂昇華為雄渾之境界：如鐵壁鬼谷，似瀑布亂礁，如狐鳴鴟嘯，似鸛鶴咳笑。黃宗羲認為，這種文章好比天地之陽氣，壯美剛勁。「今澤望之文，亦陽氣也，無視葭灰，不啻千鈞之壓也！」[33]不僅個人的痛苦如此，整個時代的痛苦也能釀成雄渾之美，「夫文章，天地之元氣也」。元氣在平時，崑崙磅礴，和聲順氣，無所見奇。而在痛苦的時代，就會噴薄而出，昇華為雄渾之陽剛大美：「逮夫厄運危時，天地閉塞，元氣鼓蕩而出，擁勇郁遏，坌憤激訐，而後至文生焉。」[34]這段話，也完全適合於動亂的建安時代所產生的「建安風骨」。主張這種雄渾來自痛怨激憤的觀點，並不止黃宗羲一人，中國不少文論家都如此認為。劉勰說：「劉琨雅壯而多風，盧諶情發而理昭，跡遇之於時勢也。」（《文心雕龍》〈才略〉）劉琨時逢永嘉喪亂，國破家亡，心懷鬱結，欲展其匡世濟俗之志而不可得，一種壯志難酬之氣，激盪心胸，發為詩歌，則必然仰天長嘯，壯懷激烈，其詩雄渾壯美，雅壯多風。李贄等人所主張的，更是忿忿激昂，欲殺欲割，發狂大叫，流涕痛哭的雄渾美。

儘管中西方都有「痛苦出詩人」之說和痛苦產生雄渾崇高之論，

33　《中國歷代文論選》第3冊，上海古籍出版社1980年版，第260頁。

34　《中國歷代文論選》第3冊，第264頁。

但我們仍然不難感到，中西方對痛苦的態度是不一樣的。西方人對文學藝術中的痛苦有著特殊的熱愛，他們認為，激烈的痛苦，令人驚心動魄的痛感，正是藝術魅力之所在，也正是「崇高」的真正來源。中國則與西方不完全一樣，儘管中國也有「發憤著書」之說，「窮而後工」之論，「發狂大叫」之言，但這些並非正統理論。平和中正，「樂而不淫，哀而不傷」之論，才是正統的理論，什麼激烈的痛苦，驚心動魄，坌憤激訐，這些都是過分的東西，都是「傷」「淫」之屬。因此，大凡哀過於傷，痛楚激訐之作，差不多都是被正統文人攻擊的對象。屈原及其作品，即為突出的一例。

在中國文學史上，屈原可以說是最富於悲劇性的大詩人。其作品充滿了精彩絕豔的雄渾美。因而魯迅在《摩羅詩力說》中所推崇者，唯屈原一人。魯迅認為，屈賦雖然終篇缺乏「反抗挑戰」之言，但其「抽寫哀思，郁為奇文，茫洋在前，顧忌皆去，懟世俗之渾濁，頌己身之修能，懷疑自遂古之初，直至百物之瑣末，放言無憚，為前人所不敢言」。但是這位抽寫哀思、放言無憚的悲劇性詩人，遭到了後世正統文人的激烈攻擊。揚雄認為，屈原內心痛苦，投江自殺是極不明智之舉。他認為君子應當聽天安命，不應當憤世嫉俗，「君子得時則大行，不得時則龍蛇，遇不遇，命也；何必湛身哉！」（《漢書》〈揚雄傳〉）班固則更激烈地抨擊屈原為過激，而主張安命自守，不應露才揚己，愁神苦思：「且君子道窮，命矣。故潛龍不見是而無悶，《關雎》哀周道而不傷。蘧瑗持可懷之志，寧武保如愚之性，咸以全命避害，不受世患。故大雅曰：『暨明且哲，以保其身』，斯為貴矣。」班固認為不應當有痛苦，更不應當表現出來，甚至無論受到什麼不公平遭遇也應當安之若命，不痛苦不悲傷。屈原恰恰不符合這種「無悶」「不傷」的要求，他內心極為痛苦，作品極為放肆敢言，情感極為濃烈怨憤，於是乎班固激烈攻擊道：「今若屈原，露才揚己，競乎危國群小之間，以離讒賊。然責數懷王，怨惡椒蘭，愁神苦思，強非其人，忿懟不容，沉江而死，亦貶絜狂狷景行之士。多稱崑崙宓妃冥婚虛無之語，皆非法度之政，經義所載。」（班固《離騷序》）班固這種幾乎不近人情的要求，充分體現了中國古代的正統觀念。這種觀念對待痛苦的態度是，不應當有太過分的痛苦，因為過分的痛苦就會產生激憤怨怒之作，就會過淫、太傷，這不僅對統治不利，對「教化」不利，並且對人的身心健康也不利。〈樂記〉說：「奸聲亂色，不留聰明；淫樂慝禮，不接心術；惰慢邪辟之氣，不設於身體。」因此，文藝的目的，並不是發洩慾望，宣洩痛苦，而是節制慾望，反情和志；不是表現極為痛苦悲慘的場面令觀眾驚心動魄，而是表現平和中正、不哀不怨的內容讓人心平氣和，安分守己，「故曰：樂者，樂也」。所謂樂（指一種音樂、舞蹈、詩歌三合一的上古樂舞），就是讓人快樂的，而不是讓人痛苦的；是節制慾望的，而不是宣洩慾望的。所以說，「君子樂得其道，小人樂得其欲。以道制欲，則樂而不亂；以欲忘道，則惑而不樂。是故君子反情以和其志，廣樂以成其教」。「反情」，孔穎達疏：「反情以和其志者，反己淫慾之情以諧和德義之志也。」即節制情感使其不過淫過傷，就能保持平和安分的狀態，這樣便國治家寧，身體健康了。「故樂行而倫清，耳目聰明，血氣和平，移風易俗，天下皆寧。」（〈樂記〉）

這種「樂而不淫，哀而不傷」的正統觀念，數千年來，一直被中國文人奉為金科玉律，在很大程度上，淹沒了中國文學中的悲劇觀念，也遏制了中國「雄渾」觀念的進一步深化。無論是令人驚心動魄、催人淚下的悲劇，還是令人恐懼痛苦的文學作品以及叫嗥怒張，發狂大叫，反抗挑戰的崇高雄渾，都被這抑制情感的「樂而不淫，哀而不傷」的「中和」美抹去了棱角，被拘囿於「發乎情，止乎禮義」的無形囹圄之中，而喪失了其生命的活力，最終在「溫柔敦厚」的訓條之中失去了力量。難怪梁啟超說，中國文藝「於發揚蹈厲之氣尤缺」。在「溫柔敦厚」的正統觀念的統治和壓抑下，所有反叛的企圖都不可能得逞，李贄之死就是一大明證。我們甚至還發現這樣一個不正常的現象，在中國古代，不少具有雄渾色彩的作家作品，都與異端密切相關。例如：屈原的放言無憚，司馬遷的發憤著書，建安詩人的灑筆酣歌，李白不肯摧眉折腰，李贄的發狂大叫，龔自珍的疾聲高呼……儘管人們不得不承認這些作家及作品的偉大，但是在正統文人看來，這些人皆是些狂狷景行之士，所以屈原受責罵，司馬遷被說成是作「謗書」，曹操為「奸雄」，李白是狂生，李贄等人更是令正統觀念所不容。至於主張痛感的雄渾理論，也不被正統所容，如韓愈及其弟子的怪怪奇奇之論，李贄等人的流涕痛哭、欲殺欲割之說等等。

近百年來，中國學術界一直在爭論，中國究竟有無悲劇？如有，為什麼與西方的悲劇不一樣？如沒有，那為什麼中國產生不了悲劇？這些問題長時期以來一直困擾著中國的學術界。近些年來，又引起了中國有無「崇高」範疇之爭。筆者認為，不少人在探討這些問題時，都忘記了追尋它們的最終根源——中西方對情慾，尤其是對痛苦的不同態度。

為什麼中國沒有西方那種給人以毀滅感的令人驚心動魄的悲劇？最重要原因是中國文化形成的這種抑制情感的「溫柔敦厚」說在起作用。西方人寧願在藝術中描寫痛苦，欣賞毀滅的痛感，而中國人卻盡量避免痛苦，反對哀過於傷，更不願看到慘不忍睹的毀滅性結局，寧願在虛幻的美好結局之中獲得平和中正的心理平衡，而不願在激烈痛苦的宣洩之中獲得由痛感帶來的快感。這種不同的文學藝術傳統及不同的審美心態，正是西方「崇高」範疇與中國「雄渾」範疇產生的不同土壤。從某種意義上說，西方文學藝術傳統裡具有一種偏愛痛苦的特徵，因此，西方將悲劇尊為文學類型之冠，將「崇高」視為美的最高境界。因為它們都是激烈痛苦的最高昇華。與西方相反，中國文學藝術往往具有一種盡量避免激烈的痛苦，盡量逃避悲劇的傾向。因此，即便是悲劇，也要加進插科打諢；即便結局不幸，也要補一個光明的尾巴，以沖淡過於哀傷的氣氛，以獲得平和的心理效果。「雄渾」範疇也盡量講浩然之氣、陽剛之美，而不看重由痛感激起的驚懼恐怖、雄奇偉大。

值得指出的是，中國古代這種克制情慾、迴避痛苦、逃避悲劇的傾向，並非僅僅受儒家「樂而不淫，哀而不傷」「溫柔敦厚」等觀點的影響，而且還受到道家歸真返璞、柔弱處世、樂天安命觀念的影響。

當然，如果從哲學意義上講，道家思想是充滿了悲劇色彩的。老、莊都極睿智地認識到：人生即為痛苦，人生便是悲劇。老子說：「吾所以有大患者，為吾有身。及吾無身，吾有何患！」(《老子》十三章》因為有身就有欲，有欲就有痛苦。有身就有死，有死就有悲哀。「人生天地之間，若白駒之過隙，忽然而已。……已化而生，又化而死。生物哀之，人類悲之。」(《莊子》〈知北遊〉) 這個看法與叔本華等人的觀點十分近似，完全具有生命的悲劇意識了。不過面對慾望與死亡的悲劇，老、莊不是直面慘澹的人生，而是想方設法迴避它。對於慾望，老子主張克制它，只要克制了慾望，知足安分，即可去悲為樂，「禍莫大於不知足，咎莫大於欲得。故知足之足常足矣」(《老子》四十六章)。「知足不辱，知止不殆，可以長久。」(《老子》四十四章) 莊子說：「安時處順，哀樂不能入也。」(《莊子》〈大宗師〉) 只要安時處順，知足常樂，慾望得不到實現的痛苦，就頓時化解了。對於死亡之悲劇，老子主張「歸根覆命」，這樣便能長久(《老子》十六章)。

莊子則主張回到大自然，與大自然同化（物化），達到「天地與我並生，而萬物與我為一」(《莊子》〈齊物論〉）的境界，就可以獲得長生，而逃避死亡的悲劇。

老莊這種消極退避的哲學，極大地化解了中國文人的悲劇意識。因為它不像西方悲劇意識那樣，積極地與可怕的大自然鬥爭，與可怕的命運相抗，而是迴避、退讓。「知其不可為而安之若命」。這種樂天安命思想，是逃避人生悲劇的最好防空洞。數千年來，多少失意文人在老莊哲學中找到了歸宿，在消極退讓中逃避了人生的悲劇！仕途失意者，情場失戀者以及各種各樣的人生痛苦，都可以在老莊哲學中找到歸宿，得到釋躁平矜、逃避痛苦的慰藉。在這裡，不需要將血淋淋的痛苦表現出來，而是在安之若命的訓條之中淡化人生的痛苦，免去人生的悲劇。中國古代那些多得數不清的山水詩、田園詩、水墨畫，就有不少屬於那些逃避悲劇者的傑作。青山綠水，花香鳥語，古剎清鐘，白雲閒鶴，在這清幽淡遠的意境之中，安時處順，與天地同樂，消盡了人間的煩惱，化解了生活之痛苦，解除了抗爭之意志。這是逃避悲劇的多麼美好的一處桃花源！

當然，中國古代也有以悲為美的文學藝術傳統，悲秋傷時，愁緒滿懷，感時嘆逝，在絕大多數文人作品之中都不難找到。從宋玉的「悲哉秋之為氣也！」到杜甫的「萬里悲秋常作客」，從曹植的「高台多悲風」，到李白的「抽刀斷水水更流，舉杯消愁愁更愁」；從李煜的「問君能有幾多愁，恰似一江春水向東流」，到李清照的「梧桐更兼細雨，到黃昏，點點滴滴。這次第，怎一個愁字了得！」愁啊悲啊！感喲傷喲！誰說中國沒有悲愁痛苦？不過，誰都不難體會出來，這種哀哀怨怨，如春江流水，似梧桐細雨般的悲愁，自然不能與西方文學中神鷹啄食人的肝臟，兒子親手殺死母親那種令人恐懼的悲痛相提並論。在中國文學藝術中，悲秋感懷、傷時嘆逝等淡淡的悲愁哀怨，成了最時髦的情感。因為它符合「樂而不淫，哀而不傷」的要求，微微的哀，淡淡的愁，既能釋躁平矜，獲得心理的平衡，從而逃避人生的痛苦，又對社會無害，不會產生「樂而不為道，則亂」的效果。有時，這種淡淡的悲愁，甚至由於時髦而落了俗套，似乎誰不言愁就無詩意，不言愁就不高明。於是不少詩人作詩，往往是「為賦新詩強說愁」。這種似悲秋，如流水，如點點滴滴的黃昏雨般的悲愁，並沒有成為中國「雄渾」範疇的內核，相反，這哀哀愁愁的悲愁，恰恰弱化了中國古代文學的力量和氣勢等陽剛之美，使中國古代文學藝術的美學色彩更加陰柔化，更加細膩，也更加女性化。粗獷的、野蠻的、凶猛的東西，在這裡絕無市場。中國的「雄渾」範疇，根本不能從這種悲悲切切、淒悽慘慘之中，汲取那令人驚心動魄的，令人熱血沸騰的美。這種哀哀怨怨的悲，絕不是西方悲劇的悲，也絕不是「雄渾」「崇高」的來源。而是「哀而不傷」的悲，甚至有些還是無病呻吟，為文造情的悲。恰如范成大所嘲諷：「詩人多事惹閒情，閉門自造愁如許。」[35]

我們承認，主張抑制情感、試圖逃避悲劇的儒家與道家，都產生了「雄渾」觀念。但應當看到，這些「雄渾」觀念與西方「崇高」範疇的來源是不盡相同的。儒家的「大」，那至大至剛的「浩然之氣」，更多地是來源於仁義道德的充實，是道德上的崇高氣節與獻身精神。而道家的「大」，那「水擊三千」的大鵬形象，是與大自然化為一體，在「物化」中回歸大自然的歸根覆命；是歸真返璞，從而達到「天地與我並生，萬物與我為一」的超越性境界的產物。這兩者，皆與柏克、康德等人所說的「崇高」來源不相同。認識到這一差別，才算真

35　《石湖詩集》卷一《陸務觀作〈春愁曲〉甚悲，作此反之》。

正認識到了中國的「雄渾」範疇與西方「崇高」範疇的區別。同時也才能認識到，中國古代為什麼沒有出現西方式的悲劇，為什麼沒有出現西方那種主體與客體的強烈對抗，由恐懼痛感而產生的「崇高」(sublime)。更重要的是應當從這種比較之中，認識到中西方這一美學範疇的不同特徵，承認它們各自的特色，而不是以此律彼、揚此抑彼，或用西方的標準來硬套中國的範疇，認為中國沒有達到西方崇高的境界；或認為中國什麼東西皆古已有之，硬要將毫不相干的東西說成與西方理論一模一樣。

同是相對的，異是絕對的。在認識中國「雄渾」範疇時，我們從同的方面來確立中國的「雄渾」範疇，從要素辨析中深化這一範疇；同時從異的方面來認識中國「雄渾」範疇所獨具的特徵，在鮮明對比之中突出了「雄渾」範疇的民族特色。相信讀者能從這同與異的剖析之中，準確認識中國「雄渾」範疇的本質特徵、構成要素、理論價值、歷史意義及其與西方「崇高」範疇的不同之處，並由此進一步深思中國美學理論的價值與痼疾，探索中國古代文論走向當代審美、邁向世界文壇的廣闊途徑。

下編

沉鬱

第一章

「沉鬱之思」

第一節　從深思到文思——「沉鬱」的語源

從風格論的角度評價「沉鬱」，可以説它是一種最具有理性思致內涵的文學風格了。在中國傳統審美範疇中，多數的創作風格有著突出的情感特徵，有著易於辨明和分類歸納的語言特徵。而「沉鬱」卻凝聚著深層的思慮，往往呈現為委婉收斂的表達傾向，構成的元素有一定的綜合性，特徵的描述也會與其他風格概念彼此包容，反映了作為傳統審美觀念表述主體的、典型的中國文士（「士」「士大夫」）的審美取向。

「沉鬱」，概指表現於詩文創作中的深沉蘊藉、凝重抑鬱的藝術風格，這一用語常見於中國古代文論特別是古代詩歌理論著作中。而「沉鬱」一語，原指表現在文字著述中的深刻、透闢的思維內涵，與藝術表現的核心內涵之「情」是相對而言的。這一意義的詞語表達，早已見於中國文學史早期的抒情性文學文本中。較為典型者如屈原《九章》〈思美人〉中的詩句：「申旦以舒中情兮，志沉菀而莫達。」洪興祖《楚辭補註》釋句中的「菀」字曰：「音郁，積也。」「沉菀」就是「沉鬱」。「菀」是以草木的繁茂比喻思想、情緒的鬱積。這一意思在《詩經》作品中也已經有所表現，《詩經》〈小雅〉〈都人士〉云：「我不見兮，我心菀結。」鄭玄箋「菀」（一作「苑」）曰「猶屈也，積也」。《楚辭》〈遠游〉即寫為「鬱結」：「遭沉濁而污穢兮，獨鬱結其誰語！」王逸註：「思慮煩冤，無告陳也。」也是在說思想感情的鬱積深重。對「沉鬱」概念有系統闡述的清人方東樹在《昭昧詹言》卷八中評價杜甫晚年的《詠懷》詩曰：「世人徒慕公詩，無一求通公志，故但不能及之，並求真知而解之亦罕見。如公在潭州入湖南時《詠懷》二首，此公將沒時，迫以衰病，心志沉惋，語言陷滯，誠若不可人意。然苟求其志，則風調清深，豪氣自在。雖次第無端由，要見一種感慨嘆息之情，終非他人所及。蓋公懷忠國濟時之志，至是老而將死，決知不能行所為矣，故作此二詩。」連「志」的內容都是一樣的，「心志沉惋」也就是「志沉菀」。漢代劉歆《與揚雄書從取方言》文（見嚴可均《全漢文》卷四十）讚許揚雄《方言》一書云：

非子雲澹雅之才，沉鬱之思，不能經年銳積，以成此書，良為勤矣。

需要指出的是，揚雄《方言》一書的內容並非文學性文字，而是考察各地方言詞語的語言學著作，因此其中體現的「沉鬱之思」基本上是不具有審美成分的邏輯思維。而長於深思卻是揚雄本人重要的寫作特點，《漢書》〈揚雄傳〉就指出他「默而好深湛之思」，其《法言》《太玄》等論著就具有很強的邏輯思辨性。這一特點也體現在他的文學性創作之中，其《羽獵賦》《甘泉賦》《長楊賦》《河東賦》諸篇賦作，無不貫串著從事理到文理的深入詳慎之思。例如其《解嘲》一賦雖為仿東方朔《答客難》之作，但兩相比較就不難看出，揚賦少了詼諧，多了深思，既有「今大漢，左東海，右渠搜，前番禺，後椒涂；東南一尉，西北一侯。徽以糾墨，制以鑕鈇，散以禮樂，風以詩書，曠以歲月，結以倚廬」「昔三仁去而殷墟，二老歸而周熾；子胥死而吳亡，種、蠡存而越霸」的現實、歷史之思，也有「是故知玄知默，守道之極。爰清爰靜，游神之庭。惟寂惟漠，守德之宅」的天道哲理之思，精思熟慮的嚴謹縝密構成了其作的主要風格。《文心雕龍》〈詮賦〉評曰：「子雲《甘泉》，構深瑋之風。」就已指出了揚雄賦作具有「深」的特點。《文心雕龍》中還有兩處評價揚雄的文字，也涉及了揚雄之作長於思致的特點，其中〈體性〉篇云：「子雲沉寂，故志隱而味深。」〈才略〉篇云：「子雲屬意，辭意最深，觀其涯度幽遠，搜選詭麗，而竭才以鑽思，故能理贍而辭堅矣。」〈才略〉篇之言更是揭示了揚作之「深」包括「意」「辭」兩方面，不僅有「竭才以鑽思」的「屬意」之「深」，還有「搜選詭麗」的「辭意」之「深」。梁代任昉《王文憲集序》中所用的「沉鬱」一語與劉歆《與揚雄書從取方言》中相似：「若乃金版玉匱之書，海上名山之旨，沉鬱澹雅之思，離堅合異之談，莫不揔制清衷，遞為心極。」（見《文選》卷四六）「沉鬱」也用於修飾「思」，可以看出對於「沉鬱」的最初理解都是偏重於其中的理智性、邏輯性因素的，並且強調這是一種在程度上較為極端化的思慮方式（「揔制清衷，遞為心極」）。

「沉鬱」用於文學範疇，起初也是指創作過程中深刻的理性思考。

在文學觀念趨於獨立的魏晉時期，「沉鬱」就已在這一意義上被文學家改採用。陸機《思歸賦》曰：

伊我思之沉鬱，愴感物而增深。嘆隨風而上逝，涕承纓而下尋。

「沉鬱」是與情感活動相互作用的思維活動特點。這樣的「沉鬱之思」既是形成創造性思維的根源，也是作品內容的重要元素。

以「沉鬱」評論詩文，來自論者對作品中由一定的情志內涵決定的表現風格的感知。從感性的感知到審美概念範疇的建立，語義學的研究往往可以使詞語中較為含混的美學元素得以相對的確認。通過對「沉鬱」二字的原始字義的考辨，也可以逐步印證古代文學理論家對此類作品風格的論斷。許慎《説文解字》曰：「沈（沉），陵上滈水也。」沈（沉）是形聲字。此原始字義已經消亡，段注曰：「謂陵上雨積停潦也。古多假借為湛沒之湛，如《小雅》『載沈載浮』是也。」「湛（沉）沒之湛（沉）」即是質重不浮的意思，故有「沉重」「深沉」等詞語。而許慎和段玉裁皆有所未見：甲骨文的發現和釋義告訴我們，「沈（沉）」字的甲骨文是由中間的「牛」和周圍的「水」構成，表示把牛沉入水中，是商代祭祀用牲方法的會意符號。高明《古文字類編》指出：「卜辭中一、四期之沈字是將牲物沈於水中，為會意字。三期為形聲字，入周後前者廢，後者流傳至今。」[1]《周禮・大宗伯》曰：「以狸沈祭山林川澤。」用的是「沈（沉）」字的原始意義。《廣雅》曰：「沈，沒也。」本義為沒入水中。又引申為程度之深，因而又有「沉思」「沉痛」「沉痾」等詞語。用於藝術、文學範疇，「沉」字多為深沉含蓄之

1 《古文字類編》，中華書局1980年版，第462頁。

義，常見於作品評論之中，如「沉著」「沉著痛快」「沉抑」「沉至」「沉壯」「沉健」「沉雄」「沉渾」「沉蘊」「沉博」「沉實」等等（這些術語與「沉鬱」在審美內涵上的連繫見本編第四章第四節論述）。「沉」既包含「重」——主要指內容充實，也包含了「深」——感發和思想的深刻，以及與此相關聯的語言風格。如王世貞《藝苑卮言》卷一講七言律字法云：「字法有虛有實，有沉有響，虛響易工，沉實難至。」（鍾惺在《詩歸》中曾援引王世貞此語評價杜詩並加以討論。）就以「沉實」與「虛響」相對而言，體現了文學理論中的「沉」字內容充實、感想深刻的意義。

而「沉鬱」二字連綴成語，則有進一步的意義。「鬱」（古「鬱」字，而非古「郁」字）原為草木叢生、蘊積的意思，引申為阻滯不通。見於「沉鬱」語中，即為表述一種憤懣、哀怨的精神狀態，即古代典籍中的「鬱陶」「鬱結」「怫鬱」「鬱怒」「鬱伊」之意。《尚書．夏書．五子之歌》中唱道：「鬱陶乎予心，顏厚有忸怩。」《傳》曰：「鬱陶，言哀思也。」《正義》曰：「《孟子》稱舜弟象見舜云：『思君正鬱陶。』鬱陶，精神憤結積聚之意。」（按：《孟子》〈萬章〉中象見舜語的原文為「鬱陶思君爾」，《楚辭》〈九辯〉中也有「豈不鬱陶而思君兮」的詩句，皆為《尚書》〈夏書〉〈五子之歌〉之語的化用。）屈原《遠遊》云：「獨鬱結其誰語！」王逸《楚辭章句》注為「思慮煩冤，無告陳也」，也道出了其中憤懣、哀怨的含義。探究「沉鬱」詩風與中國文人詩的關係，屈原之作既是精神上的重要起點，也是詞語的源頭之一。

屈賦中用到「沉」「鬱」字樣處很多，最適於用來講解詩中「沉鬱」本義的，莫過於屈原《九章》〈惜誦〉中的二句：

情沉抑而不達兮，又蔽而莫之白。

心鬱邑余侘傺兮，又莫察余之中情。

此處「沉」「鬱」在互文的「沉抑」「鬱邑」二詞中對舉出現，描述煩冤恨痛又無處告陳的內心情感，完全可以視為「沉鬱」一語的語源，符合於古代漢語詞語演進的常例。在屈賦諸篇中，這種「哀思」「精神憤結積聚」「思慮煩冤」的沉鬱之情是其詩興之所發，亦即《惜誦》「發憤以抒情」之意，成為楚辭作品的一大特點，因而後世有「哀怨起騷人」（李白《古風》之一）之說。這是中國文學「發憤著書」「不平則鳴」的傳統觀念在抒情文學中的重要表現。推崇「沉鬱」的陳廷焯在《白雨齋詞話》卷三中引吳蘭次論詞語曰：「阮生失路，澆淚無端；屈子問天，寄愁何處？水以不平而激，木因有鬱而奇，情有所之，理固然矣。」屈原的「寄愁」之作如同樹木有「鬱」，這是「沉鬱」之「鬱」的原始字義與以屈原作品為代表的「沉鬱」之作及「沉鬱」觀念的有趣連繫。屈原之作是中國文人創作中「沉鬱」風格的開端，而中國的文人文學起始即與「沉鬱」的精神和文風結下了不解之緣。文士所特有的感遇生活方式決定了感遇的深度，感遇的深度決定了所思之深，思慮的深沉決定了文學創作思維中情感的深重和構思的深入。

整體看來，文學作品中的「沉鬱之思」以及由此而形成的創作方式、文風特徵，往往與文學家個人的閱歷、個性或學識相關，古代文學理論著述中對此已多有發明。

波折困窘的人生經歷促成了沉鬱情懷的產生。不論是像杜甫這樣以「沉鬱」為主導風格的著名詩人，還是在詩作中對「沉鬱」詩風有著突出體現的眾多古代詩家，生活道路的挫折坎坷都是這一風格生成的必然因素。明代江盈科《雪濤詩評》在對比杜甫與李白的差別時指出：「杜少陵是固窮之士，平生無大得意事，中間兵戈亂離，飢寒老病，皆其實歷，而所閱苦楚，都於詩中寫出。固讀少陵詩，即當得少陵年譜看。」[2]清代浦起龍《讀杜心解》[3]在解釋杜甫《秋興八首》的意旨時說：「『秋』為寓『夔』所值，『興』自『望京』發慨。」並指出詩中使用的表現時間、地名的各種字眼實際上貫串了詩人所經歷的不凡行程，「言『故園』，則後七首所云『北斗』、『五陵』、『長安』、『第宅』、『蓬萊』、『曲江』、『昆明』、『渼陂』，無不舉矣。舍蜀而往，仍然逗留。歷歷前塵，屢灑花間之『淚』；悠悠去國，暗傷客子之『心』。發興之端，情見乎此。第七乃收『秋』，第八乃收『夔』，而曰『處處催』，則旅泊經寒之況，亦吞吐句中，真乃無一剩字」。許多關於杜詩的評論中也有類似之言，都證明了沉頓的生涯釀成了沉鬱的心態，從而外發而為沉鬱的詩風。

內向、深沉的個性氣質容易形成沉鬱之作的心理基礎，唐代李嶠《上高長史述和詩啟》一文中即有「才非沉鬱」之言（見《全唐文》卷二四七），將「沉鬱」的詩作與「沉鬱」的才性連繫而論。而唐代詩人李益《城西竹園送裴佶王達》詩中曰：「愴懷非外至，沉鬱自中腸。」明確地將「沉鬱」講為詩人的性情中自有之物，並非後天習養所致。明代李贄《讀律膚說》亦云：「故性格清澈者音調自然宣暢，性格舒徐者音調自然舒緩，曠達者自然浩蕩，雄邁者自然壯烈，沉鬱者自然酸悲，古怪者自然奇絕。有是格，便有是調，皆情性自然之謂也。」更加強調了「沉鬱」的性格的自然屬性，並以「酸悲」概括這類文風。杜甫《哀江頭》詩曰：「少陵野老吞聲哭，春日潛行曲江曲。」這種「吞聲」「潛行」的言行特徵與李白的「仰天大笑出門去，我輩豈是蓬蒿人」

2　仇兆鰲：《杜詩詳註》「附編．諸家論杜」，中華書局1979年版，第2324頁。

3　《讀杜心解》，中華書局1961年版。下引《讀杜心解》同此，不復注。

（《南陵別兒童入京》）、「投軀寄天下，長嘯尋豪英」（《鄴中贈王大》）大相逕庭，除了身世、閱歷的差別外，其中自有「沉鬱」的個性氣質因素在起作用。故主張「性靈」的袁枚在評價杜詩的「沉鬱頓挫」風格時說：「人必先有芬芳悱惻之懷，而後有沉鬱頓挫之作。」（《隨園詩話》卷十四）這個「芬芳悱惻之懷」即為忠厚博愛的天性。

廣博的學識也有助於思想認識的深刻，能夠成就「沉鬱」之作。例如揚雄在《答劉歆書》中即說「心好沉博絕麗之文」，「沉博」一語就包含了文中所談到的「五經之訓」「言詞博覽翰墨」的學識因素（見嚴可均校輯《全漢文》卷五十二）；杜甫《進雕賦表》就把「沉鬱」與「鼓吹《六經》，先鳴諸子」的學識修養並提，他所自稱的「讀書破萬卷，下筆如有神」（《奉贈韋左丞丈二十二韻》）之「神」也包括使後世讀者稱道不已的「沉鬱」韻味。許多關於杜詩的評議文字都指出了杜甫在學識方面的優勢以及這一優勢與其「沉鬱」詩風的關係，如南宋鄭印《杜少陵詩音義序》就指出，杜詩之所以能夠達到極「高」極「深」的程度，得益於詩人「淹貫群書」的學識[4]。何曰愈《退庵詩話》卷一（見郭紹虞《滄浪詩話校釋》引）在論及杜甫詩與李白詩的差異時更是直接地指出：「子美以學力勝，故語多沉鬱。」不論是出於人生閱歷、個性氣質還是學識修養的原因，在形成文風的「沉鬱」時都要經過深思的過程。而深思的內涵，則與傳統文化中的認識論觀念、人格觀念相關。各方面的原因在「沉鬱」詩風中是綜合地發生著作用的，《白雨齋詞話》卷二比較同為「沉鬱」之作的南宋王沂孫詞和杜詩云：「少陵每飯不忘君國，碧山亦然。然兩人負質不同，所處時勢又不同。少陵負沉雄博大之才，正值唐室中興之際，故其為詩也悲以壯。碧山

4　仇兆鰲：《杜詩詳註》「附編」，中華書局1979年版，第2245頁。

以和平中正之音，卻值宋室敗亡之後，故其為詞也哀以思。推而至於《國風》《離騷》則一也。」在極為講究傳統「遞相祖述」的中國文化環境中，這樣的關係也必然地影響著文學觀念的建立。

第二節　「沉鬱之氣」——「沉鬱」論的理念基礎

杜甫的自我標榜，後世論者的一致接受和稱道，以及作為文學理論概念的「沉鬱」明確提出之前或提出之後出現的類似概念和相關論述，都表明了中國文士對「沉鬱」的思想心理、審美取向以及由此而成的文風的認同。從文學觀念的文化成因這一角度考察「沉鬱」觀念，傳統哲學觀念中的「氣」論具有不可忽視的認識論意義。在傳統的文學風格論中，陽剛、陰柔的兩大宏觀風格特徵即被溯源於陰陽二氣對於世間事物、人的情感和氣質的決定作用。如常被文論史著作引用的姚鼐《復魯絜非書》中所言由「天地之道，陰陽剛柔」決定的「文者，天地之菁英，而陰陽剛柔之發也」，因此便有了「得於陽與剛之美者」和「得於陰與柔之美者」兩類文風。關於中國傳統哲學中的「氣」論與文學風格論的關係已經有過眾多的理論分析，本書不再重複，這裡僅對這一關係在「沉鬱」觀形成過程中的特殊意義略加說明。

如前文所述，文字著述中的「沉鬱」風格難以單一的「陰柔」或「陽剛」概括其特徵，似乎與「內陰而外陽，內柔而外剛」(《易》〈否〉〈彖辭〉)、「陰陽合德而剛柔有體」(《易傳》〈繫辭下〉)這一決定二分風格觀的傳統哲學觀念缺乏直接明確的連繫。而比照古代詩歌作品中，特別是杜甫詩作中的「沉鬱」風格的表現，我們可以發現，「天地之道，陰陽剛柔」的哲理定位與「沉鬱」的文風定位在「氣」觀念及「氣」的「清濁」之別上發生著關聯。早在先秦時期，「氣」的不同與人的差別之間的連繫就已得到了一定的認識。例如《管子》一書，其〈心術〉篇中稱「氣者身之充也……充不美則心不得」，「心之中又有心，意以先言，意然後形，形然後思，思然後知」；其〈內業〉篇中除講示「精氣」為萬物之本原外，還指出了「民氣杲乎如登於天，杳乎如入於淵，淖乎如在於海，卒乎如在於己。是故此氣也，不可止以力，而可安以德；不可呼以聲，而可迎以音」，「氣道乃生，生乃思，思乃知，知乃止」等，「氣」的存在、運動決定人的差別，也決定了人的思維活動。《易傳》〈乾卦〉中即曰：「同聲相應，同氣相求。」這個「氣」，實際上已經包括了天地自然的品性與人的品性在分類上的一致性。孟子認為仁、義、禮、智「四端」是天賦的「良知」「良能」，雖語焉不詳，但已將人的道德屬性與自然屬性連繫看待了。而他所倡導的「集義所生」的「至大至剛」「塞於天地之間」「配義與道」的「浩然之氣」(見《孟子》〈公孫丑下〉)，則將決定人的道德水平的「氣」視為長期自我修養的結果。道家學派，特別是莊子提出了自然元氣的觀點，同時又主張人性與天性合一的性自然論，實際上為個性情感的自由獨立建立了哲理的基礎。東漢王充繼承了先秦道家的自然元氣論，認為「氣」是天地萬物的始基，「天地合氣，萬物自生，猶夫婦合氣，子自生矣」(《論衡》〈自然〉)，同時又進一步指出，「氣」決定了人的生命強度，「人之稟氣，或充實而堅強，或虛劣而軟弱」(《論衡》〈氣壽〉)，也決定了人與動物的區別，「俱稟元氣，或獨為人，或為禽獸」，進而也決定了人與人的社會地位以致於稟賦等方面的區別，「並為人，或貴或賤，或貧或富。富或累金，貧或乞食；貴至封侯，賤至奴僕。非天稟施有左右也，人物受性有厚薄也」(《論衡》〈幸偶〉)，「人之所以聰明智惠者，以含五常之氣也」(《論衡》〈論死〉)。諸家之言雖然有認識論方面的分歧，但都已認識到了人的性情、稟賦、才能等特點與元氣之間的一致性。

正因為有了這樣的從天地自然之「氣」、人之賦性才識之「氣」到言行表現之「氣」的認識基礎，重視「人」「文」一致的中國文人就格外關注人的個性氣質、品格風範與文字、文學藝術表達的內在連繫。正是在這一維度上，對文學藝術發生及變化原因的認識超越了簡單的「季札觀樂」「治世之音安以樂」式的社會治亂決定論，指向了更為深刻的內涵。

作為前期古代文學理論的重要組成部分，先秦樂論首先對這一問題做出了具有啟發意義的闡釋。《荀子》〈樂論〉曰：「凡奸聲感人而逆氣應之，逆氣成象而亂生焉。正聲感人而順氣應之，順氣成象而治生焉。」指出人「氣」與音樂之間具有感應的關係。《呂氏春秋》〈音初〉也有類似之論：「凡音者，產乎人心者也。……盛衰、賢不肖、君子小人皆形於樂，不可隱匿……流辟誂越慆濫之音出，則滔蕩之氣、邪慢之心感矣。」「心」「氣」「樂」的性質是一致的。《禮記》〈樂記〉云：「地氣上齊，天氣下降，陰陽相摩，天地相蕩，鼓之以雷霆，奮之以風雨，動之以四時，暖之以日月，而百化興焉。」「夫民有血氣心知之性，而無哀樂喜怒之常，應感起物而動，然後心術形焉。是故志微噍殺之音作，而民思憂；嘽諧、慢易、繁文、簡節之音作，而民康樂；粗厲、猛起、奮末、廣賁之音作，而民剛毅；廉直、勁正、莊誠之音作，而民肅敬；寬裕、肉好、順成、和動之音作，而民慈愛；流辟、邪散、狄成、滌濫之音作，而民淫亂。」並且承接《荀子》〈樂論〉曰：「凡奸聲感人，而逆氣應之；逆氣成象，而淫樂興焉。正聲感人，而順氣應之；順氣成象，而和樂興焉。倡和有應，回邪曲直，各歸其分，而萬物之理，各以類相動也。」雖然將論說主旨定位於音樂（也包括詩）的政教功用上，但也因循了先秦哲學思想中的「氣」「人」合一之論，「血氣心知之性」（與《管子》〈內業〉中所言之「心氣」「血氣」意思相同）便是可以通過種種不同之「音」表現的稟性氣質。「氣」可以「清濁」分，由「氣」決定的「聲」也可以相應地分為「清聲」和「濁聲」，這是秦漢時期就已明確的認識。《大戴禮記》〈文王官人〉中對於「氣」與「聲」的關係做出過這樣的講釋：「誠在其中，此見於外，以其見，占其隱，以其細，占其大，以其聲，處其氣。初氣生物，物生有聲，聲有剛有柔，有濁有清，有好有惡，咸發於聲也。心氣華誕者，其聲流散；心氣順信者，其聲順節；心氣鄙戾者，其聲斯丑；心氣寬柔者，其聲溫好。信氣中易，義氣時舒，智氣簡備，勇氣壯直。」[5]這可以說是曹丕《典論》〈論文〉中「文氣」論的先聲。關於傳統「元氣」說與「人氣」「文氣」關係的早期表述，尚有《太平經》、劉劭《人物誌》等典籍中的一些文字，篇幅所限，不再引述，可以參考羅宗強先生的《魏晉南北朝文學思想史》[6]相關部分的論述。

南宋理學家真德秀《日湖文集序》中說得明白：「蓋聖人之文，元氣也。聚為日星之光耀，發為凡塵之奇變，皆自然而然，非用力可至也。自是以降，則視其資之厚薄，與所蓄之淺深，不得而遁焉。故祥順之人其言婉，峭直之人其言勁，嫚肆者無莊語，輕躁者無確詞，此氣之所發者然也。」[7]文風的「婉」「勁」「莊語」「確詞」與自然之元氣一脈相承。明代宋濂《林伯恭詩集序》[8]即以此說為依據論定詩風差異的根源：

5 〔清〕王聘珍：《大戴禮記解詁》，中華書局1983年版，第190-191頁。

6 《魏晉南北朝文學思想史》，中華書局1996年版。

7 《真文忠公文集》卷二十八，《四部叢刊》本。

8 《宋學士全集》卷六，《叢書集成》本。

> 詩，心之聲也。聲因於氣，皆隨其人而著形焉。是故凝重之人，其詩典以則；俊逸之人，其詩藻而麗；躁易之人，其詩浮以靡；苛刻之人，其詩峭厲而不平；嚴莊溫雅之人，其詩自然從容而超乎事物之表。如斯者，蓋不能儘數之也。

閱讀杜甫的詩作，就常常會由詩的「典以則」想到詩人心胸風範的「凝重」。清人劉熙載《藝概》〈詩概〉也說：「氣有清濁厚薄，格有高低雅俗。詩家泛言氣格，未是。」可見這是中國文人相當一致的看法，不論是正統的教化論者還是「異端」的性靈論者，都把這一認識當作發論的基點。

而中國文人特有的社會境遇，特別是封建社會成熟時期的生活狀況和入世之路，使他們往往由不自覺到自覺地傾心於具有悲抑色彩的厚重之「氣」的體認和表露。

例如《呂氏春秋》〈古樂〉中言：「昔陶唐氏之始，陰多滯伏而湛積，水道壅塞，不行其原，民氣鬱閼而滯著，筋骨瑟縮不達，故作為舞以宣導之。」依前文所引《說文解字》段注的解釋，「湛積」二字完全可以解讀為「沉鬱」。「鬱閼而滯著」也和「沉鬱」的意思相符，是說「氣」處於堵塞的狀態，類似於中醫所說的氣滯血淤、血脈不暢，直接影響人的所思所言，所以有「氣結不能言」（曹植《送應氏》詩句）之說。「筋骨瑟縮不達」字面上是在講人體的生理反應，但這樣的生理反應必然地會和心理上的抑鬱不快之感相通。有趣的是，《呂氏春秋》〈適音〉篇中即已講到了音樂的「清濁」，並且有具體的效果分析：

> 故樂之務，在於和心，和心在於行適。夫音亦有適。……太清則志危。以危聽清，則耳谿極，谿極則不鑑，不鑑則竭。太濁則志下。

以下聽濁，則耳不收。不收則不摶，不摶則怒。

依此之論，「氣」的清濁與「音」的清濁有著必然的連繫，並且可以表現為「怒」的情感特徵。《呂氏春秋》〈恃君覽〉中有〈達鬱〉一篇，篇中直接用了「沉鬱」的「郁」字談「精氣」問題：「凡人三百六十節，九竅五臟六腑。肌膚欲其比也，血脈欲其通也，筋骨欲其固也，心志欲其和也，精氣欲其行也。若此則病無所居，而惡無由生矣。病之留，惡之生也，精氣鬱也。故水鬱則為污，樹鬱則為蠹，草鬱則為蕢。國亦有鬱。主德不通，民欲不達，此國之鬱也。國鬱處久，則百惡並起，而百災叢至矣。」由人體生理的「精氣」之「鬱」引申為國家政事、君臣溝通的「鬱塞」，在生成原因、主要內涵、情感特徵諸方面都與「沉鬱」之「鬱」有很強的一致性。〈達鬱〉篇中特別指出：「鬱者不陽也。」「鬱」氣盛則陽氣衰，「鬱」是陽剛之氣的反面。後世有「陰鬱」之說，正與這樣的理念有關。眾所周知，原始音樂是詩、樂、舞三位一體的綜合藝術樣態，《呂氏春秋》〈古樂〉中「昔葛天氏之樂，三人操牛尾，投足以歌八闋」的描述就是一個典型的證據。「精氣」之「鬱」，與詩歌的風格有著內在的連繫。

西漢劉安率門客所撰的《淮南鴻烈》（《淮南子》）是兩漢時期美學思想含量最高的典籍，其中的《本經訓》沿用了《管子》〈內業〉中的「血氣」之言，指出「夫聲色五味，遠國珍怪，瑰異奇物，足以變心易志，搖蕩精神，感動血氣者，不可勝計也」，並且直接關係到人的言辭、藝術的表達方式和特徵：「凡人之性，心和欲得則樂，樂斯動，動斯蹈，蹈斯蕩，蕩斯歌，歌斯舞，歌舞節則禽獸跳矣。人之性，心有憂喪則悲，悲則哀，哀斯憤，憤斯怒，怒斯動，動則手足不靜。人之性，有侵犯則怒，怒則血充，血充則氣激，氣激則發怒，發怒則有所釋憾矣。故鐘鼓管簫，干戚羽旄，所以飾喜也。衰絰苴杖，哭踴有節，所以飾哀也。兵革羽旄，金鼓斧鉞，所以飾怒也。必有其質，乃為之文。」尤為強調因「氣激」而生的憂喪哀怒之「文」。類似的表述，常常可以見於包括文論、樂論在內的種種文字之中。這樣的觀點，對於古代審美意識、文學理論發生著重要的影響。如明末清初黃宗羲《謝皋羽年譜游錄注序》一文中即言：「夫文章，天地之元氣也。元氣之在平時，崑崙磅礴，和聲順氣，發自廊廟，而鬯浹於幽遐，無所見奇。逮夫厄運危時，天地閉塞，元氣鼓蕩而出，擁勇鬱遏，坌憤激訐，而後至文生焉。」如此而生的「至文」，必然是「沉鬱」之文。

曹丕的《典論》〈論文〉是古代文學理論中「文氣」論的創言之作，文中言「文以氣為主，氣之清濁有體，不可力強而致」，第一次明確地將表現於文中的個性氣質之「氣」與自然之「氣」的「清濁」對應而言。曹丕認為，「氣」的先天性質決定「文氣」的難以更替，前文所引李益「愴懷非外至，沉鬱自中腸」的見解可以說是意通於此。《典論》〈論文〉中以音樂為譬，正可以見出其觀念與古代「氣」「聲」之論的淵源關係。曹丕雖然沒有直接表明對「清氣」或「濁氣」的取捨觀點，但從他對缺乏力度的「齊氣」的不滿、對「成一家之言」的推重，以及後文中所表露的對生命價值的思考、對歷代自甘窮厄而立論著書的先賢的追慕可見，充滿深重思慮的「文氣」是曹丕的心儀，傾向性是較為明顯的。這樣的傾向，說明「文氣」論必然會超出「清」「濁」觀念的原始含義，導致更為廣泛、更加文學化的思考和闡發。曹丕的「文氣」論，不僅構成了中國文論中個性氣質決定風格特徵的風格論內核，也將深重的歷史人生思慮與文學風格連繫為一了。《典論》〈論文〉曰：「蓋文章，經國之大業，不朽之盛事。年壽有時而盡，榮樂止乎其身，二者必至之常期，未若文章之無窮。」又曰：「貧賤則懾於飢寒，富貴則流於逸樂，遂營目前之務，而遺千載之功，日月逝於上，體貌衰於下，忽然與萬物遷化，斯志士之大痛也。」從個人到群體、從當下境況到歷史教訓的痛切之思產生了銘心刻骨的結論，文學價值觀建立在對於個體生命有限性的醒悟、把握之中。正因為具有這樣的內涵講示，「文氣」的厚重深沉，甚至悲抑蒼涼便成了曹丕文學思想中的應有之旨。當時的文風也足以印證這一點。劉勰評價建安時期的詩文風貌時有「並志深而筆長，故梗概而多氣也」（《文心雕龍》〈時序〉）的經典之論，「志深而筆長」就是情志深遠，意味深長，這是文風「梗概而多氣」的內因。南宋敖陶孫《敖器之詩話》評「漢魏風骨」的奠基者曹操之詩用了「氣韻沉雄」四字，這是詩人慷慨悲涼之「氣」的詩化，「沉雄」是「沉鬱」的另一表達方式。

個性氣質之「氣」加上生命價值之「思」，導向了對深沉慨嘆的文風的肯定，促進了「沉鬱」文風的形成，為這一文風成為文人的主導文風奠定了基礎。後世的文論在討論文章的優劣時，往往繼承了曹丕的這一精神，如唐代裴度《寄李翱書》（見《全唐文》五三八）以「氣格」評文：

> 文之異，在氣格之高下，思致之淺深，不在其磔裂章句，隳廢聲律也。人之異，在風神之清濁，心志之通塞，不在於倒置眉目，反易冠帶也。

不但和曹丕一樣將人「氣」的清濁與文「氣」的高下視為相通之事，也同樣強調文中「思致」的主導意義。在歷代詩論中，對於源於詩人氣質的詩風有種種不同的分類、命名，往往難以見到代表輕快歡愉的類別，而與「沉鬱」相近或相關的風格卻多有表述。如鍾嶸《詩品》講「氣」與詩文，尤為強調怨情，「怨」字屢見於書中。唐代皎然《詩式》中有〈辨體有一十九字〉，其中有「放詞正直曰貞」「臨危不變曰忠」「持操不改曰節」「立性不改曰志」「風情耿介曰氣」「氣多含蓄曰思」「詞溫而正曰德」「心跡曠誕曰達」「傷甚曰悲」「詞調淒切曰怨」「立言盤泊曰意」「體裁勁健曰力」等說明。元代楊載《詩法家數》講「詩之為體有六：曰雄渾，曰悲壯，曰平淡，曰蒼古，曰沉著痛快，曰優游不迫」，與皎然之說頗為相似。顯然，「沉鬱之氣」與「沉鬱」之詩得到古代詩人的認可、應和，是與特定的文人境遇中產生的心態和審美需求密切相關的。

晚唐詩論家司空圖《送草書僧歸楚越》一文（見《全唐文》卷八〇七）中論書法兼及論詩：

故逸跡遒勁之外，亦恣為歌詩，以導江湖沉鬱之氣。

「氣」之「沉鬱」者，來自詩人所經歷的漂泊動盪的社會生活，是需要用詩歌的形式來洩導的。顯然，「沉鬱」對於中國文人文學具有原始構成因素的意義。

在古代哲學、美學的言說中，「濁氣」以及與之相關的人、文表現通常是含有貶義的。相反，「清氣」「清拔之氣」以及「清揚」「清越」之音、「清奇」之狀、「清麗」之言、「清幽」「清遠」之境等等皆為正面的美感。特定的社會狀況、文士心態，造成了文士追求思維的深厚和情志的深重，也使士人階層的審美意識生成了更為複雜的內涵，「沉濁」之「氣」在與美學標準的關係上走出了「濁」氣的限定，生發了「清」而不「揚」、「沉」而不「濁」的「沉鬱」風格。這是「沉鬱」觀重要的理念基礎，也是「沉鬱」作為審美範疇具有闡釋難度的重要原因。

第三節　「文典以怨」——文學中的「沉鬱」

由於作為一種心理狀態所具有的理性思慮、邏輯推斷的特點，「沉鬱」更為適宜於語言文字的表達方式，所以這一概念罕見於書論、畫論，它主要是作為文學理論範疇存在於中國美學思想史的。

在進入文學理論範疇之前，「沉鬱」已經成為中國文學家重要的創作思維特徵，甚至可以說已經形成了由「沉鬱」之思向「沉鬱」詩風的創作模式。除了前文論及的《楚辭》作品外，《詩經》中那些具有明顯的文士特徵的作品就已顯示了這一傾向，如〈小雅〉中的「皇皇者華，於彼原隰。征夫，每懷靡及」（〈皇皇者華〉），「昔我往矣，楊柳依依。今我來思，雨雪霏霏。行道遲遲，載渴載飢。我心傷悲，莫知我哀」（〈採薇〉），「節彼南山，維石岩岩。赫赫師尹，民具爾瞻。憂心如惔，不敢戲談。國既卒斬，何用不監」（〈節南山〉），「謂天蓋高？不敢不局。謂地蓋厚？不敢不蹐。維號斯言，有倫有脊。哀今之人，胡為虺蜴」（〈正月〉），「如何昊天？辟言不信。如彼行邁，則靡所臻。凡百君子，各敬爾身。胡不相畏，不畏於天」（〈雨無正〉）等等，現實謀略與天命常理都有所念及，並且不乏憂慮的深度。實際上，由於經過了士人階層在收集過程中的整理、改造，《詩經》作品的「沉鬱」色彩是相當普遍的。包括一些下層勞動者的歌詞，例如〈邶風〉〈北風〉中唱道：「北風其涼，雨雪其涼。惠而好我，攜手同行。其虛其邪！既亟只且！北風其喈，雨雪其霏。惠而好我，攜手同歸。其虛其邪！既亟只且！莫赤匪狐，莫黑匪烏。惠而好我，攜手同車。其虛其邪！既亟只且！」這原為衛國百姓逃離統治者暴政時唱出的歌謠（取高亨《詩經今注》說），但所用文辭頗為雅馴，完全可以和文士的懷才不遇、憤懣不平之情相通，類似於漢魏樂府詩的「梗概而多氣」。孔子已標舉過詩的「哀而不傷」（《論語》〈八佾〉）、「可以怨」（《論語》〈陽貨〉），就是詩在禮義規範原則下適度地表達不平之情的特點。濾除政教觀念的附會解說之外，我們也需承認：首先，在言志抒情的方式上，「詩」確實具有與「騷」不同的周代中原地區禮法意識熏染的特點，這一特點會在文士整理的過程中有意無意地受到強化，孔子之說也是言之有據；其次，孔子之說可以看作他「周監於二代，鬱鬱乎文哉」（《論語》〈八佾〉）、「一日克己復禮，天下歸仁焉」（《論語》〈顏淵〉）的理想的表露，而這一理想本身即為士人儒者式的，從而也是思慮化的。

漢末文人五言詩對於確立中國文人詩的傳統風格具有定型的意義。在這批集中體現文士心態的詩作中，深沉悲切的思想情緒已成為創作的重要依據。胡應麟《詩藪》評「古詩」曰：

蓄神奇於溫厚，寓感愴於和平；意愈淺愈深，詞愈近愈遠。

準確地揭示了其中的「沉鬱」精神。例如《古詩十九首》〈青青陵上柏〉：

「青青陵上柏，磊磊澗中石。人生天地間，忽如遠行客。鬥酒相娛樂，聊厚不為薄。驅車策駑馬，遊戲宛與洛。洛中何鬱鬱，冠帶自相索。長衢羅夾巷，王侯多第宅。兩宮遙相望，雙闕百餘尺。極宴娛心意，慼慼何所迫？」起興於沉重悲抑的眼前之景，進而引發從宏觀的生命圖景到微觀的個人身世的沉痛思考。結句及時行樂的自我勸慰非但沒有減輕思慮的沉重，反倒更加突出了思慮中的淒絕無望。「極宴娛心意，慼慼何所迫」如同《古詩十九首》〈行行重行行〉中的「棄捐勿復道，努力加餐飯」之言一樣不是思慮的終結，而是思慮的蔓延。漢末的這些「古詩」中對比意象多，詢問句式多，無不顯示著思慮的痕跡；並且，幾乎從每一首「古詩」中都可以讀到下面這類得自沉思深想的句子：「思君令人老，歲月忽已晚」，「人生寄一世，奄忽若飆塵」，「不惜歌者苦，但傷知音稀。願為雙鴻鵠，奮翅起高飛」（鍾惺在《詩歸》中就指出「願為雙鴻鵠，奮翅起高飛」二句有「幽懷曠想」的特點），「同心而離居，憂傷以終老」，「良無盤石固，虛名復何益」，「此物何足貢？但感別經時」，「盛衰各有時，立身苦不早」，「馳情整中帶，沉吟聊躑躅。思為雙飛燕，啣泥巢君屋」，「浩浩陰陽移，年命如朝露。人生忽如寄，壽無金石固」，「白楊多悲風，蕭蕭愁殺人。思還故里閭，欲歸道無因」，「生年不滿百，常懷千歲憂」，「孟冬寒氣至，北風何慘慄。愁多知夜長，仰觀眾星列」，「出戶獨彷徨，愁思當告誰？引領還入房，淚下沾裳衣」，「悵望何所言？臨風送懷抱」，「夜光照玄陰，長嘆戀所思。誰謂我無憂？積念發狂痴」，等等，「沉鬱」所包含的兩方面因素——情感的沉重和思想的深沉——都已有了充分的體現。《詩品》卷上評曰：「文溫以麗，意悲而遠，驚心動魄，可謂幾乎一字千金。」實際上已經指出了「古詩」中的這兩方面特徵。

在建安詩中，深沉悲切的思想情緒成為主要的情志內容，並注入了慷慨之氣，藝術上也更為成熟。如曹植《雜詩》其六向世人透露了建安詩歌「梗概多氣」的特定意思：「飛觀百餘尺，臨牖御櫺軒。遠望周千里，朝夕見平原。烈士多悲心，小人偷自閒。國仇亮不塞，甘心思喪元。拊劍西南望，思欲赴太山。弦急悲聲發，聆我慷慨言。」詩人心中的悲慨，是「國仇」和心志的交織壅塞，其中又包含著對於「烈士」精神的自詡以及與對於庸常「小人」的鄙夷。詩中的「甘心思喪元」和「思欲赴太山」意思相同，都是他在〈白馬篇〉一詩中表露的

「捐軀赴國難」之志。詩人以雄闊的寫景作為起興，繼之以拊劍馳思的形態描繪，使詩人之「思」的深沉厚重得到了強化。可以說，「漢魏風骨」的時代是「沉鬱」成為一種重要的詩歌風格的時代。也正是從這個時代開始，「沉鬱」——對社會、歷史、人生的深重情思在詩文中的含蓄表露，成為中國文人詩的一個顯要特徵和傳統，也逐漸成為詩作評估的一個正式的標準。

建安詩中的「沉鬱」體現了思想之「思」與文思之「思」更加自然的融合，「沉鬱」的文學理論意義此時得到了豐富而成熟的作品表現。對於「沉鬱」由來自創作實踐的審美感受而逐漸觀念化、導向文學理論術語的形成，「雅好慷慨」的漢魏詩文起到了重要的奠基作用，關鍵就在於這一時期的文人文學創作有史以來第一次全面地體現了生命價值的終極性思考，將隱含於此前詩文中的生命感悟提升為正面的追問，同時又將這一思考的結果表現得如此詩意盎然。清人楊倫《杜詩鏡銓》評杜甫《北征》《自京赴奉先縣詠懷五百字》二詩的「沉鬱頓挫」之風「無一語蹈襲漢魏，正深得其神理」，恰恰揭示了「漢魏風骨」與「沉鬱」詩風在精神上的承傳。

「沉鬱」見於文學理論著述，始於南朝梁代鍾嶸的〈詩品序〉。在這篇集中體現作者詩論思想的綱領性文字中，鍾嶸在稱頌他所處的時代的同時，讚譽倡導詩歌創作的梁武帝蕭衍「資生知之上才，體沉鬱之幽思，文麗日月，賞究天人」，明確地指出了「沉鬱」之文內在的「幽思」實質。此處的「沉鬱」，仍是指理性思維的深遠有致，但已涉及詩歌內容的表現和詩歌藝術的評賞。蕭統〈文選序〉以「事出於沉思，義歸乎翰藻」為選錄詩文的標準，也體現了南朝齊梁時期文論從一般性的「思」向文思轉化的認識過程。鍾嶸則將這一認識表述為更為純粹的文學理論。從〈詩品序〉和全書的評論文字中也可以看到，鍾嶸十分推重內涵充實、意蘊深厚的詩作，「靈衹待之以致饗，幽微藉之以昭告」，「文已盡而意有餘」，「干之以風力」，「使味之者無極，聞之者動心」，反對「文繁而意少」和「但用賦體」的「意浮」之作（均見於〈詩品序〉）。而〈詩品序〉中「嘉會寄詩以親，離群托詩以怨。至於楚臣去境，漢妾辭宮，或骨橫朔野，或魂逐飛蓬；或負戈外戍，殺氣雄邊，塞客衣單，孀閨淚盡；或士有解佩出朝，一去忘返；女有揚蛾入寵，再盼傾國：凡斯種種，感蕩心靈，非陳詩何以展其義，非長歌何以騁其情」一段充滿「沉鬱」之情的文字，更是鮮明地指出了詩人在作品中表露的深沉之思與變化動盪的社會生活的必然連繫。在對具體的五言詩作品進行品第時，詩意繫於現實風雲的深沉凝重是鍾嶸的重要尺度。如《詩品》評《古詩》的「意悲而遠，驚心動魄」，評託名李陵詩的「文多淒愴，怨者之流」，評曹植詩的「情兼雅怨」，評阮籍詩的「發幽思」，「頗多感慨之詞，厥旨淵放，歸趣難求」，評左思詩的「文典以怨」，「深於潘岳」，評應璩詩的「雅意深篤，得詩人激刺之旨」，評顏延之詩的「情喻淵深」等等，都與杜詩的「沉鬱」相近。經分析不難看出，鍾嶸雖然沒有對「沉鬱」二字做出具體的文學理論說明，但《詩品》全書的表述既重視五言詩文本的沉思的含義，沿用了「沉鬱」的原始語義，又大大開掘了詩作與沉思相關聯的審美情感含義。

對於傳統的「氣」「人」「文」的學說，鍾嶸是變通地加以繼承的。〈詩品序〉起始即曰：「氣之動物，物之感人，故搖盪性情，形諸舞詠。照燭三才，暉麗萬有。靈衹待之以致饗，幽微藉之以昭告。動天地，感鬼神，莫近於詩。」與傳統之論相比，鍾嶸增加了「搖盪性情」的表述，由「氣」到「文」的過程中「性情」的環節得到了空前的強調。〈詩品序〉引用《毛詩序》中的「故正得失，動天地，感鬼神，莫近於詩」之言單單捨棄了「正得失」，思慮中的政治教化因素明顯地減弱了。又如《詩品》中反覆言及「窮情寫物」「聞之者動心」「淒怨」「怨深文綺」「情兼雅怨」「愀愴之詞」「情寄八荒之表」「淒戾之詞」「感恨之詞」「情喻淵深」「悲涼之句」等，都體現了這一傾向。透過鍾嶸的視角，我們看到的是對「立德」「立功」「立言」甚至生命價值思考等「言志」內容的一次審美超越，是詩的本體意義的全新認識。

與曹丕等人的論說比較而言，《詩品》的一個重要的文學理論價值就在於完成了從哲理之「思」、倫理之「思」向詩理之「思」的轉型。因此，「沉鬱」二字中原來占據顯赫地位的「思想性」（理智性）就逐漸隱退於後，「情感性」趨於主導。鍾嶸的論述實際上顯示了這樣的提示作用：在文學領域內，「沉鬱」可以理解為審美情感的深沉和濃郁。

作為文學理論術語，「沉鬱」屢見於評論文字，往往與對杜甫詩作的評價和杜詩的影響有關。在杜詩被公認為「沉鬱」的典範之前，「沉鬱」二字可以說還沒有真正具備文學理論術語的正式「身分」，只是在一些和文學有關的文字中偶有顯現。例如北朝宇文逌《庾信集序》言：「復有陽春白雪之唱，郢中之曲彌高。秋風黃竹之詞，伊上之才尤盛。遂能弘孝敬，敘人倫，移風俗，化天下。兼夫吟詠情性，沉鬱文章者，可略而言也。」（見嚴可均校輯《全後周文》卷四「滕王逌」）此中「沉鬱」的意思仍為寫作時的沉思凝想，但已更為明確地表露了「沉鬱」文風與儒家人格觀念的關係。宇文逌在論及庾信的為人為文時言：「孝性自然，仁心獨秀，忠為令德，言及文詞。穿壁未勤，映螢逾甚。若乃德聖兩體，韓魯四詩，九流七略之文，萬卷百家之說，名山海上，金匱玉版之書；魯壁衛墳，縹帙緗囊之記，莫不窮其枝葉，誦其篇簡。」類似之言也可以證明：「沉鬱」與道德、學識修養的密切關係已經成為文人士子的一個共識。

在中國詩學體系基本完成的唐代以後，「沉鬱」才形成了較為明確的文學理論定位。這裡試舉兩例為說明。

例如司空圖《題柳柳州集後序》（見《全唐文》卷八〇七）論詩與文的關係時有這樣一段有趣的論述：

愚觀文人之為詩，詩人之為文，始皆系其所尚，既專則搜研愈至，故能銜其功於不朽。亦猶力巨而斗者，所持之器各異，而皆能濟勝以為勍敵也。嘗觀韓吏部歌詩累百首，其驅駕氣勢，若掀雷揭電，奔騰於天地之間，物狀奇變，不得不鼓舞而徇其呼吸也。其次，《皇甫祠部文集》所作，亦為遒逸，非無意於深密，蓋或未遑耳。今於華下方得柳詩，味其搜研之致，亦深遠矣。俾其窮而克壽，抗精極思，則固非瑣瑣者輕可擬議其優劣。又嘗觀杜子美《祭太尉房公文》，李太白佛寺碑贊，宏拔清厲，乃其歌詩也。張曲江五言沉鬱，亦其文筆也。

就「沉鬱」的文學理論意義而言，這段文字涉及了「沉鬱」的內涵和對張九齡五言詩「沉鬱」特色的評價。韓愈、皇甫湜、柳宗元等人以古文家名世，而他們的詩作也都具有氣勢遠大的特點，這與作者為文時「抗精極思」的「搜研」之功是緊密相關的；李白、杜甫之文所表現出的「宏拔清厲」也與他們的詩風相一致。張九齡的五言詩以「沉鬱」為主要特點，又與其文風相通。雖然作者並沒有直接說明「沉鬱」的詞義內涵，但從文中肯定性的表述可知，由「搜研」、著意於「深密」「抗精極思」的方式抵達「氣勢」「遒逸」「深密」「深遠」的程度為司空表聖所取，這些特點與本書前文所論述的「沉鬱」的構成因素是吻合的。作為唐代初期的著名詩人，張九齡的五言詩，特別是其《感遇》八首一類的作品，繼承了漢魏文人詩深摯樸茂的特色，在唐詩中是較為突出的。《詩歸》卷六鍾惺評漢末古詩《橘柚結華實》一首曰：

> 托物之旨，深宛巽順，得微賤自達高遠之義。上本《離騷》，下為陳正字、張曲江《感遇》諸詩語之祖。

鍾惺的評語就指出了陳子昂、張九齡的《感遇》詩繼承了自屈原之作到漢魏文人詩的基本精神和言辭特點。《詩歸》卷五評張九齡《歲初巡屬縣登高安南樓言懷》詩即云：「唐人五言古，惟張曲江有漢魏意脈。不使人摸索其字形音響，而遽知其為漢魏，我以為真漢魏也。」從詩中「山城本孤峻，憑高皆層軒」「目盡有餘意，心惻不可喧」「春及但生思（鍾惺評：「五字中有許多物事。」），時哉無與言」等詩句中確實可以感受到「漢魏意脈」的存在。又比如其《感遇》詩之七：「抱影吟中夜，誰聞此嘆息？美人適異方，庭樹含幽色。白雲愁不見，滄海飛無翼。鳳凰一朝來，竹花斯可食。」鍾惺評此詩曰：「擬古詩十九首，若如此作，便妙合無痕。」詩中確實可見「古詩十九首」式的情調甚至詞語。張九齡詩的「漢魏意脈」竟在何處？《詩歸》評其《感遇》詩言：「冰鐵老人見透世故，乃有此感。」（譚元春）「平平至理，非透悟不能寫出。」（鍾惺）「感慨蘊藉，妙於立言。」（鍾惺）即可以用「沉鬱」二字為概括的沉思深想、情感濃郁，是張詩與漢魏詩的共通之處。

就理論表述而言，影響最大的還是南宋嚴羽《滄浪詩話》〈詩評〉用「沉鬱」概括杜甫詩作的基本特徵。嚴羽以李、杜為範例，主要的目的是表明詩之「妙處」因人而異，並未具體解釋「沉鬱」的含義。但從《滄浪詩話》全書的內容知，嚴羽的「沉鬱」觀中包含著獨特的個性、雄壯而含蓄的筆力、開闊的氣勢和來自坎坷人生的動人之情。

對此可參見《滄浪詩話》〈詩辨〉中以李、杜為例時所採用的「雄渾」「悲壯」「優游不迫」「沉著痛快」等風格用語以及《詩評》中言「李、杜二公，正不當優劣」，二人的「妙處」相互「不能道」，「如金鳷擘海，香象渡河」，「唐人好詩，多是征戍、遷謫、行旅、離別之作，往往能感動激發人意」及嚴羽在《答出繼叔臨安吳景仙書》一文中言「雄渾悲壯之語，為得詩之體也」等。《滄浪詩話》獨特的理論地位使「沉鬱」作為杜詩的定評和詩學術語受到了更多的關注，使這一術語的文學理論內涵更加明確了。

《金史》〈元德明傳〉評元好問曰：「德明子好問為文有繩尺，備眾體，其詩奇崛而絕雕劌，巧縟而謝綺麗。五言高古沉鬱，七言樂府不用古題，特出新意。」所論元好問詩的諸特點是符合其作的實際狀況的；又將「沉鬱」與「高古」並稱，意為元好問五言詩所體現的「沉鬱」是無關於造作俗豔的高雅質樸，類似於「絕雕劌」「謝綺麗」的漢魏詩，都可以看出對「沉鬱」的理解與唐宋時期的認識是基本一致的。

又如元代辛文房《唐才子傳》卷一評初唐李百藥曰：「翰藻沉鬱，詩尤所長。」這一評語來自對新、舊《唐書》李百藥傳中用語的組合。成書於後晉的《舊唐書》論李百藥云：「藻思沉鬱，尤長於五言詩，雖樵童牧豎，並皆吟諷。」成書於北宋的《新唐書》文字小異於此：「翰藻沉鬱，詩尤其所長，樵廝皆能諷之。」可見「沉鬱」一語在五代、宋、元各代都是通行的。李百藥所作的《封建論》《讚道賦》等文字無疑是「沉鬱」的。其詩《全唐詩》存一卷，皆為五言，整體風格也是「沉鬱」的，試讀李百藥《秋晚登古城》一首：「日落征途遠，悵然臨古城。頹墉寒雀集，荒堞晚烏驚。蕭森灌木上，迢遞孤煙生。霞景煥余照，露氣澄晚清。秋風轉搖落，此志安可平！」雖仍有六朝詩人（如「二謝」）的痕跡，但已看得出某些杜詩的先兆。《晚渡江津》也是如此：「寂寂江山晚，蒼蒼原野暮。秋氣懷易悲，長波淼難泝。索索風葉下，離離早鴻度。丘壑列夕陰，葭菼凝寒霧。日落亭皋遠，獨此懷歸慕。」是杜甫「飄飄何所似？天地一沙鷗」之情。包括他那些被後世批評為宮廷豔情之作的詩，其實也往往具有某種「沉鬱」的成分，如《妾薄命》一詩：「團扇秋風起，長門夜月明。羞聞拊背入，恨說舞腰輕。太常先已醉，劉君恆帶酲。橫陳每虛設，吉夢竟何成？」在對於梁陳「宮體」詩典故、意象的承襲之下，也有與「秋風轉搖落，此志安可平」同樣的抑鬱情志。胡震亨《唐音癸籤》卷五也轉用了《舊唐書》的話，並舉李百藥「柳色迎三月，梅花隔二年」的詩句為例（按：詩句見《奉和初春出遊應令》一詩）。這一聯詩（包括整首）除了工整外也未見出色，倒是胡震亨「含巧於碩，才壯意新」的評語在一定程度上說出了李詩「沉鬱」的所在。從傳記可知，家學家教淵源，史家的眼界，勤於思考的習養，坎坷的仕途經歷，耿介的性情，以及文學才幹，是李百藥作品「翰藻沉鬱」的成因。

「沉鬱」在文學理論中自此有了這樣相對固定的定位，並且沿用始終。圍繞杜甫詩風的研究評論使「沉鬱」的思想和文學含義得到了實證的辨明。對這一範疇真正具有學理性的研究則出現較晚，我們將在後面的章節中論述。

第二章

文士情懷

第一節　「許身稷契」──「沉鬱」的人格觀因素

注重理智，長於思考，篤信「為文」與「為人」的統一，是文人、中國文人及中國文人詩的重要特點。「沉鬱」文風以及對這一文風的觀念認識正是這一特點的文學化表現，它集中地反映了封建時代的文人情懷。

中國古代文學理論中，多數範疇是可以通用於文人文學和民間文學的。但也有一些概念範疇包含了較多的知識教養因素和較多的理性思維內容，因而更加側重、適宜於文士階層的藝術品位，或者說是比較「雅化」的範疇，「沉鬱」即為其中之一。

文學理論的基本功能是對審美情感活動進行理性的把握和表述，不同的理論概念，特別是文學風格概念，實際上體現了審美情感在獲得理性認識方面的角度或程度差異。難以進行明確闡釋的文學概念往往代表著更為隱約微妙的審美感受，相對而言，自身具有較強的理性因素的審美感受在形成概念時就會容易一些，也就能夠接受較為充分的語言說明。在古代文學理論範疇中，「比」的了然與「興」的含混，「意象」的明晰與「意境」的朦朧，「情采」的眾口一說與「風骨」的歧解叢生等等，都證明了這種差異。杜甫的「沉鬱」比李白的「飄逸」具有更多的可釋性，也說明了「沉鬱」文風較強的理性特徵。就生成方式的意義而言，「沉鬱」在本質上是「情」「思」並行、「思」決定「情」的，用傳統的概念說，是「詩言志」之「志」的原初意義（志向，抱負）在起決定作用。

中國文士歷來重視情感活動中的思想性因素和思想的深刻性，並將這一關注帶入文學活動之中。在文學觀念真正確立之前，「詩言志」（《尚書》〈堯典〉）、「歌詩必類」（《左傳》〈襄公十六年〉）、「發乎情，止乎禮義」（《毛詩序》）、「詩人之賦麗以則，辭人之賦麗以淫」（揚雄《法言》〈吾子〉）一類的言論已經設定了理性、理智對文學活動的制約意義。魏晉時期是文學觀念走向明確的時期，同時也是以縝密的思辨為特徵的玄學成為時代思潮的時期，此時文學作品中的思辨意義更是得到了文士們的不斷強調。《世說新語》〈文學〉中有這樣的記載：

> 謝公因子弟集聚，問《毛詩》何句最佳？遏（按：謝玄的小字）稱曰：「昔我往矣，楊柳依依；今我來思，雨雪霏霏。」公曰：「訏謨定命，遠猷辰告。」謂此句偏有雅人深致。

謝安所謂「雅人深致」的論詩標準，正是文士階層所追慕的高雅深邃的思想。《詩經》〈大雅〉〈抑〉中的「訏謨定命，遠猷辰告」二句雖缺乏詩意，卻很有「思」意，適合於崇尚高深、標榜「高人雅士」的文士心態。而《詩經》中大量存在的那些典型的詩情表現反倒被後置了。又如同為《世說新語》〈文學〉中的另外兩個例子：

或問顧長康（按：顧愷之）：「君《箏賦》何如嵇康《琴賦》？」顧曰：「不賞者，作後出相遺。深識者，亦以高奇見貴。」

王孝伯（按：王恭）在京行散，至其弟王睹戶前，問：「古詩中何句為最？」睹思未答。孝伯詠「所遇無故物，焉得不速老？」「此句為佳。」

對於顧愷之這樣博學多才又自視甚高的文人學士來說，文學作品的妙處在於凡人難以會心的「高奇」，因此需要有高明深刻的見識才能瞭解。王恭所欣賞的，也是東漢《古詩》中反映生命思考的典型詩句。顯然，在以理性的態度審視文學作品的時候，文人往往是習慣於將思想、哲理的意義置於審美感受之上的。從「人」與「詩」的關係分析，以儒家思想為主體的傳統人格觀念在文學觀念形成的過程中發生著潛在的思維導向作用。

以血緣家庭關係為內在機制的宗法社會是中國古代社會的基本形態，這樣的社會形態在儒家學說中得到了人格意義的闡明。君臣父子、家國一體的社會意識決定了以人倫關係為「人」定位的倫理型人格觀成為士人階層的共識。儒家的人格論以孔子的「仁」學倫理觀為核心，視個體的責任義務為人格實現的標誌，「仁義禮智，孝悌忠信」雖然有時被解釋為「仁」的心性需求（例如孟子的「性善」論，韓愈的「性三品」論，王守仁的「良知」論等)，或被解釋為得自教化修養(例如孟子的「收其放心」論，荀子的「性惡」論，道學家的「人欲」論等)，實質上都是以社會性的人倫關係替代了人格構成因素中的個體性情。個人需求與社會體制的矛盾是社會倫理人格觀無法繞行的永久障礙，在暫時脫離有利於社會性人格得以實現的處境時(窮困於仕途、慘澹於生計或歸隱於山林)，「日三省吾身」「獨善其身」的理性方式便成了人格意識的支撐。然而人格的自我審視又不能完全離開情感化的心理體驗，「歲寒，然後知松柏之後凋也」(《論語》〈子罕〉)，「少無適俗韻，性本愛丘山」(陶淵明《歸園田居》)，「片雲天共遠，永夜月同孤」(杜甫《江漢》)，無一不是人格心理體驗的表露。而儒家人格觀尺度使得這一泓心性的溪水必然地流入「止乎禮義」的渠道，「沉鬱」的文風由是而生。

杜甫其人其作是這一現象的典型範例。

杜甫於天寶十三載(754)作《進雕賦表》進呈唐玄宗，文中以「沉鬱頓挫」四字自許其作：

臣之述作，雖不足以鼓吹《六經》，先鳴諸子，至於沉鬱頓挫，隨時敏捷，而揚雄、枚皋之流，庶可企及也。(《新唐書》〈杜甫傳〉)

這原為杜甫對自己賦作的肯定。隨著杜甫詩作的影響逐漸擴大，「沉鬱頓挫」遂成為評價杜詩的專用術語，進而「沉鬱」又成為古代文學理論中使用頻率頗高的一個概念，並得到了歷代文學理論家從杜詩評論、詩文風格理論等各方面的闡發。

杜甫的人生理想是「許身一何愚，竊比稷與契」(《自京赴奉先縣詠懷五百字》)，「一生懷忠國濟時之志」(《昭昧詹言》卷八論杜甫)，劉熙載《藝概》〈詩概〉中對杜甫「只在儒家界內」的斷語人所熟知。杜甫在一生的絕大多數時間裡是一個「奉儒守官」(《進雕賦表》)的儒者，他選擇了傳統的科舉考試、求官履職之路來實現自己「致君堯舜上，再使風俗淳」(《自京赴奉先縣詠懷五百字》)的抱負。然而命運並沒有垂青於杜甫，獻《三大禮賦》時「集賢學士如堵牆，觀我落筆中書堂」(《莫相疑行》)的一時風光很快成了過眼雲煙。兩次落第和「安史之亂」中的坎坷遭遇，任職玄宗、肅宗兩朝皆不得重用，逃亡、辭官、隱居、喪子、老病，使他的人格觀念中「獨善」不忘「兼濟」的色彩更加深重。杜甫一生視朝綱的重振和自身價值的實現為一體，人格理想與現實的牴牾使他「忠義感慨，憂世憤激，一飯不忘君」(南宋樓鑰《攻媿集》)，長期處於道義和人格的雙重情結之中。不滿現實的心態與禮義道德信仰矛盾、混雜，經過頭腦中規範而嚴謹的儒學思想體系的整理，訴諸筆端的，只能是既不激揚也不褊狹的「沉鬱」了。正如北宋晁說之《杜詩》詩云：「古人愁在吾愁裡，庾信江淹可共論。孰似少陵能嘆息，一身勞落識乾坤。」個人的漂泊和天下的不定在杜甫的內心深處是時時交織為一的，這是其詩「沉」而不滯、「鬱」而不狹的根本原因。正如胡應麟《詩藪》內編卷五評杜甫「三年笛裡關山月，萬國兵前草木風」二句曰：「以和平端雅之調，寓憤鬱淒悷之思。」真可謂有識之論。這就是杜詩的「沉鬱」——寄托在沉著蘊藉的言辭中的博大深厚的內心情志。宋代趙次公《草堂記略》云：「惟杜陵野老，負王佐之才，有意當世，而骯髒不偶，胸中所蘊，一切寫之以詩。其曰：『許身一何愚，自比稷與契。』又曰：『致君堯舜上，再使風俗淳。』此其素願也。至其出處，每與孔孟合。」[1]指出是儒家的政

1 〔清〕仇兆鰲：《杜詩詳註》「附編」，中華書局1979年版，第2248頁。

治道德觀念在發生著潛在的作用。清代方東樹《昭昧詹言》論及杜甫詩有「用意用筆，怨而不怒」（卷二）的儒家詩教論特徵，甚至說：「杜集、韓集皆可以當一部經書讀。」（卷八）陳廷焯《白雨齋詞話》屢屢言及「溫厚以為體，沉鬱以為用」（序），「性情之厚」（卷一）等等，元人劉壎在《隱居通議》〈詩歌二〉中也說：「沉鬱頓挫，哀而不傷，發乎情，止乎禮義之言也。」類似之論雖不免誇大了儒家教條對杜詩風格的作用，卻也指出了「沉鬱」的詩風與儒家人格觀、文學觀的這層關係。

杜甫作詩提倡「轉益多師」，格調、手法皆富於變化，但「沉鬱」始終是主導風格。浦起龍說《聞官軍收河南河北》是杜甫「生平第一首快詩」（《讀杜心解》卷四之一），「快」者輕靈暢快，恰與「沉鬱」相對，被視為杜詩中的特異現象，即為一證。試讀這些具有典型的「老杜」風韻的詩句：

造化鐘神秀，陰陽割昏曉。蕩胸生層雲，決眥入歸鳥。（《望岳》）

高標跨蒼穹，烈風無時休。自非曠士懷，登茲翻百憂。（《同諸公登慈恩寺塔》）

國破山河在，城春草木深。感時花濺淚，恨別鳥驚心。（《春望》）

歲暮陰陽催短景，天涯霜雪霽寒宵。五更鼓角聲悲壯，三峽星河影動搖。（《閣夜》）

夔府孤城落日斜，每依北斗望京華。聽猿實下三聲淚，奉使虛隨八月槎。（《秋興八首》其二）

吳楚東南坼，乾坤日夜浮。親朋無一字，老病有孤舟。（《登岳陽樓》）

片雲天共遠，永夜月同孤。落日心猶壯，秋風病欲蘇。（《江漢》）

獨特的意象、聲韻組合所傳達的感受是深遠中的沉重，開闊中的細膩，悲愴中的信念。杜甫的詩集中常有譬如《獨立》《獨坐》《獨酌》《倚杖》《愁坐》《登高》《登樓》《不寐》《野望》一類「獨立蒼茫自詠詩」（《樂遊園歌》）的詩人自我寫照，如《獨坐》一詩：

悲秋回白首，倚杖背孤城。
江斂洲渚出，天虛風物清。
滄溟恨衰謝，朱紱負平生。
仰羨黃昏鳥，投林羽翮輕。

在這樣的詩裡，沒有「蕩滌放情志」（漢末《古詩十九首》）的自我解脱，沒有「俱懷逸興壯思飛」（李白《宣州謝朓樓餞別校書叔雲》）的豪情勃發，更沒有「釣罷歸來不繫船，江村月落正堪眠」（司空曙《江村即事》）的閒情逸致，責任、道義的沉重和自我思慮的深重，使詩人的成詩過程如同尋徑於幽谷、曳足於泥途一般，既「沉」且「鬱」的情調滲透於字裡韻間。

這是未能「兼濟」的不甘，是強為「獨善」的不易。

前引司空圖《送草書僧歸楚越》一文中言：「故逸跡遒勁之外，亦恣為歌詩，以導江湖沉鬱之氣，是佛首而儒其業者也。」（見《全唐文》卷八〇七）這段話的末句很可以玩味：「歌詩」中的「沉鬱之氣」與儒家信奉的事業觀有著必然的連繫。宋代范溫《潛溪詩眼》評杜甫《奉贈韋左丞丈二十二韻》一詩曰：「自『甫昔少年時』至『再使風俗淳』，皆儒冠事業也。」（見《苕溪漁隱叢話》前集卷十）其「業」為「儒」，則入世求功，忠君愛民，崇尚禮法，則信奉「一簞食，一瓢飲，在陋巷，人不堪其憂，回也不改其樂」（《論語》〈雍也〉）、「三省吾身」（《論語》〈學而〉）、「克己復禮」（《論語》〈顏淵〉）、「生亦我所欲也，義亦我所欲也；二者不可得兼，捨生而取義者也」（《孟子》〈告子上〉）；由此而「恣為歌詩」，則吟唱「丈夫誓許國，憤惋復何有」（杜甫《前出塞》）、「蓋棺事則已，此志常覬豁。窮年憂黎元，嘆息腸內熱」（《自京赴奉先縣詠懷五百字》）、「漢運初中興，平生老耽酒。沉思歡會處，恐作窮獨叟」（《述懷一首》）、「維時遭艱虞，朝野少暇日。顧慚恩私被，詔許歸蓬蓽」（《北征》）。這種普遍縈繞於中國文人士子胸中的追賢求聖、以天下為己任的情志是杜詩注定「沉鬱」的根本條件，也是受過正統封建教育的文人、詩人大多服膺杜甫及杜詩的主要原因。

第二節　「根柢風騷」——「沉鬱」與詩學傳統

杜詩「沉鬱」詩風的形成，與傳統詩學精神的繼承關係十分密切。除了對儒家詩觀念所決定的「言志」觀的繼承外，屈原等前輩詩人抑鬱、發憤的精神也極大地影響了杜甫的詩歌構思和創作。歷代都有不少詩人從杜詩中讀出了屈原《離騷》的情志，例如宋代張方平《讀杜工部詩》云：「文物皇唐盛，詩家老杜豪。雅音還正始，感興出《離騷》。」王玄《吊耒陽杜墓》詩中亦云：「才高憂負國，身沒耒陽城。雖葬先生骨，難埋《騷》《雅》名。」明代張翔《吊杜墓》云：「迢遞來南紀，倉皇問北征。詩通高叟固，才到屈原清。」清人彭而述《耒陽道中留杜少陵祠》云：「忠愛生前事，《離騷》死後鄰。」杜甫對屈原及屈原作品的崇尚以及有意識的取法，首先是基於宗法社稷、道德操守及自我信念上的認同。

屈原雖然不在「儒家界內」，但其宗法、道德觀念與儒家思想有著價值觀上的一致。《昭昧詹言》卷八指出：「朱子論屈子《九章》，以為：『其詞大抵多直致，無潤色。而《惜往日》《悲迴風》，又其臨絕之音，以故顛倒重複，倔強疏鹵，尤憤懣而極哀悲（按：他本朱熹《楚辭集注》或作「悲哀」），讀之使人太息流涕而不能已。』愚謂杜公居夔居潭諸詩，正是如此。」又言「杜公立志，許身稷契，全與屈子同。讀《離騷》久，自見之」。在通過「顛倒重複，倔強疏鹵」的文辭表達「憤懣而極哀悲」之情方面，杜甫與屈原相通，根本原因就在於「許身稷契」之志的相同。這是前文所論的杜甫儒家人格觀念所形成的自然趨向，「沉鬱」詩風是這一趨向的審美形式化的結果。

杜甫詩中多有涉及屈原之處。如《天末懷李白》詩云：「文章憎命達，魑魅喜人過。應共冤魂語，投詩贈汨羅。」詩人同情的目光從生不逢時的李白延伸到了不容於世的屈原，同情之外的含義是對屈、李二人獨立孤傲的人格的肯定。《最能行》詩云：「此鄉之人氣量窄，誤競南風疏北客。若道士無英俊才，何得山有屈原宅？」與《壯游》詩中「氣劘屈賈壘，目短曹劉牆」的意思一樣，屈原顯然是詩人心目中學識教養的最高表率。《追酬故高蜀州人日見寄》詩追憶高適曰：「嗚呼壯士多慷慨，合沓高名東寥廓。嘆我淒淒求友篇，感君鬱鬱匡時略。」高適為杜甫所看重的既有「慷慨」耿介的性情，又有經邦濟世的理想信念，這樣的特徵恰恰使詩人想到了屈原，因而有了此詩結句中的比喻：「長笛鄰家亂愁思，昭州詞翰與招魂！」這是寄語友人昭州敬超先（見詩前序文），希望他能替自己撰文悼念高適。

《昭昧詹言》所言堪與屈原之作相比的「杜公居夔居潭諸詩」是杜甫後期的作品，其主要特點就是創作心態更為悲抑，藝術表現更為純熟，而這兩方面在杜詩中實不可截然分開。比如以下這些「居夔居潭」時的心聲吐露：

苦心豈免容螻蟻，香葉終經宿鸞鳳。志士幽人莫怨嗟，古來材大難為用。（《古柏行》）

白帝城中雲出門，白帝城下雨翻盆。高江急峽雷霆斗，古木蒼藤日月昏。（《白帝》）

關塞極天惟鳥道，江湖滿地一漁翁。（《秋興八首》其七）

彩筆昔曾干氣象，白頭吟望苦低垂。（《秋興八首》其八）

隔河憶長眺，青歲已摧頹。不及少年日，無復故人杯。賦詩獨流涕，亂世想賢才。（《昔游》）

鸛鶴追飛靜，豺狼得食喧。不眠憂戰伐，無力正乾坤。（《宿江邊閣》）

江草日日喚愁生，巫峽泠泠非世情。盤渦鷺浴底心性？獨樹花發自分明！十年戎馬暗萬國，異域賓客老孤城。（《愁》）

萬里悲秋常作客，百年多病獨登台。（《登高》）

重陽獨酌杯中酒，抱病起登江上台。（《九日》）

達士如弦直，小人似鉤曲。曲直吾不知，負暄候樵牧。（《寫懷二首》）

老病南征日，君恩北望心。百年歌自苦，未見有知音。（《南征》）

春去春來洞庭闊，白蘋愁殺白頭翁。（《清明二首》）

致君堯舜付公等，早據要路思捐軀。（《暮秋枉裴道州手札，率爾遣興，寄遞呈蘇渙侍御》）

天地空搔首，頻抽白玉簪。皇輿三極北，身事五湖南。戀闕勞肝肺，論才愧杞楠。亂離難自救，終是老湘潭。（《樓上》）

雲白山青萬餘里，愁看直北是長安。（《小寒食舟中作》）

故國莽丘墟，鄰里各分散。歸路從此迷，涕盡湘江岸。（《逃難》）

水闊蒼梧野，天高白帝秋。途窮那免哭？身老不禁愁。（《暮秋將

歸秦，留別湖南幕府親友》）

雖然與屈原作品的「楚歌」形式不同，也沒有屈作那種「詭異之辭」「譎怪之談」（《文心雕龍》〈辨騷〉）的意象、格調，但對照閱讀屈、杜二人的作品就會容易地發現：在身處逆境不忘君主國事、窮困抑鬱仍舊長歌當哭的精神境界上，杜甫與屈原是如此地如出一轍，包括隱現於杜詩中的山巔水畔孤獨行吟的詩人自我寫照，字句之間處處可見「懷質抱情，獨無匹兮」（屈原《懷沙》）的「三閭大夫」身影。難怪後世的讀詩者總是由杜甫自然地想到屈原。比如同樣是憑弔杜甫墓的有感之作，韓愈的《題杜子美墳》便從「英豪雖沒名猶佳」的杜甫聯想到「忠諫便沉汨羅底」的屈原，羅隱的《經耒陽杜工部墓》中也有「屈原宋玉憐居處，幾駕青螭緩鬱陶」的詩句，並悟到了同樣湧動於屈、杜胸中的「鬱陶」之情。

似乎並非偶然：這一時期的杜甫詩中常常出現「沉鬱」之「鬱」的字樣。如《壯游》詩云：「小臣議論絕，老病客殊方。鬱鬱苦不展，羽翮困低昂。」《追酬故高蜀州人日見寄》詩云：「嘆我淒淒求友篇，感君鬱鬱匡時略。」《聶耒陽以僕阻水，書致酒肉，療饑荒江，詩得代懷，興盡本韻。至縣，呈聶令。陸路去方田驛四十里，舟行一日，時屬江漲，泊於方田》詩云：「孤舟增鬱鬱，僻路殊悄悄。」《風疾舟中伏枕書懷三十六韻奉呈湖南親友》詩云：「鬱鬱冬炎瘴，濛濛雨滯淫。」皆為典型的「杜公居夔居潭」之作。

而「沉鬱」之「鬱」在屈原的筆下原本也有很高的復見率，如《離騷》云：「忳鬱邑余侘傺兮，吾獨窮困乎此時也！」「曾歔欷余鬱邑兮，哀朕時之不當。」《九章》諸篇中「鬱」字更為常見，如《惜誦》云：「心鬱邑余侘傺兮，又莫察余之中情。」「背膺牉以交痛兮，心鬱結而紆軫。」《哀郢》云：「慘鬱鬱而不通兮，蹇侘傺而含戚。」《抽思》云：「心鬱鬱之憂思兮，獨永嘆乎增傷。」《懷沙》云：「鬱結紆軫兮，離慜而長鞠。」《悲迴風》云：「愁鬱郁之無快兮，居慼慼而不可解。」這些不僅字詞相同相類，在運用這類字詞的語氣上與杜詩也相當吻合。

通過前文對於杜甫其人其詩的分析可以知道，屈、杜作品中的這一現象顯然不是什麼詞語選用上的巧合，而是「沉鬱」心態的同氣相求，繼而到「沉鬱」詩風的同聲相應。屈原的「離騷」精神就是「遭憂作辭」（取班固說）、將牢騷之情雅化詩化的精神，就必然成為「情兼雅怨」（見前引鍾嶸《詩品》評曹植語）、「白頭吟望苦低垂」、「獨立蒼茫自詠詩」的「沉鬱」。

清人陳廷焯《白雨齋詞話》對「沉鬱」概念有深入的論述，這方面的問題我們將在下一章討論，這裡先讀一則書中與《楚辭》有關的論詞之言。《白雨齋詞話》卷一云：

> 不根柢風騷，烏能沉鬱？十三國變風，二十五篇楚詞，忠厚之至，亦沉鬱之至，詞之源也。

通過杜甫和屈原在「沉鬱」問題上的「根柢」的關係可以看到，屈原在人格信念、情志表述兩方面都建立了一種極具代表性的文人模式，而這一文人模式的本質，是維繫於專制政治體制的政治理想與個體性情抱負的衝突。體制的強大、個體意願的執著決定了這一衝突的不可調和，導致「殉道」式的自我克制和含蓄節制的情懷吐露，從而也決定了「沉鬱」成為生存於體制內的中國文人的典型文風，以及這類文風所必然具有的悲劇性美感。鍾嶸《詩品》評曹植詩用了「情兼雅怨」四字，正說明文人抒情詩往往成為順從之「雅」與牴觸之「怨」

的容器。與屈原相比，杜甫有了成熟的儒家政治禮教文化的思想背景，因此他的「沉鬱」中少了「露才揚己，憤懟沉江」（班固〈離騷序〉評屈原）的個性張揚，更多地呈現為「慷慨微婉，能使人有孤臣孽子，擯棄不容之感，遁世絕俗之悲」[2]，從而更為多在「儒家界內」的中國文士所接受。屈原在中國的詩文評論中有反差很大的褒貶（如兩漢時期的屈原評論），而杜甫獲得的是幾乎眾口一聲的推崇，主要原因即在於此。蘇軾《王定國詩集敘》中即言：「昔先王之澤衰，然後變風發乎情，雖衰而未竭，是以猶止於禮義，以為賢於無所止者而已。若夫發於性止於忠孝者，其詩豈可同日而語哉！古今詩人眾矣，而子美獨為首者，豈非以其流落飢寒，終身不用，而一飯未嘗忘君也歟？」[3]李綱〈湖海集序〉也有如下之說：「三百六篇，變風變雅，居其大半，皆箴規戒誨美刺傷閔哀思之言。而其言，則多出仁人當時不遇，忠臣不得志，賢士大夫欲誘掖其君，與夫傷讒思古，吟詠情性，止乎禮義，……王者跡息而詩亡，詩亡而後《離騷》作。《九歌》《九章》之屬，引類比義，雖近乎悱，然愛君之誠篤，而疾惡之志深，君子許其忠焉。漢唐見以詩鳴者多矣，獨杜子美得詩人比興之旨，雖困躓流離而心不忘君，故其詞章慨然有志士仁人之大節，非止摹寫物像風容色澤而已也。」[4]由此可見杜詩的「沉鬱」在中國文學精神延續線索中的特殊意義。

2　〔清〕仇兆鰲：《杜詩詳註》「附編．諸家論杜」錄方沆評杜甫語，中華書局1979年版，第2321頁。

3　《蘇軾文集》第1冊，中華書局1986年版，第318頁。

4　〔清〕仇兆鰲：《杜詩詳註》「附編．諸家論杜」，中華書局1979年版，第2319頁。

第三節　沉鬱為用——杜詩藝術的典範意義

杜甫以其傑出的詩歌創作使「沉鬱」的內涵更加鮮明了，並為這一潛在的觀念走向理論化提供了實在的基礎。

「沉鬱」之思醲造出「沉鬱」之詩，這種情調在杜詩中得到了充分的體現。不僅在那些典型的憂國憂民、自述抱負的「寄託」詩作中處處可見，「沉鬱」的情調也可以見於杜甫筆下清淺小景的描寫：

雨中百草秋爛死，階下決明顏色鮮。著葉滿枝翠羽蓋，開花無數黃金錢。（《秋雨嘆》其一）

甚至見於自遣文字：

淺把涓涓酒，深憑送此生。（《水檻遣心》其二）

甚至調笑筆墨：

西漢親王子，成都老客星。百年雙白鬢，一別五秋螢。（《戲題寄上漢中王》其一）

類似的詩句在杜甫詩集中可以說是開篇即是。故明代許學夷《詩源辯體》在論及杜甫五言律詩時即指出「沉雄渾厚者是其本體，而高亮者次之」，有些略有變化的作品「氣格遒緊而語復矯健」（卷十九）。沒有輕鬆的愉悅，不做隨意的言笑，天地歲月、人生家國的深重之感無從化解，凝聚於形式嚴謹又富於變化的詩作中，使「沉鬱」的情志與詩歌風格更加融合為一體，形成了詩人杜甫最突出的整體特點。

對於杜甫其人其作「沉鬱」之風的論析是「沉鬱」作為文學理論範疇存在的重要方式，甚至可以說是主要方式。

在杜甫所處的時代及中唐以後，已經有人對杜詩的「沉鬱」詩風有所體察。元稹的《唐檢校工部員外郎杜君墓系銘》序文是評價杜甫的經典之論，其中申述了風雅傳統的變遷，提到建安詩的「遒文壯節，抑揚怨哀悲離之作，尤極於古」，讚美了杜詩的「盡得古今之體勢，而兼人人之所獨專矣」，認為杜詩的藝術特徵是十分鮮明的：「辭氣豪邁而風調清深，屬對律切而脫棄凡近。」是「清深」的筆調中蘊藏的「豪邁」之氣，已經涉及了和「沉鬱」相關的「壯」與「深」的特徵。較為明顯的有杜甫的友人任華的《雜言寄杜拾遺》詩（見《全唐詩》卷二百六十一），詩中以「勢攫虎豹，氣騰蛟螭，滄海無風似鼓蕩，華岳平地欲奔弛。曹劉俯仰慚大敵，沈謝逡巡稱小兒」的詩句讚美杜詩，其中比喻性的言辭是說杜詩氣勢宏大而又志趣深重；以「曹劉」為杜詩之「敵」，以「沈謝」為杜詩可以輕看之輩，正說明任華已將杜詩歸於蒼勁悲壯的「漢魏風骨」之列，而非清詞麗句的南朝之作。韓愈極為推崇杜甫的為人為詩，他從杜詩中讀出的也是「沉鬱」，故其詩曰：「怨聲千古寄西風，寒骨一夜沉秋水。」（《題杜子美墳》）前引羅隱《經耒陽杜工部墓》中「屈原宋玉憐居處，幾駕青螭緩鬱陶」之句，「鬱陶」之情的感受當然也是來自杜詩自身的表露。中唐以後，杜詩的影響漸大，「沉鬱」字樣也更多地出現在詩文創作中，如韋應物《寄李儋幼遐》：「感此窮秋氣，沉鬱命友生。」柳宗元《閔生賦》：「閔吾生之險厄兮，紛喪志以逢尤。氣沉鬱以杳渺兮，涕浪浪而常流。」都與杜甫的深沉悲慨一致。當然不能將這些詩文中的「沉鬱」字樣或表現的風格一併歸於杜詩的直接影響，但杜甫詩的精神氣質和藝術風貌畢竟為中後期的唐詩樹立了一個引起文士階層廣泛共鳴的範式，這一範式的基本特徵就是「沉鬱」。盛唐時殷璠的《河岳英靈集》未選杜詩，朱東潤《中國文學批評史大綱》認為原因在於「杜甫之詩，與當時諸家體調皆不相合」，實際上主要原因是杜甫年輩較晚，當時尚未進入創作的高峰時期。[5]但朱先生的說法也不無依據和道理，南宋姚寬《西溪叢話》即已談到：「殷璠為《河岳英靈集》不載杜甫詩，……彼必各有意也。」王贊《玄英先生詩集序》云：「杜甫雄鳴於至德、大曆間，而或不尚之。」袁枚《隨園詩話》卷七也有類似的說法：「殷璠選《河岳英靈集》，不選杜少陵；高仲武選《中興間氣集》，不選李太白，所謂各從其志也。」如果說他們的判斷有一定偏差，原因就在於杜詩風格在唐詩中所具有的「脫棄凡近」的獨特之處。典型的杜詩與典型的「盛唐氣象」之作確實有「體調」的不合，宏觀而言，就是「沉鬱」與雄健高亢的不同，對此唐五代的詩論家就已有所認識。比如任華在《雜言寄杜拾遺》詩中云：「杜拾遺，知不知，昨日有人誦得數篇黃絹詞，吾怪異奇特借問，果然稱是杜二之所為。勢攫虎豹，氣騰蛟螭，滄海無風似鼓蕩，華岳平地欲奔馳。」已經品出了杜詩中深厚博大與奇異不凡並存的特色，正是這一特色使杜詩在已經形成時代「氣象」的盛唐詩家中格外引人矚目。唐末韋莊編集的唐詩選本《又玄集》是唐人選唐詩中較為全面的一種，該書就把杜詩列在上卷之首，作品數量也最多，入選的詩作在不同的程度上體現了杜詩的「沉鬱」之風，其中《遣興》（「干戈猶未定，弟妹各何之」）等詩更是堪稱「沉鬱」詩風的典範。

宋代是一個中國傳統文人精神被全面上升到理性認識的時期，也

---

5 詩人可參見王運熙、楊明在《唐代文學論叢》1982年第1期發表的《〈河岳英靈集〉的編集年代和選錄標準》一文和他們在《隋唐五代文學批評史》中的有關論述。

是古典詩學全面成熟的時期。在這樣的條件下，杜詩的「沉鬱」風格得到了進一步認識和充分的表述。蘇舜欽極為崇尚杜甫，他在《題杜子美別集後》[6]一文中談到整理杜詩的感受時說：

> 豪邁哀頓，非昔之攻詩者所能依倚，以知一出於斯人之胸中。

在蘇舜欽看來，發自內心的「豪邁」與「哀頓」這兩種不同的風格因素在杜詩中融為一體，也就是元稹所說的「辭氣豪邁而風調清深」，秦觀所說的「子美窮高妙之格，極豪邁之氣，包沖澹之趣」[7]，具備了深厚悲壯的美感，是可以用「沉鬱」二字作為概括的。李綱則以《毛詩序》的准則衡量杜詩，看到了「沉鬱」風格中的傳統儒家人格觀的底蘊：「三百六篇，變風變雅，居其大半，皆箴規戒誨美刺傷閔哀思之言。則多處當時仁人不遇，忠臣不得志，賢士大夫欲誘掖其君，與夫傷讒思古，吟詠情性，止乎禮義，有先王止澤，故日詩可以群，可以怨。……王者跡息而詩亡，詩亡而後《離騷》作。《九歌》、《九章》之屬，引類比義，雖近乎悱，然愛君之誠篤，而疾惡之志深，君子許其忠焉。漢唐間以詩鳴者多矣，獨杜子美得詩人比興之旨，雖困躓流離而心不忘君，故其詞章慨然志士仁人之大節，非止摹寫物像風容色澤而已也。」（《湖海集序》）又云：「蓋自開元、天寶太平全盛之時，迄於至德、大曆干戈離亂之際，子美之詩凡千四百四十餘篇，其忠義氣節，羈旅艱難，悲憤無聊，一寓於此。」（《校定杜工部集序》）如同杜甫對屈原的崇尚一樣，這類評杜之論主要發自對杜甫「沉鬱」詩

6　《蘇舜欽集》，上海古籍出版社1981年版，第172頁。

7　〔清〕仇兆鰲：《杜詩詳註》「附編・諸家論杜」，中華書局1979年版，第2318頁。

風中人格精神的認同。嚴羽《滄浪詩話》〈詩評〉用「沉鬱」概括杜甫詩作的基本特徵，並以李、杜的對比和具體作品為說明：「子美不能為太白之飄逸，太白不能為子美之沉鬱。太白《夢遊天姥吟》《遠別離》等，子美不能道；子美《北征》《兵車行》《垂老別》等，太白不能作。」嚴羽提到的這三首杜詩集中表現了杜甫對於個人命運、國家政局和人民疾苦的痛切之思，確屬典型的「沉鬱」之作。雖然嚴羽「論詩以李杜為準，挾天子以令諸侯」之說曾為後人所非議（如錢振鍠《謫星說詩》），但「飄逸」和「沉鬱」的概括卻頗為精妙傳神，故為後世論者所接受。

「沉鬱」詩風和「沉鬱」觀念的美學意義主要在於審美情感表達的含蓄蘊藉——也就是詩化，或者說，是通過深沉的理性思慮（而不是「直致」所得的自然興會）和深入的詞語飾煉（而不是皎然《詩式》所否定的「不假修飾，任其醜樸」）使情感活動審美化，進而詩歌文本化。在這一意義上，杜詩提供了經典的示範。杜甫《秋興八首》之三的後四句曰：「匡衡抗疏功名薄，劉向傳經心事違。同學少年多不賤，五陵衣馬自輕肥。」顧宸《杜詩註解》卷四引李夢沙的評語云：「四句合看，總見公一肚皮不合時宜處。言同學少年既非抗疏之匡衡，又非傳經之劉向，志趣寄托，與公絕不相同，彼所謂富貴赫奕，自鳴其不賤，不過五陵衣馬自輕肥而已。極意夷落語，卻只如歎羨：乃見少陵立言蘊藉之妙！」杜甫名篇《江南逢李龜年》也是含蓄蘊藉的典範之作：「岐王宅裡尋常見，崔九堂前幾度聞。正是江南好風景，落花時節又逢君。」黃生《杜詩說》解出了此詩平易之句中的「沉鬱」：「此詩與《劍器行》同意，今昔盛衰之感，言外黯然欲絕。見風韻於行間，寓感慨於字裡，即使龍標（王昌齡）、供奉（李白）操筆，亦無以過。乃知公於此體，非不能為正聲，直不屑耳。」正以為具有這樣的特點，杜詩能夠成為「婉言」「比興」「興寄」這一類最富於民族特色的中國詩學宗旨的創作標誌也就不是偶然的了。

杜詩的「沉鬱頓挫」還表現在獨特的音律聲調美感上，將在本編第四章中對此加以說明。

第三章

「沉鬱」文學觀的系統表述——《白雨齋詞話》

第一節　「溫厚以為體」

詩詞作品中的「沉鬱」風格在晚清陳廷焯的《白雨齋詞話》中得到了系統的理論說明。陳廷焯（1853-1892），字亦峰，江蘇丹徒（今鎮江市）人，清光緒十四年（1888）舉人。精於詞學，早年以浙派詞為宗，後遇常州派詞人莊棫，遂悉棄其所學而從之，闡發常州派詞學觀點，編著了大型詞選《詞則》和詞論著作《白雨齋詞話》（下文簡稱《詞話》），成為重要的詞論家。《詞話》「自序」曰：「竊以聲音之道，關乎性情，通乎造化，小其文者不能達其義，竟其委者未獲泝其原。」主張詞作要有「餘蘊」，要有「寄託」，「夫人心不能無所感，有感不能無所寄，寄託不厚，感人不深，厚而不鬱，感其所感，不能感其所不感」，詞「發源於『風雅』，推本於《離騷》，故其情長，其味永，其為言也哀以思，其感人也深以婉」，因此自己「撰《詞話》十卷，本諸『風騷』，正其情性，溫厚以為體，沉鬱以為用，引以千端，衷諸壹是」。由此可見，陳廷焯以「沉鬱」為論，是有意從文學的起源、功用及風格等方面進行一次「達其義」「溯其原」的全面清理。《詞話》卷一前的小序也表示為補救時下詞學著作的不足，要以自家的理論「盡掃陳言，獨標真諦」，自負頗不淺。《詞話》雖為詞論，但在被作者視為具有根本意義的「沉鬱」問題上詩與詞是共通的：「詩之高境，亦在沉鬱」（卷一），「詩之高境在沉鬱」（卷八），書中的例證也為包括杜詩在內的詩作分析。

《詞話》的寫作具有很強的時效性。清嘉慶以後，以張惠言、賙濟為首的常州詞派興起，針對浙派的柔靡餖飣和陽羡派的粗豪直露，主張意蘊深厚的「寄託」之作，陳廷焯繼承了這一精神。浙派詞家的後進者漸生浮滑淺碎之病，深為陳廷焯所不滿，《詞話》〈自序〉痛切地指出：「飄風驟雨，不可終朝，促管繁弦，絕無餘蘊，失之一也。美人香草，貌托靈修，蝶雨梨雲，指陳瑣屑，失之二也。雕鎪物類，探討蟲魚，穿鑿愈工，風雅愈遠，失之三也。慘慽憯淒，寂寥蕭索，感寓不當，慮嘆徒勞，失之四也。交際未深，謬稱契合，頌揚失實，遑恤譏評，失之五也。情非蘇竇，亦感回文，慧拾孟韓，轉相鬥韻，失之六也。」主要的評價大體符合當時的詞壇狀況。創作狀況如此，以朱彝尊《詞綜》、萬樹《詞律》為代表的詞論著述中也缺乏具有匡正作用的中肯之論：「作者愈漓，議者益左。竹垞《詞綜》，可備覽觀，未嘗為探本之論；紅友《詞律》，僅求諧適，不足語正始之原。下此則務取裱麗，矜言該博。大雅日非，繁聲競作，性情散失，莫可究極。」《詞話》卷一小序還列出了彭孫遹《詞藻》和《金粟詞話》、毛奇齡《西河詞話》、徐釚《詞苑叢談》等時下的詞學著作，認為「皆未能洞悉本原，直揭三昧」。針對這一現象，陳廷焯總結了自己早年學習杜詩的經驗，以「沉鬱」論作為糾正偏差的應對之策，從而使這一詩學觀念的理論內涵得到了空前的系統表述。

陳廷焯首先對「沉鬱」詩風進行了不遺餘力的倡導。在《詞話》中，「沉鬱」一詞作為立論的核心觀念從一開始就密集地出現。「自序」文中在講述詞學歷史、分析時下詞作詞論之弊時即主張創作要有「餘蘊」，要由「寄託」之「厚」達到「感人」之「深」；並且要「厚」而能「鬱」，運用「比興」表達「悲歌」「血淚」之情，以形成「深且遠」的感染力，為提出「溫厚以為體，沉鬱以為用」的觀點做出了鋪墊。陳廷焯在《詞話》中不惜篇幅地反覆標舉「沉鬱」詩風：「作詞之法，首歸沉鬱。」「詩之高境，亦在沉鬱。」「唐五代詞，不可及處正在沉鬱。」「韋端己詞，似直而紆，似達而鬱，最為詞中勝境。」「詞貴纏綿，歸忠愛，貴沉鬱。」「詞至美成，乃有大宗，前收蘇秦之終，後開姜史之始，自有詞人以來，不得不推為巨擘。後之為詞者，亦難出其範圍。然其妙處，亦不外沉鬱頓挫。」僅從卷一的這些不乏極端色彩的表述中，就可以看出「沉鬱」在陳廷焯的藝術觀念中的至上地位。陳廷焯視「沉鬱」為古今詩詞名篇佳作的共同特徵，如《詞話》卷一言：唐、宋名家詞「似不必盡以沉鬱勝，然其佳處，亦未有不沉鬱者」，並且把「沉鬱」或「沉鬱頓挫」講示為一種最寬泛的詩學範疇，也是最高的批評標準。從詩、騷之學的「風雅」「比興」論，六朝、唐宋論家的「神」「言外」「境」「窮而後工」論，到清代「浙西」「常州」詞家的「清空」「醇雅」「意內言外」「幽約怨悱」「寄託」諸說等等，無不包容於內。如卷三論明代詞作曰：「有明三百年，習倚聲者，不乏其人；然以『沉鬱頓挫』四字繩之，竟無一篇滿人意者，真不可解。」

在「自序」中，陳廷焯正面申明了自己撰寫詞話的用意，實為自家觀點的綱領性表述：

本諸「風騷」，正其性情，溫厚以為體，沉鬱以為用，引以千端，衷諸壹是。

同樣的說法還有多處，如言「十三國變風，二十五篇《楚詞》，忠厚之至，亦沉鬱之至，詞之源也」（卷一），「若兼有眾長，加以沉鬱，本諸忠厚，便是詞中勝境」（卷六），「溫厚和平，詩教之正，亦詞之根本也。然必須沉鬱頓挫出之，方是佳境」（卷七）。「本諸『風騷』，正其性情」是儒家詩論的老生常談；而「溫厚以為體」的「厚」，是理解陳廷焯「沉鬱」論的入手之處。

「厚」是「沉鬱」的情志基礎。除「溫厚」外，《詞話》中有時也用「忠厚」「深厚」「沉厚」「沖厚」「渾厚」等表達同樣的意思，其內涵主要有三個方面：

第一，以同情、忠誠、博愛之情為本的情感。

這是源於儒家「仁愛」之說的忠君愛民、仁德忠恕之道的個人修養。《詞話》云：「詞貴纏綿，貴忠愛，貴沉鬱。」「美成《菩薩蠻》上半闋云：『何處望歸舟，夕陽江上樓。』思慕之極，故哀怨之深。下半闋云：『深院捲簾看，應憐江上寒。』哀怨之深，亦忠愛之至。」評南宋黃思憲詞「情見乎詞矣，而措語未嘗不忠厚」（卷一）。評王沂孫詞「性情和厚，學力精深，怨慕幽思，本諸忠厚，而運以頓挫之姿，沉鬱之筆」，其《望梅》詞在「沉鬱」的忠愛之情方面與杜詩相通，「惓惓故國，忠愛之心，油然感人，作少陵詩讀可也」，張炎等南宋詞人「要皆以忠厚為主，故足以感發人之性情」（卷二）。「東坡詞豪宕感激，忠厚纏綿」，顧貞觀《賀新郎》兩闋「純以性情結撰而成，悲之深，慰之至，丁寧告戒，無一字不從肺腑流出，可以泣鬼神矣」（卷三）。作詞「中有怨情，意味便厚」（卷四）。評莊棫的名作《蝶戀花》四章其三「百草千花羞看取，相思只有儂和汝」云：「怨慕之深，卻又信而不疑。想其中或有讒人間之，故無怨當局之語。然非深於『風騷』者，不能如此忠厚。」評其四云：「天長地久之恨，海枯石爛之情，不難得其纏綿沉著，而難其溫厚和平。」評莊棫詞句「此類皆含無限情事，鬱之至，厚之至」，「和平溫厚，感人自深」；評馮延巳《蝶戀花》詞「忠愛纏綿，已臻絕頂」（卷五）。評蘇軾「心地光明磊落，忠愛根於性生，故詞極超曠，而意極和平」（卷六）。卷七以李白、杜甫為例講「忠厚」「忠愛之忱」，又自引其《云韶集》中的議論之言：「蓋有氣以達情，而情愈出，情為主，貴得其正，氣為輔，貴得其厚。」可見「厚」是深摯纏綿的關愛之情的表現。所謂「無怨」「溫厚和平」「貴得其正」云云，是合於禮義規範的性情涵養在詩詞創作中的體現，故曰：

> 溫厚和平。詩教之正，亦詞之根本也。然必須沉鬱頓挫出之，方是佳境；否則不失之淺露，即難免平庸。（卷七）

因此《詞話》中大講「雅正」「風人之旨」「正聲」，雖肯定「豔詞」，推舉「纏綿」，但又反對輕薄、輕豔之情。例如卷二批評高觀國的詞句「開遍西湖春意爛，算群花正作江山夢。吟思怯，暮雲重」為「不過聰俊語耳，無關大雅」，卷三指出「系以感慨，意境便厚」等等，實際上也是在否定輕浮之情。卷五云：「無論作詩作詞，不可有腐儒氣，不可有俗人氣，不可有才子氣。人第知腐儒氣、俗人氣之不可有，而不知才子氣亦不可有也。尖巧新穎，病在輕薄，發揚暴露，病在淺盡。腐儒氣，俗人氣，人猶望而厭之；若才子氣，則無不望而悅之矣，故得病最深。」批評的是輕薄賣弄之情。卷七舉例曰：「稼軒《粉蝶兒》起句云『昨日春如十三女兒學繡』，後半起句云『而今春如輕薄蕩子難久』，兩喻殊覺纖陋，令人生厭。」否定的是輕佻淺俗之情，認為這些都已走向了「厚」的反面。袁枚《隨園詩話》卷十四評杜詩時曾說：

> 人必先有芬芳悱惻之懷，而後有沉鬱頓挫之作。人但知杜少陵每飯不忘君，而不知其於友朋、弟妹、夫妻、兒女間，何在不一往情深耶？觀其冒不韙以救房公，感一宿而頌孫宰，要鄭虔於泉路，招李白於匡山，此種風義，可以興，可以觀矣。後人無杜之性情，學杜之風格，抑末也！

就將同情、忠誠、博愛之情與「沉鬱」的詩風連繫而言，可以看作是《白雨齋詞話》「忠愛」之「厚」的旁註。

第二，崇高遠大的思想境界。

這是胸襟開闊充實、思想深遠之「厚」。比如《詞話》中非常推重辛棄疾的詞作，視之為「深厚」「沉鬱」的典範。卷一中評辛棄疾詞曰：「稼軒詞彷彿魏武詩，自是有大本領大作用人語。」認為陸游詞遠遜於辛棄疾之作，也是輸在因胸懷不及而缺乏「沉鬱」上：「放翁詞，亦為當時所推重，幾欲與稼軒頡頏。然粗而不精，枝而不理，去稼軒甚遠。大抵稼軒一體，後人不易學步。無稼軒才力，無稼軒胸襟，又不處稼軒境地，欲於粗莽中見沉鬱，其可得乎？」南宋末陳允平的詞作被陳廷焯稱為「和平婉雅，詞中正軌」，雖然在「沉鬱」方面不及王沂孫，但其《西湖十詠》（用十種詞牌分詠「蘇堤春曉」等西湖十景）

「多感時之語，時時寄託，忠厚和平」（卷二），體現了思想的深沉。《詞話》卷五云：「古人意有所寓，發之於詩詞，非徒吟賞風月以自蔽惑也。少陵詩云：『甫也南北人，早為詩酒污。』具此胸次，所以卓絕千古。」「胸次」的卓絕與詩詞中「所寓」之「意」的超拔是「外內表裡，自相副稱」（王充《論衡》〈超奇〉）的關係，是人、文一體的豐贍、厚重。這一點，和本書前文所論的「沉鬱」的思想情志內涵是完全一致的。

第三，意味深厚的人風和文風。

與忠愛之情和思想境界相關聯，《詞話》在討論「厚」的時候反覆強調詞作者個人風格的深沉含蓄與詞風的意味雋永。如卷一言：稼軒詞有「著力太重處」，造成了「劍拔弩張」一般的直露，自然不「厚」；而辛詞中「紅蓮相倚深如怨，白鳥無言定是愁」「不知筋力衰多少，但覺新來懶上樓」「城中桃李愁風雨，春在溪頭薺菜花」一類的句子「信筆寫去，格調自蒼勁，意味自深厚」。這類「信筆寫去」卻能「自深厚」的詞句，正說明是詩人深厚的素養情懷的自然體現。姜夔《翠樓吟》〈武昌安遠樓成〉詞的後半闋云：「此地宜有神仙，擁素雲黃鶴，與君遊戲。玉梯凝望久，嘆芳草萋萋千里。天涯情味，仗酒祓清愁，花消英氣。」《詞話》卷二評曰：「一縱一操，筆如游龍，意味深厚，是白石最高之作。此詞應有所刺，特不敢穿鑿求之。」詞中的「情味」「清愁」使人深思細品，其中有關乎時政的思考，卻流露自然，無法強為訓解。卷二在評論陳允平《西湖十詠》那些「多感時之語，時時寄託，忠厚和平」的詞句時又說：「似此之類，皆令人思，讀之既久，其味彌長。諸詞作於景定癸亥歲，閱十餘年宋亡矣。『三湘夢』三句（按：三句為「三湘夢，五湖心，雲水蒼茫處」）推開說，先生其有遺世之心乎？」詞「味」之長緣於人思之長。卷三論明代高啟《沁園春》〈雁〉

「托意高遠」，卷五評莊棫《蝶戀花》四章是「所謂托志帷房，眷懷身世者」，也是體現了這個意思。卷六中又有「意味極厚，詞之可以怨者」「意味甚深」等評語，都表達了對於人的內涵深厚與詞的內涵深厚的同樣追求。

第二節　「意在筆先，神餘言外」

《詞話》所謂「溫厚以為體」的實質，可以看作是傳統的人格觀念、儒家詩學觀念在詞學中的延續，是把為人的誠摯雅正又高深蘊藉的涵養作為「沉鬱」發生作用的前提條件。這樣的條件當然也規定了作為其文學化表現的「沉鬱」所應有的意義。

「沉鬱」概念的文學理論內涵在《白雨齋詞話》中有超出以往的清晰、具體的闡釋，其中的某些表述呈現了較為重要的理論範疇意義。這裡選錄其中最為典型的十二例並試為分析：

（1）作詞之法，首貴沉鬱，沉則不浮，鬱則不薄。

（2）南唐中宗《山花子》云：「還與韶光共憔悴，不堪看。」沉之至，鬱之至，淒然欲絕。

（3）頓挫則有姿態，沉鬱則極深厚。既有姿態，又極深厚，詞中三昧，亦盡於此矣。

（以上見卷一）

（4）（姜夔詞）特感慨全在虛處，無跡可尋，人自不察耳。感慨時事，發為詩歌，便已力據上游。特不宜說破，只可用比興體，即比興中亦須含蓄不露，斯為沉鬱，斯為忠厚。

（5）梅溪詞，如「碧袖一聲歌，石城怨，西風隨去。滄波蕩晚，菰蒲弄秋，還重到斷魂處」。沉鬱之至。

（6）（王沂孫詞）而運之以頓挫之姿，沉鬱之筆，論其詞品，已臻絕頂。

（7）碧山（王沂孫）沉鬱處多，超脫處少，玉田（張炎）反是。終以沉鬱為勝。

（以上見卷二）

（8）迦陵（陳維崧）詞氣魄絕大，骨力絕道，填詞之富，古今無兩。只是一發無餘，不及稼軒之渾厚沉鬱。

（9）迦陵詞，不患不能沉，患在不能鬱。不鬱則不深，不深則不厚；發揚蹈厲，而無餘韻，終屬粗才。

（以上見卷三）

（10）（評譚獻詞中「玉頰妝台人道瘦」等句）沉至語，殊覺哀而不傷，怨而不怒。……相思刻骨，寤寐潛通，頓挫沉鬱，可以泣鬼神矣。

（11）「燕飛偏是落花時」，此仲修（譚獻）《臨江仙》詞語也。觀此七字，是何等沉鬱。

（12）蒿庵（莊棫）《青門引》云：「夢裡流鶯囀，喚起春人都倦。研箋莫漫去題紅，雨絲風片，簾幕晚陰卷。碧雲冉冉遙山展，去也無人管。便尋畫箧螺黛，可堪路隔天涯遠。」怨深愁重，欲言難言，極沉鬱之致。

（以上見卷五）

以上十二則《詞話》主要包括三方面含義：

一是「沉鬱」的思想內涵，即作者反覆強調的「深厚」的思慮。

「不浮」「不薄」即為「深厚」，有「厚」與「深」二層意義：「厚」的詳細分析已見於前文，主要是指本於傳統道德、人格的「忠厚」。從例（7）中可見，「沉鬱」則不「超脱」，即例（4）中所言「感慨時事，發為詩歌……斯為沉鬱，斯為忠厚」、例（10）中所言「相思刻骨，寤寐瀝通」的思想狀態，也就是不放棄國事家事、入世入仕，執著於現實道義的思考。例（11）中所舉譚獻詞句的思想原質是生命價值的哀嘆，隱含著政局的憂慮，所以「沉鬱」。而「深」除了思想程度之深刻外，也有思考的結果、抑鬱的情緒表達得深藏不露之意。例（2）（5）（10）（11）（12）的作品例證都是深思和怨情，也都符合例（10）中「哀而不傷，怨而不怒」的思想尺度。這是《詞話》貫穿始終的觀點，例如卷三評陳維崧《江南春》詞即曰：「怨深思厚，深得風人之旨。」所謂「風人之旨」就是「婉言譎諫」的漢儒詩學思想。

二是「沉鬱」的情感類型，即「淒然欲絕」的悲怨之情。

「淒然欲絕」「還重到斷魂處」是悲怨，「玉頰妝台人道瘦」「可堪路隔天涯遠」等也無一不是例（12）中所言之「怨深愁重」的悲怨之情。這樣的情感類型決定了「沉鬱」的「深厚」不僅有較強的思想價值，同時也具備了文學所必須的抒情價值，故例（10）中有「頓挫沉鬱，可以泣鬼神矣」之言。《詞話》中屢屢言及「然非其中真有怨情，不能如此沉至」，「淋漓曲折，一往情深」（卷四），「在怨悱中寓忠厚，而出以沉鬱頓挫」，「寄伊鬱於豪蕩，坡老所以為高」（卷八）等，都彰顯了決定「沉鬱」的悲怨之情。對於文學與社會現實、文人境遇的特殊關係，中國文論中既有「詩可以怨」的文學功能論，也有「發憤以抒情」「憂患之助」的文學發生觀。鍾嶸《詩品》卷上評李陵曰：「文多淒愴，怨者之流。」「使陵不遭辛苦，其文亦何能至此！」韓愈評柳宗元也有類似之論：「然子厚斥不久，窮不極，雖有出於人，其文學辭章，必不能自力以致必傳於後如今，無疑也。」（《柳子厚墓誌銘》）杜甫在《天末懷李白》詩中說得更加絕對：「文章憎命達。」隨著抒情性文學的文體特徵認識的深入，悲怨不平之情受到了更多的關注，並且有了風格論的論述。陳廷焯之論可以看作這方面認識在理論上成熟的一個標誌。

三是「沉鬱」的藝術原則及審美效應，即由含蓄委婉至渾厚動人。

例（4）中以姜夔詞為例，指出來自時事的「感慨」進入詩歌創作後就「虛」化了，只能用「含蓄不露」的「比興體」，才可以達到「沉鬱」。過於實錄的筆法應予避免（「不宜說破」）。參看《詞話》卷二分析姜夔詞作所言：「白石《揚州慢》〈淳熙丙申至日過揚州〉云：『自胡馬窺江去後，廢池喬木，猶厭言兵。漸黃昏，清角吹寒，都在空城。』數語寫兵燹後情景逼真，『猶厭言兵』四字，包括無限傷亂語。他人累千百言，亦無此韻味。」是對例（4）的適當說明。例（8）中說陳維崧詞不及辛棄疾詞的「渾厚沉鬱」，原因就在於「一發無餘」而不含蓄；也就是例（9）中所批評的「發揚蹈厲，而無餘韻」。陳廷焯信奉的「哀而不傷，怨而不怒」的宗旨既是思想尺度，也是藝術標準。《詞話》裡所列舉的「沉鬱」作品實例，也都是運用「比興」而「無跡可尋」的成功之作。「頓挫」也是配合「沉鬱」實現「韻味」「餘韻」的審美效應的重要手段，例（3）中言「頓挫則有姿態，沉鬱則極深厚」，這裡的「姿態」和「深厚」都是就效果而言的。陳廷焯論詞極重意境美，「意境」一詞在《詞話》中頻頻出現。如卷一即言柳永詞「意境不高，思路微左」，卷二言王沂孫詞「品最高，味最厚，意境最深」，卷三言「系以感慨，意境便厚」等，繼承了唐宋以來「言」「象」之外的詩境論，是將這一觀念運用於詞學的先行者。特別是論辛棄疾詞「氣魄極雄大，意境卻極沉鬱」（卷一），以「沉鬱」充實「意境」的內涵，同時也提示了「沉鬱」文風所具有的意味深遠的美感。有了這一角度的審視，「溫厚以為體，沉鬱以為用」就更加不會束縛於單純的道德人格論中了。

第三節　陳廷焯之論的文學理論價值

當我們在梳理過先秦以來的「沉鬱」論之後，就會感到《白雨齋詞話》的「沉鬱」論不僅清晰、完備，並且在主要的方面擺脫了以往之言受制或含混於文學、政治、道德倫理、哲學等等之間的「准文論」狀態，更多地進入了文學內部規律的理論探討。

從藝術原則及審美效應的角度論「沉鬱」，《詞話》裡的表述相當充分。「沉鬱」要做到語言表達的含蓄蘊藉：「淡處描寫，情味最永。」故曰「悲憤之詞，偏出以熱鬧之筆，反言以譏之也」（卷三），「一筆叫醒，戛然而止，用筆亦有龍跳虎臥之奇」，「悲感語，說得和緩，便覺意味深長」，「語婉情深……則一片傷心，溢於言外矣」（卷四），「才欲說便噤住」（卷五）。因此，反對「專恃一二聰明語」（卷三）、「詩詞中淺薄聰明語」（卷八），反對「暴言竭辭」的「無含蓄」之作（卷六）。陳廷焯頗為深刻地指出：僅僅做到「含蓄有味」並非「沉厚」，因為「含蓄之意境淺，沉厚之根柢深也」。意思是真正的「沉鬱」之作須有「忠厚」高深的思想境界，所以說「意境不深厚，措辭亦淺顯」，應同時具有「幽窈之思，渾雅之筆」（見卷三）。「沉鬱」並非是一個寬泛的概念，必須具備以上所說的條件方可達到。因此，「沉鬱」與「氣魄絕大」「骨力絕遒」「沉雄俊爽」「壯浪」等較為外在的概念皆有不同。比較而言，風格上更加「渾厚」、具有「鬱」的成分（見卷三），「意深」而「耐久諷」（卷六），方為「沉鬱」。在卷七的兩則詞話中，陳廷焯通過對比講示詞的特徵，除去否定的「刻露」「腐」「流」等弊病後，保留的是氣體渾厚、血脈貫通、忠厚、高渾、雅、逸以及「深厚」「憂鬱」「沖淡」「雅正」「頓挫」「渾融」等。從《詞話》全書的論述可知，這些詞的特徵就是「沉鬱」的基本構成元素。

《詞話》中還論及了一些重要的理論問題。如「比興」問題，卷六云：「或問比與興之別，……如王碧山《詠螢》《詠蟬》諸篇，低回深婉，托諷於有意無意之間，可謂精於比義。若興則難言之矣。托喻不深，樹義不厚，不足以言興。深矣厚矣，而喻可專指，義可強附，亦不足以言興。」繼而曰：

所謂興者，意在筆先，神餘言外，極虛極活，極沉極鬱，若遠若近，可喻不可喻，反覆纏綿，都歸忠厚。

這是古代詩論中「興」論的較為晚出而又相當精闢的一則言說。鍾嶸〈詩品序〉釋「興」為「文已盡而意有餘」，第一次從詩歌藝術的角度講明了「興」的審美功效；此後皎然《詩評》講「采奇於象外」，《詩式》講「可以意冥，難以言狀」「情在言外」「文外之旨」「但見情性，不睹文字」等等，司空圖《與李生論詩書》講「近而不浮，遠而不盡，然後可以言韻外之致耳」，「不知所以神而自神」，嚴羽《滄浪詩話》講「興趣」「故其妙處，透徹玲瓏，不可湊泊，如空中之音，相中之色，水中之月，鏡中之像，言有盡而意無窮」等等，在這樣的認識過程中，「興」作為詩法、詩境的言外、象外之旨不斷被詩論家所複述。陳廷焯的「興」論正是建立在這一詩歌美學基礎之上的。他對「興」的如此闡釋既能深入詩歌藝術的特殊規律之中，又豐富了「沉鬱」的內涵，使「沉鬱」的審美因素得以空前地強化。「都歸忠厚」云云與其說是表現了作者認識上的侷限，不如說是用語上的侷限——從前面的分析我們已經瞭解到：陳廷焯的「忠厚」已超出了簡單的道德教化界限。《詞話》講詞的「神化」（卷三），講「詩外有詩，方是好詩，詞外有詞，方是好詞」（卷八）等，也體現了與對「興」的認識處於同一水平的藝術觀念。

正因為具備了來自前代詩學的觀念積累，陳廷焯的「沉鬱」論就帶有明顯的總括而言、系統而論的特點，全面論述了「沉鬱」的社會及個體成因、作為文學概念的內涵與外延以及在創作實踐、批評操作中的存在方式和功效。這樣的理論水準，必然會產生相應的影響。例如王國維論文學、論詞學，推崇屈原、杜甫等詩人的人格，《文學小言》曰：「三代以下之詩人，無過於屈子、淵明、子美、子瞻者。此四子者，若無文學之天才，其人格亦自足千古。故無高尚偉大之人格，而有高尚偉大文學者，殆未之有也。」中國文人歷來認為「胸襟」「胸懷」「胸次」是決定作品是否沉實厚重的依據，陳廷焯的「忠厚和平」「深厚」之論將這一觀點上升到了更加審美化、文學化的程度。王國維顯然受到了啟發。又如意境（境界）論，王國維之前以「境界」「境」或「意境」論詩詞創作的詩學著作，從概念使用的數量和概念闡釋的程度上看以《白雨齋詞話》為最；又集中於論詞，因此在一定程度上《白雨齋詞話》可以看作是王氏《人間詞話》的先聲。

《白雨齋詞話》卷一中的這一則，十分集中地表現了作者的「沉鬱」論要點：

所謂沉鬱者，意在筆先，神餘言外。寫怨夫思婦之懷、寓孽子孤臣之感。凡交情之冷淡，身世之飄零，皆可於一草一木發之。而發之又必若隱若見，欲露不露，反覆纏綿，終不許一語道破。匪獨體格之高，亦見性情之厚。飛卿詞，如「懶起畫蛾眉，弄妝梳洗遲」，無限傷心，溢於言表。又「春夢正關情，鏡中蟬鬢輕」，淒涼哀怨，真有欲言難言之苦。又「花落子規啼，綠窗殘夢迷」，又「鸞鏡與花枝，此情誰得知」，皆含深意。此種詞，第自寫性情，不必求勝人，已成絕響。後人刻意爭奇，愈趨愈下。安得一二豪傑之士，與之挽迴風氣哉！

這可以視為一部微型的「陳氏沉鬱論」。創作前和創作中的深厚的感受要求、性情要求，文本內容的因素，創作手法的標準，作品的例示以及「沉鬱」論在詞作實踐上的現實意義都十分明確，包含了一般性的文學意義的看法和對於詞的獨特的藝術性（如對「反覆纏綿」的一再強調等）的看法。特別是「意在筆先，神餘言外」（此言在前引卷六的論「興」之言中被作為「興」的首要特徵，可見「沉鬱」在陳廷焯心目中的藝術規律性質）、「於一草一木發之」「若隱若見，欲露不露，反覆纏綿」「無限傷心，溢於言表」之言汲取了傳統文論中的「物感」論、「物色」論、「詩境」論、「神韻」論等學說的精華，突出了中國詩學基礎層次和最高層次的要旨。對於「沉鬱」範疇的美學意蘊進行如此全面而又不乏深度的闡明，前所未有。

第四章

「沉鬱」與「頓挫」

第一節　「頓挫」之聲

自杜甫《進雕賦表》中將「沉鬱頓挫」並舉為義後，「頓挫」一詞便成了與「沉鬱」密切相關的一個文學概念。「頓挫」與「沉鬱」二者的配合，有著必然的理論根源。

作為傳統的詩學概念，「頓挫」主要指詩歌作品中言辭表現的曲折變化和音律聲調的跌宕起伏，常見於不同時期的詩論著作中。「頓挫」成為一個專用語彙，源於對文字著述中的語言特點的評論，起初並非僅指詩歌作品的語言，但卻和「沉鬱」的思想、感情內容有一定的關聯。考查其原始字義，「頓」：頓首，引申為停留、止息；「挫」：摧折。二字用於描述文字語言的特點，是語言的停頓，即指在連綴前行的流動的音節中出現著力停頓、高低抑揚的音調變化和意念表露的曲直、收放的節奏變化。這種變化的實質，在帶有應用性質的作品中主要是作者為強化閱讀或聆聽效果的刻意安排；而在以抒情為主的作品中，尤其是文學作品中，則遵循作者審美情感外釋的特殊要求。西晉陸機在他的《遂志賦序》中先評論了崔篆的詩「簡而有情」，馮衍的《顯志賦》「壯而氾濫」，張叔的《哀系賦》「俗而時靡」，蔡邕的《玄表賦》「雅而微素」，張衡的《思玄賦》「精練而和惠」，班固的《幽通賦》「切而不絞，哀而不怨」等等，繼而論及文風與作者的關聯：「崔、蔡沖虛溫敏，雅人之屬也。」最後評東漢馮衍曰：「衍抑揚頓挫，怨之徒也。豈亦窮達異事，而聲為情變乎！」被陸機論及的馮衍的《顯志賦》（見《全後漢文》卷二十，又見《後漢書》本傳）正是一篇典型的「沉鬱頓挫」之文。其文「自論」部分表述作者撰寫此文的動機曰：「常務道德之實，而不求當世之名。闊略杪小之禮，蕩佚人間之事。正身直行，恬然肆志。顧嘗好俶儻之策，時莫能聽用其謀。喟然長嘆，自傷不遭。久棲遲於小官，不得舒其所懷。抑心折節，意淒情悲。」「愍道陵遲，傷德分崩。」「顯志者，言光明風化之情，昭章玄妙之思也。」滿腔抑鬱憤懣之情。賦中表達了與屈原「情沉抑而不達兮，又蔽而莫之白也。心鬱邑余侘傺兮，又莫察余之中情」同樣的含義：「陵飛廉而太息兮，登平陽而懷傷。悲時俗之險阨兮，哀好惡之無常。」「內自省而不慚兮，遂定志而弗改。欣吾黨之唐虞兮，愍吾生之愁勤。聊發憤而揚情兮，將以蕩夫憂心。往者不可攀緣兮，來者不可與期。病沒世之不稱兮，願橫逝而無由。」「傷誠善之無辜兮，齎此恨而入冥。嗟我思之不遠兮，豈敗事之可悔。雖九死而不瞑兮，恐餘殃之有再。」「獨慷慨而遠覽兮，非庸庸之所識。」「重祖考之洪烈兮，故收功於此路。」「欽真人之德美兮，淹躊躇而弗去。意斟愖而不澹兮，俟迴風而容與。」「非惜身之埳軻兮，憐眾美之憔悴。」就文中的整體思想而言，馮衍不乏道家順天應時、逍遙娛心的因素，但那隻是自我寬釋的一時之用；入世求功才是真實的需求。《後漢書》本傳載：「衍幼有奇才，年九歲，能誦《詩》，至二十而博通群書。王莽時，諸公多薦舉之者，衍辭不肯仕。」後又因有違於光武帝劉秀的意旨而見黜，一生自視謀略過人卻鬱鬱不得志。與屈原相似的遭遇使他形成了相似的「沉鬱」心態，《顯志賦》的情感文辭處處與《離騷》暗合，包括對「祖考」的追憶，對自家道德、才能的自負，對時政的不滿，山岳江河間的精神遊歷，「蘭芷」「杜衡」的譬喻等等。特別是這樣的文句：「心怫鬱而紆結兮，意沉抑而內悲。」全然為屈子的情態口吻，放置於屈原諸賦之中幾乎可以不分彼此，是典型的「沉鬱」精神，也是精闢的「沉鬱」釋義。陸機《遂志賦》用「抑揚頓挫，怨之徒也」評馮衍的賦作，恰恰點到了其作與屈原的相通之處，也準確地拈出了其中的要義，即文辭的起伏不定來自內心怨情的湧動不息。

陸機對中國文學理論的一個重要貢獻是在《文賦》中分論各種文體，其中有「箴頓挫而清壯」之說。《文賦》在對十類文體進行分析時，採用「甲而（以）乙」的句式表明某一文體的兩種特徵（前引其《遂志賦序》評各家賦作特點也是這種句式），各文體的兩種特徵之間有的是並列關系，有的是因果關係，有的是方式與效果的關係等等。「箴頓挫而清壯」一句中實際上有這樣三層意思：

一是無須說明的「箴」的內容要求，即規諫、勸誡。

二是「箴」文的言辭要求，即「頓挫」。

三是「箴」文的風格特點，即「清壯」。

三者之間是前因後果的關係：為更好地實現規諫的目的而須文筆頓挫、文風清壯，即《文選》李善注所言之「箴以譏刺得失，故頓挫清壯」。「箴」雖為實用性文體，但是陸機的「頓挫而清壯」之說也有一定的美學價值，其審美性因素就在於由特定的語言表現引發特定的情感效應。「箴誦於官」（《文心雕龍》〈銘箴〉），既為「誦」，要使王者聽之於耳而動之於心，因此遣詞運句時就要注重聽覺的效果，這也是「箴」采用韻文形式的根本原因。清人王闓運《湘綺樓論文章體法》對陸機之論做出了要言不煩的說明：「箴當聳聽，故尚清壯。」「聳聽」即聽覺的效果，就體會到了這層意義。陸機在中國文學理論史上首先明確地表述了文學文本的抒情本質，其「緣情」觀是貫穿於對諸種文體的研究之中的。曹丕《典論》〈論文〉中的「銘誄尚實」標準在陸機《文賦》中成為「誄纏綿而淒愴」的抒情特徵講示；《典論》〈論文〉的「詩賦欲麗」只涉及了文學創作的文采特徵，在《文賦》中則發展為揭示情內而言外的「詩緣情而綺靡」。至於賦，《文賦》雖只言「體物而瀏亮」，但陸機自作的《嘆逝》《思歸》等賦皆情感充沛，《遂志賦序》中的「抑揚頓挫，怨之徒也」之言也強調了「頓挫」的情感根源。「頓挫」第一次進入文學理論範疇，就被視為一種與情感活動相關的著意追求的音、義變化特點。

如果只是為了說明「頓挫」與「沉鬱」的關係而簡單認定「箴」的情感是「沉鬱」類型的，不免有牽強之嫌。但作為表達批評、否定性意旨的文體（《文心雕龍》〈銘箴〉言「箴」的文體特點為「警戒」「御過」，有「德軌」的作用），「箴」的基本情感特徵是不滿（「怨」），並且大多是與政治時局相關的不滿，其中既有臣子的盡職盡忠之情，同時也不可避免地摻雜著作者的怨情。以嵇康著名的《太師箴》中的一段文字為例：「故殷辛不道，首綴素旗；周朝敗度，彘人是謀；楚靈極暴，乾溪潰叛；晉厲殘虐，欒書作難；主父棄禮，觳胎不宰；秦皇荼毒，禍流四海。是以亡國繼踵，古今相承。丑彼摧滅，而襲其亡征。初安若山，後敗如崩。臨刃振鋒，悔何所增！」音調是以仄聲為主的沉滯抑折之韻，文中傳達的意旨頗為驚心動魄。在極為「聳聽」的音、義中，作者憤懣激切的感情也披露無遺。借用前文所引方沆「慷慨微婉」語，嵇康的感情與杜甫的「沉鬱」相比「慷慨」過之而「微婉」略遜，但同為「抑揚頓挫，怨之徒」則也沒有什麼疑問，只是存在「沉鬱」風格上的程度之別。

對於「頓挫」的內在情感依據問題，在中國古代文學理論領域中既有潛在的感知，也有理性的說明，一直被歷代文學家所關注。比如鍾嶸《詩品》卷中評「齊吏部謝朓詩」說「朓極與餘論詩，感激頓挫過其文」，「感激頓挫」指謝朓論詩之言的風格，「頓挫」顯然被視為高昂的情感活動的言辭表現。後來唐人盧藏用在《右拾遺陳子昂文集序》中也用了「感激頓挫」四字評價陳子昂的詩文。又如陳子昂《與東方左史虯修竹篇序》提倡情辭慷慨的「漢魏風骨」，讚美東方虯的《詠孤桐篇》為「骨氣端翔，音情頓挫，光英朗練，有金石聲」，「頓挫」是激昂勁拔的「金石聲」（按：孫綽以自作《天台賦》示範啟曰：「卿試擲地，要作金石聲！」事見《世說新語》〈文學〉及《晉書》〈孫綽傳〉，可見「金石聲」是魏晉詩賦的格調追求。後清代系統論述「沉鬱」觀的《白雨齋詞話》卷四也推崇「有議論，有感慨，有識力，淵淵做金石聲」的作品），同時也是詩中聲音、情感的整體特徵。

杜甫稱自己的作品「沉鬱頓挫」。如果說，「沉鬱」的詩風主要體現了杜甫內在情志、學識修養的自然流露，那麼「頓挫」的語言風格則更多地見於他在創作中的自覺追求，體現了詩人崇尚奇峭和壯美的美學思想。

南宋胡仔指出：「律詩之作，用字平側，世固有定體，眾共守之。然不若時用變體，如兵之出奇，變化無窮，以驚世駭目。如老杜詩云：『竹裡行廚洗玉盤，花邊立馬簇金鞍。非關使者徵求急，自識將軍禮數寬。百年地辟柴門迥，五月江深草閣寒。看弄漁舟移白日，老農何有罄交歡。』此七言律詩之變體也。」（《苕溪漁隱叢話》前集卷第七）這是杜甫的《嚴公仲夏枉駕草堂兼攜酒饌》詩。胡仔稱之為「變體」，是因為詩中出現了有意違反律詩傳統的平仄規矩之處，如第四、五兩句應平仄相「粘」卻相「對」，叫作「失粘」。唐代詩人作變體律詩（拗體）的為數不少，杜甫是其中的代表人物。拗折的音調適應著詩人沉鬱的情懷，「出奇」「變化無窮，以驚世駭目」並非最終目的。

除了杜詩，特別是後期杜詩中大量音節遒勁、語勢頓折的作品以外，杜甫在《同元使君舂陵行序》一文中以「微婉頓挫之詞」讚許元結詩，可見這種美感追求在杜甫的意識中是相當自覺的。隨著杜詩的影響增大，「頓挫」也逐漸成為評價杜甫乃至其他詩人類似的語言風格的專用語。如宋代范溫《潛溪詩眼》云：「如老杜《上韋見素》詩，佈置如此，是一篇命意也。至其道遲遲不忍離去之意，則曰『尚憐終南山，回首清渭濱』；其道欲與見素別，則曰『常擬報一飯，況懷辭大臣』，此句終命意也。蓋如此然後頓挫高雅。」（《苕溪漁隱叢話》前集卷十引）劉克莊《後村詩話》評許渾詩，認為在「抑揚頓挫」方面不及杜牧之作。明代王世貞《藝苑卮言》卷一論唐人七言歌行曰：「轉折頓挫，如天驥下阪，明珠走盤。」《杜詩詳註附編》引明代屠隆評杜詩語曰：「乃其所以擅場當時、稱雄百代者，則多得之悲壯瑰麗、沉鬱頓挫。」又引清代吳齋賢《論杜》批評杜詩句法的「頓挫感嘆」語。翁方綱《石洲詩話》也論及杜甫五律的「沉鬱頓挫」（卷一）和李商隱詩的「委婉頓挫，使人蕩氣迴腸」（卷二）等。

清人馬榮祖仿司空圖《二十四詩品》而作的《文頌》中有「頓挫」一首，雖為談文，在藝術手法的意義上也可以通用於詩：「氣鼓斯行，勢鬱乃暢。見似息機，彌復遒上。水入瞿唐，峽束驚浪。奮躍無前，控勒不放。萬均逆挽，玉鉤力壯。戛摩咿啞，懸空激盪。」形象而又準確地描繪了「頓挫」之文那種既奔湧又羈束的文勢。長江之水奔流而下，聲息氣勢極為雄壯；而進入峽谷後江面變窄，水勢被控制，浪花激盪，好像蓄勢待發的猛獸，從而形成了「頓挫」之勢。反觀此理也可以說，如果沒有「峽束驚浪」般的「控勒」，可以是雄壯、高亢、奔放甚至飄逸，但絕非「沉鬱」。

當代的文學批評著作，也都沿襲了釋「頓挫」為表達的轉折和音律的抑揚這一傳統說法。

第二節 《昭昧詹言》之論

這裡有必要單獨討論一下方東樹《昭昧詹言》中關於「沉鬱頓挫」的理論。清人方東樹是姚鼐的弟子，「桐城派」的傳人，他在討論詩歌創作時也採用了「桐城派」的「義法」之論。其晚年所著的《昭昧詹言》一書將「沉鬱」視為優秀詩文的重要特點，認為這一特點貫穿於自屈賦、杜詩至清詩的成功之作中。如書中言：「以『六經』較《莊子》，覺《莊子》意新奇佻巧。以『六經』較屈子，覺屈子辭膚費繁縟。然而一則醒豁呈露，一則沉鬱深痛，皆天地之至文也。所以並驅『六經』中，獨立千載後。」（卷一）「沉鬱頓挫，後惟杜公有之。」曹操《苦寒行》「用筆沉鬱頓挫，比之〈小雅〉，更促數噍殺，後來杜公往往學之」。曹植《贈白馬王彪》「氣體高峻雄深，直書見事，直書目前，直書胸臆，沉鬱頓挫，淋漓悲壯」，「遂開杜公之宗」（卷二）。評古詩《駕言發魏都》「文筆雄邁沉鬱，意厚詞醇」（卷三），評陶淵明《歸園田居》「頓挫沉鬱」（卷四），謝靈運是「氣格緊健沉鬱」（卷五），評杜甫詩「一氣噴薄，真味盎然，沉鬱頓挫，蒼涼悲壯」（卷八），「杜公所以冠絕古今諸家，只是沉鬱頓挫，奇橫恣肆，起結承轉，曲折變化，窮極筆勢，迥不由人」（卷十四），等等，「沉鬱」是沒有時代之分的。方東樹將「沉鬱」與「頓挫」視為一體，也有相當的篇幅專論「頓挫」。《昭昧詹言》書中除了言「頓挫」外，或稱「頓斷」「頓住」「沉頓」「頓束」「頓折」等，又如「突轉勒住」「倒捲反掉」等等，也是「頓挫」的意思。方東樹對「頓挫」的論述沒有泛泛而言，堪稱細緻周詳，對這些認識進行理論分析，有助於我們全面地理解「沉鬱」的內涵。

《昭昧詹言》的「頓挫」論主要表現了以下二方面的認識：

第一，「頓挫」是詩文的章、句之法，並且為古今文學佳作的共有特徵。

方東樹把「頓挫」講為作詩的一種方法，或用「桐城派」術語稱作「義法」。《昭昧詹言》將杜甫、韓愈的詩作視為「沉鬱頓挫」的最高典範，認為要達到杜、韓二家的詩的高度，必須首先學習與其詩風相關的一套方法。卷八云：

欲學杜、韓，須先知義法粗胚，今列其統例於左：如創意；造言；選字；章法；起法；轉接；氣脈；筆力截止；不經意助語閒字；倒截逆挽不測；豫吞；離合；伸縮；事外曲致；意象大小遠近，皆令逼真；頓挫；交代；參差。而其秘妙，尤在於聲響不肯馳驟，故用頓挫以迴旋之；不肯全使氣勢，故用截止，以筆力斬截之；不肯平順說盡，故用離合、橫截、逆提、倒補、插、遙接。

雖然方東樹也清楚地知道「至於意境高古雄深，則存乎其人之學問道義胸襟，所謂本領，不徒向文字上求也」，思想性情、學識見解才是詩文成敗的根本條件，但「頓挫」畢竟是被他當作一種重要的詩文寫作方法而列舉並加以詳盡闡釋的。因此，方東樹在《昭昧詹言》中常常有類似的說法，除了引文中提出的「轉接」「氣脈」「筆力截止」「倒截逆挽不測」「豫吞」「離合」「伸縮」「事外曲致」「意象大小遠近」「交代」「參差」「聲響不肯馳驟」「迴旋」「截止」「以筆力斬截之」「離合」「橫截」「逆提」「倒補」「插」「遙接」等極具可操作性的技法外，又如所謂「章法深妙」「頓挫之法」「有往必收，無垂不縮」（以上卷一），「頓挫斷住」「用筆轉換頓挫」「頓挫束上，卻用倒法，文法伸縮變化」「換筆頓挫」（以上卷二），「章法文法，曲折頓挫」（卷四），「故為頓挫往復，以避輕便滑利順直無留步之病」（卷五），「而銜接承遞一串，不傷直率，以筆筆頓挫也。頓挫者，句斷，不將兩句合一意，使中相連，中無罅隙，含蓄成葉子金」。「大約詩章法，全在句句斷、筆筆斷，而真意貫注，一氣曲折頓挫，乃無直率死句合掌之病。」（卷十七）等等，從方法見觀念，主要講為意思脈絡上的停頓逆轉。有時也講為音律的變化，如言杜詩「淋漓頓挫，音響絕淒惋」（卷十七）等，但很少。

第二，「頓挫」是作品氣勢有無和高下的關鍵。是方東樹對於「沉鬱頓挫」論重要的理論貢獻。

這是就「頓挫」之法的功效而言，即《昭昧詹言》中所謂「詞氣抑揚頓挫」，「氣勢之說，如所云『筆所未到氣以吞』『高屋建瓴』『懸河洩海』，此蘇氏所擅場。但嫌太盡，一往無餘，故當濟之以頓挫之法」（以上卷一），「賓主往復曆落，語勢浩然，用筆轉換頓挫，崢嶸飛動」，「文法伸縮變化，筆勢浩汗莽蒼？」，「時時提筆，換氣換勢」（以上卷二），「氣勢浩邁，跌宕飛動，頓挫沉鬱」（卷四），「詩文貴有雄直之氣，但又恐太放，故當深求古法，倒折逆挽，截止橫空，斷續離合諸勢」（卷九），「沉鬱頓挫，奇橫恣肆，起結承轉，曲折變化，窮極筆勢，迴不由人」（卷十四），「大約有往必收，無垂不縮，句句接，句句斷，一氣旋轉，而乃千回百折，所以謂之往復頓挫也」（卷十六）。收縮斷續的頓挫「筆勢」決定「詞氣抑揚頓挫」的局部「語勢」，從而形成「氣勢浩邁」的整體文勢。

在提倡「頓挫」之法的同時，方東樹反對「一順平放」「平鋪直衍」「直率」「太快無頓挫」「一直筆順接」「輕便滑利順直無留步」而缺乏「奇警」的詩作。換言之，既要具備雄放的氣勢又須避免率淺之弊，則必用「頓挫」法。《昭昧詹言》卷二評曹操《苦寒行》詩曰：

> 不過從軍之作，而取境闊遠，寫景敘情，蒼涼悲壯，用筆沉鬱頓挫，比之〈小雅〉，更促數噍殺。後來杜公往往學之。大約武帝詩沉鬱直朴，氣真而逐層頓斷，不一順平放，時時提筆換氣換勢；尋其意緒，無不明白；玩其筆勢文法，凝重屈蟠，誦之令人意滿。後惟杜公有之。可謂千古詩人第一之祖。

曹操《苦寒行》詩曰：

> 北上太行山，艱哉何巍巍！
> 羊腸阪詰屈，車輪為之摧。
> 樹木何蕭瑟，北風聲正悲。
> 熊羆對我蹲，虎豹夾路啼。
> 溪谷少人民，雪落何霏霏！
> 延頸長嘆息，遠行多所懷。
> 我心何怫鬱，思欲一東歸。
> 水深橋樑絕，中路正徘徊。

迷惑失故路，薄暮無宿棲。

行行日已遠，人馬同時飢。

擔囊行取薪，斧冰持作糜。

悲彼《東山》詩，悠悠令我哀。

全詩敘述北征的行程，整體上呈現「賦」的態勢，卻通過感嘆句和心理描寫建構筆勢的層次感，「悠悠令我哀」之情和蒼勁悲涼之調依節而生，由「逐層頓斷」的筆勢造成「凝重屈蟠」的文勢。曹操詩的氣勢闊大是世所公認的，其中「沉鬱」悲壯的格調特徵也早有論家予以指出，如鍾嶸《詩品》卷下說：「曹公古直，率多悲涼之句。」《敖器之詩話》之言更為形象而貼切：「魏武帝如幽燕老將，氣韻沉雄。」類似的評語在詩論史上不乏其言。然而各家的評論所關注的多為曹詩風格中的詩學性情因素，只有方東樹從創作筆法的角度分析其文氣形成的原因，這是他悉心鑽研杜甫等人的詩歌風格、以更為純粹的藝術尺度審視「沉鬱」概念的必然結果。

由筆法的「頓挫」而形成文勢的「浩然」「崢嶸飛動」，這是「桐城派」的「文法」「義法」之論與其師姚鼐「神、理、氣、味、格、律、聲、色」之說在詩歌批評論中的具體運用。例如《昭昧詹言》卷十六評李頎《寄綦毋三》詩曰：

此詩姚先生解最詳，而曰：往復頓挫，章法殊妙。當思其語，乃有得。

「頓挫」是一種行文的「章法」。但由於有了「文勢」的觀念，方東樹沒有將「頓挫」的技法意義講得過於狹隘，而是注意了其中的整體審美感受。《昭昧詹言》卷一曰：「用筆之妙，翩若驚鴻，宛若游龍；如百尺游絲宛轉；如落花迴風，將飛更舞，終不遽落；如慶雲在霄，舒展不定。」這才是「頓挫」真正的審美價值體現。

方東樹之論雖然談不上具有很高的理論價值，但也從創作的角度比較集中地表述了「頓挫」的含義、用法和功效。

第三節　「沉鬱」與「頓挫」的審美組合

「頓挫則有姿態，沉鬱則極深厚」(《白雨齋詞話》)，這是「沉鬱」與「頓挫」的文本表現和藝術功效，但古代文論的闡釋深度遠非僅限於這一層面。如前所論，「沉鬱」與「頓挫」的關係符合中國文學理論內在之「情」決定外在之「文」的傳統説法。「頓挫」體現為文學的一種創作方式，但並非僅僅是語言聲韻的形式要求，而是「沉鬱」心態的藝術思維化。也就是説，「沉鬱」的心態一旦形成情感化的表達慾望，往往會自然地進入一種與之相匹配的思維形態——以「頓挫」的詞語、聲音作為「沉鬱」之思的載體，此時的「頓挫」之聲也就是「頓挫」之情。如果「沉鬱」之思、「沉鬱」之情要宣洩，要通過詩、賦加以表達，就會轉化為「頓挫」。「頓挫」之言適宜於「沉鬱」之情的表達，同時也會強化「沉鬱」之情，在審美的維度上二者的關係是雙向互成的。

唐代是一個暢情的時代，抒情詩大盛，使文學語言的抒情功能得到了更為廣泛和細微的開發。也正是在這一階段中，「頓挫」進入了詩歌評論領域，並且被當作一種重要的詩風而受到提倡。在唐代詩家看來，「頓挫」雖然是音調的抑揚變化，但一定是與雄闊、悲壯的也就是「沉鬱」的情感內涵相表裡的，「頓挫」二字本身即帶有這種情感色彩。這是流行於唐代的崇尚壯美的審美觀念在詩歌創作上的體現。宋人黃徹評杜甫詩，指出其「同學少年多不賤」「小徑升堂舊不斜」「群仙不愁思」「夕烽來不近」等詩句中以「不」字易「無」字，「皆人所不敢用」，目的在於造成「語勢頓壯」的效果（見《䂬溪詩話》卷七）。杜詩如此用字實有律詩平仄的需要，黃徹並沒有說明，但除此而外確有以字法的頓挫求得格調健壯的意義。這是唐詩，特別是盛唐詩區別於齊梁柔靡之風的重要特徵。陳子昂《與東方左史虯修竹篇序》中所呼喚的與「彩麗競繁」「逶迤頹靡」相對而言的「音情頓挫」，正是由充溢胸懷的「興寄」「幽鬱」之情孕育而出的激楚峭拔的唐音唐調。

在「頓挫」中，「音」與「情」是有機地結合為一體的。陳子昂所說的「音情頓挫」，原見於《後漢書》卷七十《鄭孔荀列傳》中作者對孔融的「贊」語：「北海天逸，音情頓挫。」唐人註：「頓挫，猶抑揚也。」也是在講內在的不凡情志外發為「越俗易驚」的詩文。「音情頓挫」將「音」與「情」並置，是「音」中之「情」或傳「情」之「音」；「音」「情」都以「頓挫」為修飾，是說由「頓挫」的語言所表現的「頓挫」的情感，也是由「頓挫」的情感形成的「頓挫」的語言。杜甫《同元使君舂陵行序》稱道元結《舂陵行》《賊退示官吏》二詩曰：「當天子分憂之地，效漢朝良吏之目。今盜賊未息，知民疾苦，得結輩十數公，落落然參錯天下為邦伯，萬物吐氣，天下小安可待矣。不意復見比興體制，微婉頓挫之詞，感而有詩，增諸卷軸。」可見在杜甫的詩學觀念中，「頓挫」是「比興」之作的重要方式，並且與表情達意的含蓄婉轉有關。杜甫這裡以元結詩為表率，首先強調的是表現民生疾苦、政治追求的寄託，「比興」「微婉」當然也有兩漢以來儒家詩學「婉言譎諫」的含義，但與「沉鬱頓挫」相比，「微婉頓挫」更加突出了文學語言的藝術特性，也提示了詩性情感的微妙意味與詩歌語言的精心調配之間的關係。不論陳子昂的「音情頓挫」還是杜甫的「微婉頓挫」，都與來自社稷天下、臣民道義的「沉鬱」之情不可分割。就其言論本身而言，陳、杜之說與陸機的「箴頓挫而清壯」一樣，「頓挫」的出發點都是功用性的，缺乏文學理論所必要的審美標準。然而他們畢竟是在討論詩的問題，不論是怎樣的「沉鬱」之情還是「頓挫」之言都已詩歌形式化了，必然地為後世詩論研究提供一個注目於詩學意義而忽略政治道德意義的可能方向。特別是杜甫，以自己登峰造極的詩歌創作展示了一個「沉鬱頓挫」的樣板，使這一概念中的美學內涵得到了實踐性的提升。在《觀公孫大娘弟子舞劍器行》的序文裡杜甫說：「觀公孫氏舞劍器渾脫，瀏漓頓挫，獨出冠時。」詩中的描寫可以看做對「瀏漓頓挫」的註解：「爠如羿射九日落，矯如群帝驂龍翔。來如雷霆收震怒，罷如江海凝清光。」是說公孫氏的舞蹈氣勢磅礡，身手矯捷，又極富節奏變化：就像雷聲轟鳴、水波奔湧般酣暢淋漓（「瀏漓」），忽而又如雷聲消歇、波瀾不興般人靜形止——這便是「頓挫」了。「收」「凝」二字都說明了「頓挫」的表現特徵，即動中之靜，是富於氣勢的動態的瞬間凝固。在舞蹈中，表現為快速的聯貫動作變為舒緩或短暫的停止（如同當今影視作品的「慢鏡頭」或「定格」）；在詩文中，則是語音、語調和語速的超常狀態。這個「頓挫」，是純粹藝術的、審美的術語。包括杜甫《進雕賦表》中的「沉鬱頓挫」之言，也是將「頓挫」當作文學術語而使用的。

「沉鬱」與「頓挫」既可以視為一個範疇，也可以用為互為因果的兩個概念。在杜甫「沉鬱頓挫」的自許之辭和後人對杜詩風格的評論中，「頓挫」之言也是「沉鬱」之情的表現。杜甫的創作態度極為嚴謹，一生都在進行「為人性僻耽佳句，語不驚人死不休」（《江上值水如海勢聊短述》）、「覓句知新律」（《又示宗武》）、「晚節漸於詩律細」

（《遣悶戲呈路十九曹長》）的藝術追求。在他的眾多詩作，特別是後期詩作中，都可以見出對字句、音律的「頓挫」效果的著意營造。但是，他總是把來自現實際遇的沉鬱情懷置於首位，「不敢要佳句，愁來賦別離」（《偶題》），驚心駭目，不避醜拙的字、句常見於詩中，不但不減其情志的抒發，往往更增強了「頓挫」的意味。《遁齋閒覽》言：「杜子美之詩，悲歡窮泰，發斂抑揚，疾徐縱橫，無施不可。」此言見《苕溪漁隱叢話》前集卷六引，又見《杜工部草堂詩話》卷一，其中「悲歡窮泰」作「悲歡驕泰」。「發斂抑揚」的意思大致與「頓挫」相同，是由「悲歡窮泰」的情懷決定的。杜甫的「沉鬱」與「頓挫」可以分論，有內、外或體、用之別；但唯「沉鬱」能成真「頓挫」，非「頓挫」不能表真「沉鬱」，二者又本為一事。如果說「沉鬱」的情懷如同一條緩緩流去的大河，「頓挫」的語言就像在河床上設置的道道閘門。河水在閘門的收放控制之下不再「清江一曲抱村流」（杜甫《江村》）地勻速前行，而是忽而被積蓄、提升，如「高江急峽雷霆斗」（《白帝》）；忽而又衝出放開的閘口奔瀉而下，恰如「洪濤滔天風拔木」（《天邊行》），「不盡長江滾滾來」（《登高》）。獨特的藝術魅力由是而生。

試以一首杜詩的「細讀」為例。五律《去蜀》曰：

五載客蜀郡，一年居梓州。
如何關塞阻，轉作瀟湘游？
萬事已黃髮，殘生隨白鷗。
安危大臣在，不必淚長流。

唐代宗永泰元年（西元765年）四月友人劍南節度使嚴武死，杜甫失去蜀中的依靠，便於五月離成都乘舟東行。蘇東坡作詩喜好運用多種比喻將某一事物的形態描述得淋漓盡致，錢鍾書先生稱之為「舊小說裡講的『車輪戰法』」（見錢鍾書《宋詩選注》）。我們這裡也借用古代詩論的諸家之說對杜甫此詩來一番「車輪戰」，將詩中的「沉鬱頓挫」的表現揭示出來，同時也驗證一下杜詩的「沉鬱頓挫」精神在中國文論、文人思想中的影響。浦起龍對這首詩的要義進行總結說：「只短律耳，而六年中流寓之跡，思歸之懷，東遊之想，身世衰遲之悲，職任就舍之感，無不括盡，可作入蜀以來數卷詩大結束。是何等手筆！」（《讀杜心解》卷三）正是如此種種經「大手筆」抒寫的「懷」「想」「悲」「感」構成了「沉鬱頓挫」的全詩風貌。詩的首聯以記時間的敘述為起興，字面上似為客觀實錄，但想到詩人長期漂泊後的數年安定競結束得如此悲涼，「五載」「一年」成了短暫的回憶，其中包含著多少感慨！金聖歎說得好：

五載蜀郡，一年梓州，驟讀之，謂只記其年月蹤跡，殊平平無警耳。不知先生以大臣自待，國家安危，無日去心，身在此中，真朝朝暮暮以眼淚洗面，雖一日有甚不可者，奈何「五載」？奈何「一年」？唱此四字，椎心噴血，已為積憤極痛。[1]

平平之中寄寓極度的不平，可謂「鬱」之「沉」者。頷聯為問句，仇注解此二句曰：「關塞阻，難返長安。瀟湘游，將往荊楚也。」此時的心境是期望的再次破滅，因而所問是自問，同時又是國事之問，也是命運之問。王嗣奭曰：「公之入蜀從關塞來，關塞阻而向瀟湘，非本

1　《杜詩解》卷三，上海古籍出版社1984年版，第152頁。下引金聖歎言同此。

意也，故用『轉』字。」[2]王嗣奭讀出了用字的轉折「頓挫」意味。這一聯中實際上有三重「頓挫」：一是時間上的「頓挫」，「客蜀郡」「居梓州」的時空延續性至此終結；二是全詩結構上的「頓挫」，敘述至此頓住，從一個「轉」字轉為抒情和略微的議論；三是語氣上的「頓挫」，由平緩直陳（所謂「平平無警」）中突現阻頓，悲愴之情頓生。金聖歎對此聯的「頓挫」之法極為讚歎，並做出了精到的講析：

> 三句「如何關塞」一轉，不覺失聲怪叫：「今日去蜀，又非歸關中耶？」看他「游」，下得憤極。今日豈得游之日？我豈得游之人？然此行不謂之「游」，又謂之何？劉越石（按：劉琨）、祖士稚（按：祖逖），一齊放聲慟哭，是此二十字也。

「阻」「轉」的下字都具有很強的「頓挫」用意，而「游」字的「頓挫」作用就在於正義反說的反諷，以輕鬆閒逸之言表「憤極」之情。金聖歎的評點可謂獨具隻眼。頸聯二句表達的是個體生命價值的沉思，也是「積憤極痛」之情，此聯中的「頓挫」之法體現在反差極大的對比性意象組合中：精力衰退的「黃髮」之年與始終縈繞於心的「萬事」相對比，「萬事」不可企及而「黃髮」卻無法迴避，相比之下，如何不教人頓生沉鬱之情！處處碰壁的「殘生」之軀與自由自在的「白鷗」相對比，「白鷗」與自己的漂泊無定有相似之處，如作於同一時期的《旅夜書懷》詩云：「飄飄何所似，天地一沙鷗。」但「形似」而「神」非，「殘生」的漂泊是事與願違，「沙鷗」卻是無所拘束的。從這一聯的整體上看，自家「殘生」的渺小與世間「萬事」的浩茫相對比

2 《杜臆》卷之六，上海古籍出版社1983年版，第214頁。下引王嗣奭同此。

更是令人不堪。因此金聖歎云此聯是「勉強收淚語，正復更痛」。反差造成心理感受的逆折甚至震撼，又極為沉重，這是典型的「沉鬱頓挫」。詩人的情感表露至此已達到高潮，尾聯二句卻又忽然轉為平緩，「不必淚長流」似乎是對前面的悲慨之情的否定。王嗣奭說：「結語乃失意中自寬之詞，亦知公之流淚非為一身之私也。」所言不差，但僅僅是詩人想到有「大臣在」因而「自寬」嗎？黃生《杜說》註釋此聯曰：「國家安危，自有大臣負荷，杞憂獨抱，何補於事，惟有拭淚長辭，扁舟下峽而已。此反言以自釋之辭也。」（見《杜詩詳註》引）也說「自釋」，但講出了句中無奈的意味（「惟有拭淚長辭」），指出「不必」云云不過是「反言」而已，就更深入了一層。金聖歎之論更為明確：「試思先生心中是何『萬事』？上解熱極，此解乃假做冷極，以自排擯。」「自寬」「自釋」或「以自排擯」，並非詩人的本意，由「熱極」頓作「冷極」實為「假做」（即黃生所謂「反言」），是情感的自我抑制，深加體味，反倒比「一衮說盡」的宣洩更為沉痛。這種「發乎情，止乎禮義」式的節制是杜詩的慣常模式。

除了字句意義、篇章結構安排方面的「頓挫」外，「沉鬱」的風格也與音調格律的「頓挫」密切相關。鄭卬《杜少陵詩音義序》即指出了杜詩在「聲律」上的獨特性：「國家追復祖宗成憲，學者一聲律相飭，少陵矩範，尤為時尚。於其淹貫群書，比類賦象，渾涵天成，奇文險句，厭人目力，讀者未始不以搜尋訓切為病。」杜詩的音調格律既是中規中矩的工致樣式，可以作為學詩者的「矩範」，同時又是戛戛獨造的「奇」「險」之音，以致於使人難解其妙、苦苦搜尋。杜詩是唐代五、七言律詩的傑出代表，七律更成為歷代詩家的楷模。其「晚節漸於詩律細」（《遣悶戲呈路十九曹長》）的追求，其「拗體」律詩的創立，源於詩歌技法在純熟基礎上的創新，也和「沉鬱」心境的內在需求有關。

「沉鬱」與「頓挫」的組合在杜甫的詩作中得到了精心結撰的安排，卻又收放自如，從而造成了動人心魄、新穎別緻的審美感受。杜詩曰：「語不驚人死不休。」（《江上值水如海勢聊短述》）這個「驚人」的效果，也包括「頓挫」的作用。

「沉鬱」決定了「頓挫」的情志內涵，而「頓挫」作為詩法，使「沉鬱」的詩學的意義、詩歌文本的藝術特徵得到了顯露和強化。二者在審美意義上的組合，不僅啟發了中國文學理論的創作論，也啟發了中國文論中批評論的模式分析。古代文論關於這方面的論述很多，也有不少直接落實於審美範疇界定的說明。清人馬榮祖的《文頌》中又有「沉雄」「沉著」「郁折」等篇目，其中「沉雄」一首曰：「元氣鼓鑄，洪纖硼中。抑遏不得，蓄極自通。海波湧沸，曉日曈曨。燭天徹地，鞭云勒風。一闔一辟，無始無終。聲色不動，是謂沉雄。」「沉著」一首曰：「冥觀遐想，宿火在灰。無端忽往，有約不來。都忘天地，真抉根荄。篆煙孤裊，蚌珠結胎。了無人色，生氣潛回。魂飄影動，奮若郁雷。」堪稱深得署名司空圖《二十四詩品》的藝術精神的真傳，豐滿的性情、道德的人文精神內涵在收束、節制的文學手法中得以含蓄地釋放，形象地體現了「沉鬱」「頓挫」組合中那種獨特的美感。「郁折」一首從篇名就體現了二者組合必然生成的新概念，「沉鬱」與「頓挫」已在觀念上融為一體了：「虬松枝而，節節贔屓。空曲橫盤，不可控制。奇氣屈伸，倚天拔地。似縮更張，已躍復墜。前迎後蹲，左縈右絀。屈鐵所成，翻若舞袂。」氣節、品質、情懷合成壯大的力量，卻放棄了傾瀉直抒，而是盤曲縈迴，節節收放，使人在不得不採取的細細品味中獲得「沉鬱」的詩意享受。

綜觀中國古代文學理論對「頓挫」這一範疇的運用和闡釋，可以分析出幾個不同層次的認識：

視「頓挫」為詩中音律變化的外在特點。如明代李東陽《麓堂詩話》論長篇詩作應有聲律的變化，並以杜詩為例曰：「長篇中須有節奏，有操，有縱，有正，有變。若平鋪穩布，雖多無益。唐詩類有委曲可喜之處，惟杜子美頓挫起伏，變化不測，可駭可愕。蓋其音響與格律正相稱。」又曰：「杜五七言古詩，多用側韻，如《玉華宮》《哀江頭》等篇，其音調起伏頓挫，獨為矯絕。」按，用「頓挫」狀寫音響變化的效果也見於詩中對音樂的描寫，如白居易《小童薛陽陶吹觱篥歌》云：「有時婉軟無筋骨，有時頓挫生棱節。」

「頓挫」不僅在音律，也在於文采、章法的變化，是一種通用於詩「法」或文「法」的寫作方法。除了前文介紹的陳廷焯《白雨齋詞話》卷一講作詞之法中「有前後若不相蒙者」的「頓挫之妙」、方東樹《昭昧詹言》講「頓挫之法」外，又如宋代惠洪《天廚禁臠》中曰「詩家尤貴遣詞頓挫」，「夫言頓挫者，乃是覆卻使文采粲然，非如常格」，並歸結為「頓挫掩抑法」。明代李夢陽在《駁何氏論文書》中曰：「翕闢頓挫，尺尺而寸寸之，未始而無法也。」他在《答周子書》一文中也有「開闔照應，倒插頓挫」之說。有些詩論雖未明言「頓挫」為「法」，但實際上是同樣的意思。如嚴羽《滄浪詩話》〈詩評〉稱「少陵詩法如孫吳，太白詩法如李廣」，「少陵詩法」的特徵就是「如節制之師」，也著眼於杜甫在詩法上的頓挫有方。黃培芳《香石詩話》闡發嚴羽之論云：「人謂杜可學而李不可學，非也，有法則皆可學。嚴滄浪云少陵詩法如孫吳，太白詩法如李廣。」（見郭紹虞《滄浪詩話校釋》）「節制之師」則有明確的可循之法，而不似勇武制勝、即興用兵的李廣。浦起龍《讀杜心解》卷四評杜甫《聞官軍收河南河北》詩之次句「初聞涕淚滿衣裳」，言「得力全在次句，於神理妙在逼真，於文勢妙在反振」，所謂「反振」即為頓挫之法。

「頓挫」不僅是外在的形式法則，更是內容的要求，甚至「頓挫」的音、義、篇章結構本身就是內容的組成部分。如上文所引《後漢書・鄭孔荀列傳贊》、陳子昂《與東方左史虯修竹篇序》皆言「音情頓挫」，視詩文中的「頓挫」為「音」「情」一體的表現。范溫《潛溪詩眼》評唐人七絕一類的小詩「其命意與所敘述，初不減長篇，而促為四句，意正理盡，高簡頓挫，所以難耳」（見《苕溪漁隱叢話》前集卷五十四引），「高簡頓挫」是包括「命意與所敘述」「意」「理」在內的。清劉熙載《藝概》〈賦概〉曰：

頓挫莫善於《離騷》，自一篇以至一章，及一兩句，皆有之，此傳所謂「反覆致意」者。

以「沉鬱頓挫」的早期典範《離騷》為例，「頓挫」就是詩中之「意」的反覆表達形態，或者說是一種需反覆表達之「意」。

進一步說，「頓挫」是詩人「沉鬱」的個性、情感必然的言辭音律的表現。除了前文所引陸機在《遂志賦序》中「抑揚頓挫，怨之徒也」的評語及諸家杜詩評論中的言論之外，又如南宋張戒《歲寒堂詩話》捲上評曹植詩曰：

而子建詩，微婉之情、灑落之韻、抑揚頓挫之氣，固不可以優劣論也。

杜甫《可嘆》詩中云：「天上浮雲如白衣，斯須改變如蒼狗。古往今來共一時，人生萬事無不有。」《歲寒堂詩話》卷下評之曰：「此其懷抱抑揚頓挫，固已傑出古今矣。」都沒有將「頓挫」單講為語言形式或作詩之法，而是認識到詩人的氣質、懷抱中原本就有「頓挫」的因素。劉勰云「聲含宮商，肇自血氣」，「聲萌我心」，「吹律胸臆」（《文心雕龍》〈聲律〉），已經深刻地指出了詩文的聲律取決於作者的氣質和感情。這一類「頓挫」論也達到了這一深度，可以視為現代詩論「內節奏」「外節奏」之說的先聲。

凡此種種，雖有認識上的差異，但追求作品的委婉含蓄、變化生新，以獲得更強的表現力、感染力，卻是「頓挫」說或「沉鬱頓挫」說的立論者和運用者的共同目的。不論單稱「頓挫」「沉鬱」或是合併而言「沉鬱頓挫」，「沉鬱」的情志總是或隱或顯地處於主導的地位。因而在文學評論中，「沉鬱頓挫」用於論作品的思想內涵時，「頓挫」二字即有了悲抑蒼勁的意味；而用於論語言風格，「沉鬱」二字則又成為含蓄蘊藉的同義語。「沉鬱」中包含的節抑情性、強制諧調（「止乎禮義」「欲說還休」）因素潛在地設定了這種風格獨特的審美感染力，也導致了「沉鬱」與「頓挫」的必然連繫。

第四節　「沉鬱」與「飄逸」及其他

通過對中國古代詩史、詩論中與「沉鬱」相對或相關的風格和論述的梳理，可以更為感性真實地理解「沉鬱」。

嚴羽在《滄浪詩話》〈詩評〉中下了「子美不能為太白之飄逸，太白不能為子美之沉鬱」的著名斷語，從此不但「沉鬱」和「飄逸」成了杜甫、李白二人詩歌的風格標籤，「飄逸」也成了「沉鬱」的反義對照概念。

詩如其人。「飄逸」的李白在表露志向時常常寫下這樣的詩句：「儒生不及遊俠人，白首下帷復何益！」（《行行且遊獵篇》）「趙客縵胡纓，吳鉤霜雪明。銀鞍照白馬，颯沓如流星。十步殺一人，千里不留行。事了拂衣去，深藏身與名。」「縱死俠骨香，不慚世上英。誰能書閣下，白首《太玄經》？」（《俠客行》）「齊有倜儻生，魯連特高妙。明月出海底，一朝開光耀。卻秦振英聲，後世仰末照。意輕千金贈，顧向平原笑。吾亦澹蕩人，拂衣可同調。」（《古風》第十首）「鵬鳥」的意象更是李白的心象：「大鵬一日同風起，扶搖直上九萬里。假令風歇時下來，猶能簸卻滄溟水！」（《上李邕》）他在《大鵬賦》中就曾充滿激情地贊頌「激三千以崛起，向九萬而迅征」的鵬鳥，其志存高遠、逍遙無羈的精神與李白的心志是如此地吻合。而「沉鬱」的杜甫在《望岳》中的志向表露雖也豪邁，意蘊則厚重了許多：「岱宗夫如何？齊魯青未了。造化鐘神秀，陰陽割昏曉。蕩胸生層雲，決眥入歸鳥。會當凌絕頂，一覽眾山小。」這是一個做好上路的準備的腳踏實地的登山者。同樣是雄心大志，實現的方式卻有飛昇和跋涉的區別。故胡應麟曰：「李、杜二公，誠為勁敵。杜陵沉鬱深雄，太白豪逸宕麗。」（《詩藪・內編》卷三）

生活態度見於詩作，也有「飄逸」和「沉鬱」之別。

李白在失落抑鬱之時依然「飄逸」，「君不見高堂明鏡悲白髮，朝如青絲暮成雪。人生得意須盡歡，莫使金樽空對月」。「與君歌一曲，請君為我側耳聽。鐘鼓饌玉不足貴，但願長醉不復醒。古來聖賢皆寂寞，惟有飲者留其名。」「五花馬，千金裘，呼兒將出換美酒，與爾同銷萬古愁。」（《將進酒》）李白的「翰林供奉」之職終究不過是個高級優伶，放曠自負的詩人在意識到這一點以後，當然會產生一腔的鬱憤。鄙夷聖賢名利，讚頌美酒長醉，這是詩人天真浪漫情懷的挫折化表現，是「借杯酒澆塊壘」之情的詩化。《唐宋詩醇》就指出：「白一倜儻之才遭讒被放，雖放浪江湖而忠君憂國之心未嘗少忘，身世之感一於詩發之。」「一於詩發之」，恐怕是他唯一的有效方式。杜甫的「一飯不忘君」之志也是「一於詩發之」，卻在不同的生活態度作用下衍生了「沉鬱」。李白的天真情懷是始終如一的。「小時不識月，呼作白玉盤。又疑瑤台鏡，飛在青雲端。」（《古朗月行》）仰望明月的是一雙清澈無瑕的眼睛。「妾發初覆額，折花門前劇。郎騎竹馬來，繞床弄青梅。同居長干裡，兩小無嫌猜。」（《長干行》）兩小無猜的童趣抒寫中是純真的童心。詩人在豪情鬱勃之時就會眼空無物：「我本楚狂人，鳳歌笑孔丘。」（《廬山謠寄盧侍御虛舟》）「長風破浪會有時，直掛雲帆濟滄海！」（《行路難》）「舉杯向天笑，天迴日西照。」（《獨酌清溪江石上寄權昭夷》）沮喪壓抑之時就會大放悲聲：「大道如青天，我獨不得出！」（《行路難》）透明的襟懷如同秋日的清潭，真可以一望見底。從李白的詩文中可以看到，莊子思想對他的生活觀發生了根本的影響。莊子天道自然、不拘一途的世界觀和非聖賢、棄權勢、任心逍遙的思想都與李白的個性十分合拍，使他把求真求放、使氣恣肆的精神貫穿在自己的人生哲學和藝術哲學之中。「清水出芙蓉，天然去雕飾」（《經亂離後天恩流夜郎憶舊遊書懷贈江夏韋太守良宰》），做人和做詩的標準是如此地一致。他的《古風》第一首（「大雅久不作」）其實並非在著意提倡正統文道的「大雅」，開篇以孔子的口吻說「大雅久不作，吾衰竟誰陳」，因此後面也順理成章地說「我志在刪述，垂輝映千春。希聖如有立，絕筆於獲麟」，這種「聖人」口氣的真正底蘊是李白式的閱世感慨和自我尊大。明人陸時雍《詩鏡總論》評此詩為「豪傑閱世語」，胡震亨《唐音癸籤》評此詩的起句為「以此發端，自負不淺」，算是深得太白之心者。杜甫雖然也有過「裘馬頗輕狂」的短暫浪漫，但家風家教、國難家愁的遭遇和深沉憂思的個性，決定了他總是用嚴肅而切實的目光去看待一花一草，一人一事。這種關注體現在詩中，就成了毫無「飄逸」的「沉鬱」。比如那首被胡應麟《詩藪》譽為「古今七言律第一」的《登高》：「風急天高猿嘯哀，渚清沙白鳥飛回。無邊落木蕭蕭下，不盡長江滾滾來。萬里悲秋常作客，百年多病獨登台。艱難苦恨繁霜鬢，潦倒新停濁酒杯。」視野同樣是開闊的，思緒同樣是奔湧的，卻形成了無可逃遁的哀傷。「無邊」而「不盡」的是秋風中的落葉和江水，更是溢出胸臆、充斥於天地之間的人生悲情。詩的基調是悲哀的，甚至可以說是絕望的，卻產生了悲壯、崇高的美感。詩中的人生悲情雖寄託於十分大氣的景象之中，但始終是有所抑制、含蓄收斂的，這即是杜詩的「頓挫」筆法。正因為如此，詩的尾聯「艱難苦恨繁霜鬢，潦倒新停濁酒杯」是情不自禁的直抒胸臆，反倒顯得過分地不加掩飾，與全詩的風格有所出入了。前人評論此詩結處「微弱」，「了無餘味」，是很恰當的。然而，這首詩畢竟集中地呈示了生活態度的「沉鬱」與詩風「沉鬱」的清晰關聯。即使是被浦起龍評為杜甫「生平第一首快詩」（《讀杜心解》卷四）的《聞官軍收河南河北》，也可以使我們透過一時間老淚縱橫、詩酒狂亂的詩人形象感觸到他那沉鬱的內心世界。

身處戰亂，李白仍舊不失他的「飄逸」：「五月天山雪，無花只有寒。笛中聞折柳，春色未曾看。曉戰隨金鼓，宵眠抱玉鞍。願將腰下劍，直為斬樓蘭！」（《塞下曲》六首之一）雪中聽笛，枕戈待旦，艱苦的現實景況在英氣勃發中幻化為破敵的信念。杜詩則往往是另一種情調：「國破山河在，城春草木深。感時花濺淚，恨別鳥驚心。烽火連三月，家書抵萬金。白頭搔更短，渾欲不勝簪。」（《春望》）少幻想浪漫而多現實深思，國仇家恨繫於一身。司馬光在《溫公續詩話》中分析《春望》前二聯說：「山河在，明無餘物矣。草木深，明無人矣。」

已品出了杜詩筆法中的沉鬱之情。「感時花濺淚」一聯，通常講為戰亂當前，春景不能使人欣喜，花上滴灑著愁人的眼淚，鳥鳴驚動了離人的心情。但如果這樣理解似乎更勝一籌：因為有感於時難，連花也落淚；哀痛於離別，連鳥也驚懼。花上的露珠，飛鳥的啼鳴，都有了「木猶如此，人何以堪」「天若有情天亦老」的意味。這是多麼深重的「沉鬱」！

面對美景，李白會「飄逸」出一派仙風道骨：「眾鳥高飛盡，孤雲獨去閒。相看兩不厭，只有敬亭山。」（《獨坐敬亭山》）這時的敬亭山，與其說是一道自然風景，不如說是詩人的自我觀照。再看杜甫的即景抒懷之作《旅夜書懷》：

細草微風岸，危檣獨夜舟。
星垂平野闊，月湧大江流。
名豈文章著，官應老病休。
飄飄何所似？天地一沙鷗。

詩中的寫景狀物依然開闊，卻沉重、孤獨。風過江岸，水映夜空，卻更加襯託了「細草」和「危檣」的孤單無助。原野遼闊，波濤奔湧，反倒使星光遙懸、月影凌亂中的寂寥情味愈加難以承受。「飄飄何所似」的「飄飄」，不是「皎皎鸞鳳姿，飄飄神仙氣」（李白《贈瑕丘王少府》）式的飄逸，而是貧病交加、流落天涯的飄零。這只天地間的沙鷗，翅膀是沉重的。

李白心中的友情，往往是「忽聞岸上踏歌聲」（《贈汪倫》）式的暢快，「我寄愁心與明月，隨風直到夜郎西」（《聞王昌齡左遷龍標遙有此寄》），「請君試問東流水，別意與之誰短長」（《金陵酒肆留別》），

「孤帆遠影碧空盡，惟見長江天際流」（《黃鶴樓送孟浩然之廣陵》），「浮雲游子意，落日故人情。揮手自茲去，蕭蕭班馬鳴」（《送友人》），展現了詩人的交友標準：情性相投，坦然相對。杜詩中的友情是深切厚重之感。如那首感人至深的《贈衛八處士》：「人生不相見，動如參與商。今夕復何夕，共此燈燭光。」「夜雨剪春韭，新炊間黃粱。主稱會面難，一舉累十觴。十觴亦不醉，感子故意長。明日隔山岳，世事兩茫茫。」杜甫在規勸放縱失度的李白時寫道：「痛飲狂歌空度日，飛揚跋扈為誰雄？」關切、痛心之情溢於言表。與李白的俠義爽朗不同，是一種溫厚細密的情意。李、杜是互相敬重的詩友，在他們互念互贈的詩篇中也表現了不同的風範和詩風。李白用詩來懷念杜甫，表露的是李白式的友情。《沙丘城下寄杜甫》詩曰：「我來竟何事，高臥沙丘城。城邊有古樹，日夕連秋聲。魯酒不可醉，齊歌空復情。思君若汶水，浩蕩寄南征。」詩的前四句並未涉及對朋友的思念之情，只是用一個面對古樹秋風而寂寞「高臥」的名士形象，也就是「我」，襯托出一片「知音難覓」的冷清。「魯酒」「齊歌」缺乏使人動心的力量，並非是在單純地貶低「酒」和「歌」：詩人此時胸中正奔騰著如同腳下這浩蕩南去的汶水一樣的情感，那是對杜甫的思念。李白的思念有著極強的自我意識色彩，情感表露也集中於一己之情的宣洩。爽朗的個性和洋溢充沛的情懷使他不做一事一情的訴說，也不做推心置腹的懇談，而是把深情寄託在極有力度的景象描寫之上。而杜甫詩中有關李白的詩篇則充滿包括思念、擔心和敬佩的深厚友情：「寂寞書齋裡，終朝獨爾思。更尋嘉樹傳，不忘《角弓詩》。」（《冬日有懷李白》）並且時常流露出關切的隱憂：「死別已吞聲，生別常惻惻。江南瘴癘地，逐客無消息。故人入我夢，明我長相憶。」「君今在羅網，何以有羽翼？落月滿屋樑，猶疑照顏色。水深波浪闊，無使蛟龍得！」「浮雲終日行，遊子久不至。三夜頻夢君，情親見君意。」、「出門搔白首，若負平生志。冠蓋滿京華，斯人獨憔悴！孰云網恢恢，將老身反累！千秋萬歲名，寂寞身後事。」（《夢李白二首》）關心的具體細微，擔憂的深重痛切，替朋友鳴不平的義憤，都在夢境與懸想的交織中傾瀉無遺。《天末懷李白》的起句云：「涼風起天末，君子意如何？」簡直就是一封老友間噓寒問暖的問候書信。正因為詩中抒發的是這種對友人設身處地的關切之情，詩的風格也就不會是李詩那樣具有飛動之勢的飄逸，而是「溫厚以為體」的沉鬱了。

張戒《歲寒堂詩話》曰：「詩文字畫，大抵從胸臆中出，子美篤於忠義，深於經術，故其詩雄而正。李太白喜任俠，喜神仙，故其詩豪而逸。」明代詩人屠隆說：「青蓮神情高曠，故多閎達之詞；少陵志識沉雄，故多實際之語。」（《抱桐集序》）說出了李、杜詩風差異的關鍵所在。楊慎說得更為有趣：「余謂太白詩，仙翁劍客之語；少陵詩，雅士騷人之詞。比之文，太白則《史記》，少陵則《漢書》也。」如本書下編第二章所論，「雅士騷人」重視知識教養和禮義規範，作品中自然滲透著較多的理性思維因素，文風也就近似於恪守傳統、筆調冷靜、較為學者化的班固《漢書》，而不像個性洋溢的司馬遷《史記》之文了。「飄逸」和「沉鬱」，與學識教養、個人閱歷有關，但說到底，還是蘊含在不同詩歌語言中的兩種性情。

除前文所引論的種種對於「沉鬱」的解說外，在古代文論中尚有許多與「沉鬱」同義或近義的概念表述，也可以藉以輔助證實上述「沉鬱」的含義。這裡略舉數例為說明。

譬如「沉著」（「沉著」）。嚴羽《滄浪詩話》〈詩辨〉在說明「詩之品有九」、詩之「用工有三」之後說：「其大概有二：曰優游不迫，曰沉著痛快。」嚴羽所謂「大概」，是指作品的整體風格；陶明濬《詩說雜記》卷七解釋此處的「沉著痛快」為：「則傾囷倒廩，脫口而出」，「為此體者，要使驅駕氣勢」，「必使讀吾詩者心為之感，情為之動，擊節高歌，不能自已。杜少陵之詩，沉鬱頓挫，極千古未有之奇，問其何以能此，不外『沉著痛快』四字而已」（見郭紹虞《滄浪詩話校釋》引）。陶氏認為『沉著痛快』與杜詩的「沉鬱頓挫」是完全一致的，這種看法有一定的偏差。如果將「脫口而出」用於早期杜詩的部分作品風格或許誤差不大，彼時的杜甫尚有「七齡思即壯，開口詠鳳凰」（《壯游》）的天真，也就是杜甫對自己早期作品「沉鬱頓挫，隨時敏捷」（《進雕賦表》）的評價。但成熟時期的杜詩或是作為「沉鬱」論中的杜詩風格則並非如此，特別是被後世視為「沉鬱」典範的「杜公居夔居潭」詩更是精思長吟，細究詩律，少見「脫口而出」之作。陶明濬認識上的偏差不僅在於杜詩整體風格，也在於對嚴羽「沉著痛快」的理解。《滄浪詩話》〈詩辨〉將「沉著痛快」與「優游不迫」相對而言，即已排除了「從容閒適，舉動自如」（陶明濬《詩說雜記》）的特點。倒是姜夔《白石道人詩說》所言之「沉著痛快，天也」較為符合陶明濬的看法。「沉著」一語用於論詩，強調的是風格的深沉穩健。如南宋范成大《讀白傳洛中老病後詩戲書》評老年白居易詩曰：「樂天號達道，晚境猶作惡。陶寫賴歌酒，意象頗沉著。」「沉著」就是深沉老到的意思。胡應麟《詩藪》〈內編〉卷三引明代「前七子」首領何景明論杜甫之言曰：

僕始讀杜子七言詩歌，愛其陳事切實，布詞沉著，鄙心竊效之。以為長篇聖於子美矣。既而讀漢、魏以來歌詩，及唐初四子者之所為而反覆之，則知漢、魏固承《三百篇》之後，流風猶可征焉；而四子者雖工富麗，去古遠甚，至其音節往往可歌。乃知子美辭固沉著，而調失流轉，實則詩歌之變體也。

將「沉著」用於講解修辭的特點，並以漢魏詩的朴茂切實為參照，也是指詩歌語言風格的深沉古拙。元人范槨錄署名司空圖的《二十四詩品》中的五則以證李、杜之詩，認為其中「雄渾」「沉著」「高古」「勁健」四品皆「以少陵當之」[3]。他所列舉的這四品中，像「超以象外，得其環中」「畸人乘真，手把芙蓉」等清空超脫的格調並不完全符合於杜詩的整體情況，「返虛入渾，積健為雄」「行神如空，行氣如虹」對於杜詩來說似乎也過於高亢了，但〈沉著〉一品杜甫是當之無愧的：「綠林（按：範本作「杉」）野屋，落日氣清。脫巾獨步，時聞鳥聲。鴻雁不來，之子遠行。所思不遠，若為平生。海風碧雲，夜渚月明。如有佳語，大河前橫。」是與「纖穠」不同的、包含著深厚的思慮成分的詩風。因此楊廷芝《詩品淺解》注「沉著」二字為「深沉確著」，孫聯奎《詩品臆說》注曰：「此首前十句皆言沉著之思，尾二句方拍到詩上。」（皆見於郭紹虞《詩品集解》）雖缺少關於「沉鬱」之「鬱」的表述，但與杜詩中所固有的「深沉確著」是吻合的。

深受《滄浪詩話》啟發的明代詩論家許學夷在《詩源辯體》[4]一書中這樣論述「沉著」：「或問予曰：『子嘗言元和諸公之詩，快心露骨，故為大變。今觀李杜五言古、七言歌行，實多快心，與元和諸公寧有異乎？』曰：太白快心，本乎豪放；子美快心，本乎沉著，自是詩歌極致。」（卷十八）又曰：「或問：『子美五七言律，較盛唐諸公何如？』曰：盛唐諸公，惟在興趣，故體多渾圓，語多活潑。若子美則以意為

3　〔清〕仇兆鰲：《杜詩詳註》「附編‧諸家詠杜」，中華書局1979年版，第2285頁。

4　《詩源辯體》，人民文學出版社1987年版。

主，以獨造為宗，故體多嚴整，語多沉著耳。」（卷十九）同為淋漓暢快的心聲披露，由於詩人心性氣質的不同就會產生風格的不同：以元稹、白居易詩為代表的「元和體」就流於「露骨」（即李肇《國史補》批評的「學淺切於白居易，學淫靡於元稹」），李白的「快心」自有其豪放的精神基調，而杜甫則以深沉厚重之「意」為本，因而立意之新，法度之嚴，外化為語言風格的「沉著」。這樣的觀念，顯然與前文所述前人的種種「沉鬱」成因論是水到渠成的延續。

前文已論及馬榮祖《文頌》中的「沉著」一首：「冥觀遐想，宿火在灰。無端忽往，有約不來。都忘天地，真抉根荄。篆煙孤裊，蚌珠結胎。了無人色，生氣潛回。魂飄影動，奮若鬱雷。」其實類似對於「沉著」的文學語言描述還可見於其他「演補」司空圖《二十四詩品》的作品，如曾紀澤《演司空表聖詩品二十四首》〈沉著〉：「九陌樓台擁帝宮，神皋佳氣曉蘢蔥。高山大壑藏龍虎，古鼎宗彝鑄鳥蟲。聞有海鰲能立極，不妨天馬自行空。欲知岩險聯襟帶，灑墨成圖一掌中。」（二則皆見郭紹虞《詩品集解》）由於滲入了性情和審美觀念的個體色彩，多少有些含混瑣屑，但都表達了「沉著」風格思致深厚、高雅含蓄、氣勢渾然的特點。

又如「沉壯」，《宋史》〈宋綬傳〉載宋綬「博通經史百家，其筆札尤精妙」，「楊億稱其文沉壯淳麗」。明代李雯《屬玉堂集序》援引陳子龍論詩語曰：「大約以為詩貴沉壯，又須神明。」又如「沉雄」，南宋敖陶孫《敖器之詩話》已用「如幽燕老將，氣韻沉雄」評曹操詩，此語深為論詩之士所好。元代辛文房《唐才子傳》即借用此語評盛唐詩人張南史詩（按：《唐才子傳》中「幽」作「並」），清代趙翼《甌北詩話》卷五亦云：「又少陵《出塞》詩：『落日照大旗，馬鳴風蕭蕭。』覺字句外別有幽燕沉雄之氣。」胡應麟《詩藪》〈內編〉卷一曰：「屈原氏興，以瑰奇浩瀚之才，屬縱橫艱大之運，因牢騷愁怨之感，發沉雄偉博之辭。」許學夷《詩源辯體》則大講「沉雄」，卷十九論杜詩之「沉雄」，頗有深見：

子美律詩，大都沉雄含蓄、渾厚悲壯，然有句法奇警而沉雄者，有意思悲感而沉雄者，有聲氣自然而沉雄者。五言如「風連西極動，月過北庭寒。」「江雲飄素練，石壁斷空青。」「滄海先迎日，銀河倒列星。」「吳楚東南坼，乾坤日夜浮。」「星垂平野闊，月湧大江流。」「萬象皆春氣，孤槎自客星。」「地平江動蜀，天闊樹浮秦。」七言如「錦江春色來天地，玉壘浮雲變古今。」「江間波浪兼天湧，塞上風雲接地陰。」「五更鼓角聲悲壯，三峽星河影動搖。」「山連越嶲蟠三蜀，水散巴渝下五溪。」「峽坼雲霾龍虎睡，江清日抱黿鼉游」等句，皆句法奇警而沉雄者。五言如「親朋無一字，老病有孤舟。」「勳業頻看鏡，行藏獨倚樓。」「獨坐親雄劍，哀歌嘆短衣。」「名豈文章著，官應老病休。」「聖朝無棄物，老病已成翁。」「近淚無乾土，低空有斷雲。」「風塵逢我地，江漢哭君時。」七言如「萬里悲秋長作客，百年多病獨登台。」「衰年肺病惟高枕，絕塞愁時早閉門。」「海內風塵諸弟隔，天涯涕淚一身遙。」「時危兵甲黃塵裡，日短江湖白髮前。」「側身天地更懷古，回首風塵甘息機」等句，皆意思悲感而沉雄者。五言如「劍閣星橋北，松州雪嶺東。」「南紀連銅柱，西江接錦城。」「樓角凌風迥，城陰帶水昏。」「秦地應新月，龍池滿舊宮。」「日出寒山外，江流宿霧中。」「詔從三殿去，碑到百蠻開。」「北闕心常戀，西江首獨回。」七言如「無邊落木蕭蕭下，不盡長江滾滾來。」「殊方日落玄猿哭，舊國霜前白雁來。」「返照入江翻石壁，歸雲擁樹失山村。」「雪嶺獨看西日落，劍門猶阻北人來。」「長路關心悲劍閣，片雲何意傍琴台」等句，皆聲氣自然而沉雄者。

這樣的「沉雄」論，可以視為「沉鬱」論研究的深化。又如「沉健」，元代陳繹曾《詩譜》評曹植詩曰：「斫削精潔，自然沉健。」清代劉大櫆《〈周書岩詩集〉序》評周詩曰：「而其詩皆沉健，有得於詩人之旨趣。」「沉蘊」，元代揭傒斯《進至大聖德頌表》曰：「蓋詩之為道，誦其辭無鉤棘叢雜之繁，聆其音有往來疏數之節，玩其義有優柔沉蘊之旨。」「沉渾」，清代侯方域《孟仲練詩序》曰：「孟君之詩豪宕感激，頓挫沉渾。」等等。這些概念大多在情致思想的深厚方面與「沉鬱」一致，或者直接繼承了傳統文論中的「沉鬱」論的理性主旨，但往往「沉」具在而「鬱」闕如，缺乏對「沉鬱」中特有的抑鬱情調的關注。與「沉鬱」在意義上最為接近的詩學概念是「沉抑」。除前文論及的屈原《楚辭》〈九章〉〈惜誦〉「情沉抑而不達兮，又蔽而莫之白」和馮衍《顯志賦「心怫鬱而紆結兮，意沉抑而內悲」等等以外，又如漢代劉向《九歎》〈怨思〉曰：「傷壓次而不發兮，思沉抑而不揚。」「情」、「思」並重，強調了「志沉菀而莫達」（屈原《九章》〈思美人〉）的心理感受，更切合於「沉鬱」概念生成過程中所顯示的基本內涵。

《白雨齋詞話》卷五引作者《大雅集序》云：「古之為詞者，志有所屬，而故鬱其詞，情有所感，而或隱其義，而要皆本諸『風騷』，歸於忠厚。」「沉鬱」的文化生成含義和審美觀念意義是中國化、文人化的。哲理的思辨，儒家人格觀念的追求，中國封建社會獨特生存境遇中的矛盾而又執著的文人心態，決定了表現於文學藝術中的審美傾向，「沉鬱」的文風由是而生。

後　記

作為「中國美學範疇叢書」中的一種，《雄渾與沉鬱》一書由曹順慶、王南合作完成。具體分工為：上編「雄渾」部分及「緒論」中有關「雄渾」的內容由曹順慶撰寫，下編「沉鬱」部分、目錄及「緒論」中有關「沉鬱」的內容和串聯文字由王南撰寫。全書的文字整理、修改由王南完成。

感謝「叢書」主編蔡鍾翔先生對全書初稿的指正。

此次再版對書中的部分文字進行了修正。

昌明文庫·悅讀美學 A0606008

雄渾與沉鬱

作　　者　曹順慶、王　南
責任編輯　楊家瑜

發 行 人　陳滿銘
總 經 理　梁錦興
總 編 輯　陳滿銘
副總編輯　張晏瑞
編 輯 所　萬卷樓圖書股份有限公司
排　　版　菩薩蠻數位文化有限公司
印　　刷　維中科技有限公司
封面設計　菩薩蠻數位文化有限公司

出　　版　昌明文化有限公司
桃園市龜山區中原街 32 號
電話 (02)23216565
發　　行　萬卷樓圖書股份有限公司
臺北市羅斯福路二段 41 號 6 樓之 3
電話 (02)23216565
傳真 (02)23218698
電郵 SERVICE@WANJUAN.COM.TW
大陸經銷
廈門外圖臺灣書店有限公司
　電郵 JKB188@188.COM

ISBN 978-986-496-315-7
2018 年 1 月初版
定價：新臺幣 380 元

如何購買本書：
1. 轉帳購書，請透過以下帳戶
　合作金庫銀行 古亭分行
　戶名：萬卷樓圖書股份有限公司
　帳號：0877717092596
2. 網路購書，請透過萬卷樓網站
　網址 WWW.WANJUAN.COM.TW
大量購書，請直接聯繫我們，將有專人為您服務。客服：(02)23216565 分機 610
如有缺頁、破損或裝訂錯誤，請寄回更換

國家圖書館出版品預行編目資料

雄渾與沉鬱 / 曹順慶, 王南作. -- 初版. -- 桃園市 : 昌明文化出版 ; 臺北市 : 萬卷樓發行, 2018.01
　面；　公分. -- (昌明文庫. 悅讀美學)
ISBN 978-986-496-315-7(平裝)
1.文學理論 2.文藝評論 3.中國美學史
820.1　　107002256